Mord am Main – Ich suche dich

ANGELA NEUMANN

MORD AM MAIN – ICH SUCHE DICH

Bibliografische Information der Deutschen Nationalbibliothek
Die Deutsche Nationalbibliothek verzeichnet diese Publikation in der Deutschen Nationalbibliografie; detaillierte bibliografische Daten sind im Internet über http://dnb.d-nb.de abrufbar.

Satz, Umschlaggestaltung und Verlag: BoD · Books on Demand GmbH, In de Tarpen 42, 22848 Norderstedt
Druck: Libri Plureos GmbH, Friedensallee 273, 22763 Hamburg

ISBN: 978-3-7597-3175-3

1

Kriminalhauptkommissar Müller meldete sich. »Mit wem spreche ich?«, fragte er. »Ähm, ich wollte mit Kommissar Saleh verbunden werden«, sagte eine männliche Stimme, die Horst Müller vage bekannt vorkam. »Der Kollege Saleh ist nicht im Dienst. Ich bin die Vertretung«, entgegnete er. »Wieso ist er nicht im Dienst?«, wurde zurückgefragt. »Das darf ich Ihnen leider nicht mitteilen. Kommen Sie doch bitte zu Ihrem Anliegen! Ich habe meine Zeit auch nicht gestohlen.« Müller war genervt. »Nennen Sie mir bitte zuerst Ihren Namen und schildern Sie dann, worum es geht.« Er riss sich zusammen. In einigen Wochen sollte Khalil Saleh wieder zum Dienst erscheinen. Er war vor Kurzem angeschossen worden und musste diese Verletzung auskurieren. Der Schuss hatte ihn ins Bein getroffen, als er den Einsatz leitete, der eine junge Frau davon abhalten sollte, von der Main-Neckar-Brücke zu springen. Kurz vor der Brücke musste seinerzeit zu allem Überfluss auch noch ein aus Dresden kommender ICE evakuiert werden. Einem der Passagiere war es jedoch gelungen, sich durch die Absperrung zu manövrieren. Er gab sich als Krisenvermittler aus. Niemand hatte sich seinen Ausweis zeigen lassen. »So springen Sie doch endlich und halten Sie nicht den ganzen Betrieb auf!«, schrie er im Näherkommen und zog eine Waffe. Khalil Saleh sprang reflexhaft auf ihn zu und griff nach dem Revolver. Der Schuss erwischte ihn am Bein. Die junge Frau wurde durch den Tumult abgelenkt und konnte gerettet werden. Bislang war Saleh nach eigener Aussage und der Meinung der Ärzte noch nicht wieder in der Lage, anständig und schnell zu laufen. Dies war umso unangenehmer, als auch Horst Müller als Folge seines Motorradunfalls nicht in der Lage war, schnell zu sprinten. So lebte er ständig in der Angst, dass ein entsprechender Einsatz auf ihn zukäme.

»Also, was ist passiert?«, fragte Müller noch einmal ungnädig. »Na ja, ich habe beobachtet, wie jemand erstochen wurde. Ich denke, die Person ist tot.« »Und wo war das? Haben Sie den Rettungsdienst verständigt?«, fragte der Kriminalbeamte im höchsten Maße alarmiert. »In der Klappergasse in Altsachsenhausen, in der Nähe von unserem Lokal. Ich musste mich zuerst in Sicherheit bringen, denn der Täter hat bemerkt, dass ich ihn gesehen habe. Und ja, ich habe angerufen, aber nicht gleich. Mein Name ist Siggi Reinhold.« Bei Horst Müller fiel der Groschen. »Guten Abend, Herr Reinhold, jetzt weiß ich, wer Sie sind. Ich werde mich in der Leitstelle nach dem Opfer erkundigen. Danach kommen wir umgehend im Kleinen Wirtshaus vorbei und Sie erzählen mir alles in Ruhe.« »Ja, vielen Dank, Herr Müller!« Siggi konnte man die Erleichterung anhören.

Die Beamten des 8. Polizeireviers bestätigten eine Messerattacke auf eine 53-Jährige, die mit dem Tode rang, da der Rettungsdienst relativ spät gerufen worden war.

Uli hatte Siggi mit dem Hund rausgeschickt, weil er seine Ruhe haben wollte. Der letzte Gast schickte sich an zu bezahlen. Der Trubel des Abends saß ihm im Nacken. Einige Zeit später erschien Siggi wieder im Kleinen Wirtshaus, kreidebleich im Gesicht. »Wieso bist du schon zurück?«, fragte Uli genervt. »Gib mir einen Whisky! Es ist etwas Furchtbares passiert.« Dann erzählte er. »Hast du die Rettung gerufen?«, unterbrach Uli. »Noch nicht, mir haben die Hände so gezittert.« Uli warf Siggi einen tödlichen Blick zu, wählte die 112 und hielt ihm das Telefon hin. Dann, nach einigen Hinweisen, war Siggi mit der Polizei verbunden worden. Die Zentrale reichte Siggi an den diensthabenden Kriminalhauptkommissar weiter.

2

Den späteren Abend verbrachte Ansgar im Kleinen Wirtshaus. Wie immer behielt er seine Schirmmütze auf, denn sie gehörte zu ihm wie auch die Sonnenbrille, die er meistens nicht abnahm. Den Kragen seines eleganten weißen Hemdes trug er hochgestellt. Uli beäugte den Gast misstrauisch, so wie er jedem Neuankömmling erst einmal mit einer gesunden Skepsis entgegentrat. Schließlich bediente er ihn kommentarlos, zumal der neue Besucher Weißwein bestellte. Das erste Glas leerte Ansgar sehr schnell und signalisierte dem Wirt durch leichtes Anheben des Glases den Wunsch nach einem weiteren Wein. Ansgar verspürte noch immer einen leichten Zweifel, ob er gut daran tat, wenn er die Kellnerin zur Rede stellen würde. Vielleicht sollte er ihre Erklärung einfach hinnehmen, es akzeptieren, dass es keine weiteren Treffen mehr gäbe, denn sie würden aufgrund ihrer unterschiedlichen Lebenseinstellung auf Dauer sowieso nicht zusammenpassen. Andererseits bestand sein ganzes Leben darin, die Dinge hinzunehmen. Das könnte auch einmal ein Ende haben. Er war jünger als die gute Frau, sein Körper war in jeden Fall beeindruckend, auch ohne Sommerbräune. Dazu erwies er sich ihr gegenüber als finanzstark. Also was wollte sie?

Der Wirt schickte gerade seinen Partner mit dem Hund nach draußen, also bezahlte Ansgar als letzter Gast und gab ein großzügiges Trinkgeld. »Man sieht sich«, rief ihm der Wirt noch hinterher. Der späte Zecher lächelte, während er im Gehen die Brille abnahm. Ansgar hielt sich noch eine Weile in der Klappergasse auf, denn für ihn war es noch früh am Tag.

Auch heute hatte er wie meistens erst nach Sonnenuntergang seine Wohnung verlassen. Erst in dieser abendlichen Stunde war es ihm möglich, sich unbesorgt im Freien aufzuhalten. Oft ging er dann am Frankfurter Mainufer entlang bis zur Alten Brücke, die er überquerte, um gleich darauf in Altsachsenhausen zu landen. Seit seiner Jugend hielt er sich in diesem Frankfurter Stadtteil gerne auf. Jetzt ging er auf die fünfzig zu und täglich verfluchte er seine Erkrankung. Eine extreme Sonnenallergie zwang ihn dazu, sich sehr vorsichtig zu verhalten. Schon die geringste Sonnenexposition führte zu einem Hautausschlag mit Pusteln, nässenden Bläschen, Rötungen und einem Juckreiz, den er kaum beherrschen konnte. Bereits in seiner Kindheit führte dieses Problem zu einem Außenseiterdasein, da er nicht, wie die anderen Kinder, draußen spielen durfte und oft gehänselt wurde. Ständig musste er langärmelige Hemden und lange Hosen tragen. Dazu war er gezwungen, sich nur im Schatten aufzuhalten.

Jetzt war er in der Mitte seines Lebens angekommen und verbrachte seine Tage in seiner eleganten dämmerigen Wohnung in der Nähe des Ostbahnhofs. Beim Kauf dieses schicken Apartments hatte er auf eine Ausrichtung nach Norden geachtet. Die Immobilie konnte er sich aufgrund einer großzügigen Zuwendung seiner Patentante leisten, welcher der arme Junge immer leidgetan hatte. Ansgar bildete sich mit Zeitungslektüre und im Internet weiter, unterbrochen von Besuchen im nahegelegenen Fitnesscenter, um sich seine athletische Figur zu erhalten. Der Weg dorthin war kurz, der Bürgersteig befand sich immer im Schatten. Was seine Arbeitseinsätze als Versicherungsvertreter betraf, so konnte er sie meist in die Abendstunden legen und tagsüber die telefonische Akquise betreiben. Er war erfolgreich in diesem Job, besonders bei Frauen, umso weniger verstand er die Kellnerin wie auch die anderen weiblichen Geschöpfe, die sich von ihm abwandten.

So war es ihm trotz seines guten Aussehens und aller Bemühungen noch nicht gelungen, die Frau fürs Leben zu finden. Den meisten Damen schien ein Strandurlaub offenbar eine der wichtigsten Voraussetzungen für eine Beziehung zu sein. Diesen Hang zur Sonnenexposition und die damit verbundene Fleischbeschau konnte und wollte er nicht verstehen. Wenn er nicht direkt nach Sachsenhausen pilgerte, ging er abends in der Nähe essen oder unternahm ausgedehntere Spaziergänge, die ihn in der letzten Zeit sehr oft schließlich doch noch auf die andere Mainseite geführt hatten. Mareike, die Kellnerin, war dort tätig.

Er kannte sie aus dem Internet. Das Onlinedating betrieb er schon einige Zeit. Bei dieser Kandidatin gewann er den Eindruck, dass es funktionieren könnte. Für Ansgar begann auf diese Weise eine ungemein erfreuliche Zeit, in der er zeigen konnte, dass er sich für einen interessanten Mann hielt. Wenn er auf seinem abendlichen Spaziergang in Sachsenhausen eintraf, nahm er seine Flamme regelmäßig nach ihrer Arbeit in einem Apfelweinlokal in Empfang. Er wartete ein paar Häuser von ihrem Arbeitsplatz entfernt auf sie und lud sie in diverse Bars oder Clubs zu einem Abendimbiss ein, wenn er nicht an trüben Tagen vor ihrer Schicht mit ihr essen ging. Sie zeigte sich stets sehr geschmackvoll gekleidet und unterhaltsam. Manchmal ließ sie sich auch in seine Wohnung mitnehmen, wo er Kleinigkeiten für sie vorbereitet hatte. Es gab keine Probleme. Oft verließ sie ihn erst am nächsten Morgen. Jedoch lehnte er ihre Vorschläge, an ihrem freien Tag ein Freibad aufzusuchen oder an einen See zu fahren, ab. »Du bist doch nicht der Typ für solche vulgären Aktivitäten«, sagte er amüsiert lächelnd. Mit schöner Regelmäßigkeit betonte er auch, wie unhygienisch dort die Verhältnisse seien. Das Argument war verständlich. Jedoch war der Spätsommer ungewöhnlich warm. Und dann kam ein Gast auf die dumme Idee, seiner Mareike eine preiswerte Woche in seiner Ferienwohnung auf Sardinien anzubieten. Ansgar zögerte kurz, entschloss sich aber dazu, ihr die Wahrheit sagen. Ihre Beziehung sollte nicht auf Lügen fußen, wenn er langfristig dachte. Nach einem Lachanfall machte sie ihm klar, dass ein Leben ohne Sonne, Wasser und Wind für sie nicht möglich sei. Und wenn sie allein zum Baden fahren sollte, könnte sie gleich ganz auf eine Partnerschaft verzichten. Sie wollte gemeinsam mit ihrem Partner durch die Wellentäler des Lebens schreiten. Ansonsten fände sie ihn attraktiv, aber es wäre doch besser für sie, sich einen gesunden Mann zu suchen. Dass er nicht gesund sein sollte, traf Ansgar wie ein Keulenschlag. Deshalb schlug er zurück. Bevor sie sich trennten, konnte er nicht anders, als ihr mit der flachen Hand das Lachen aus dem Gesicht zu schlagen. Er war der Ansicht, sie hatte die Backpfeife absolut verdient. Auge um Auge, Zahn um Zahn, so hieß es doch.

Ansgar schauderte, wenn er an die Mühsal neuer Aktivitäten auf der Datingseite dachte. Anfangs war er oft weggeklickt worden, weil er offen mit seiner Sonnenallergie umging. Schließlich entschied er sich dazu, bewusst nichts von seinem gesundheitlichen Problem zu schreiben. Warum sollte er mit der Tür ins Haus fallen? So kam es damals schnell zu einer ersten Verabredung mit der Kellnerin.

Nun musste er wieder von vorne anfangen. Ob er überhaupt die richtige Frau finden würde, dessen war er sich nicht sicher. Dieser Tage hatte er jedoch eine Kontaktanfrage von einer Dame erhalten, mit welcher er allerdings nur wenige Matchingpunkte teilte. Er hatte die Nachricht gelesen, ließ sich aber Zeit mit seiner Antwort, was auch in der Natur der Sache lag. Seinen Rechner benutzte er dienstlich und für viele Veranlagungen potenzieller Versicherungsnehmer, weshalb er sensible Daten enthielt. Deshalb erschien es ihm sinnvoll, nur in einem Internetcafé die Kontaktseite »Zweizeit« aufzurufen. Man wusste nie, wann und wie man gehackt wurde. Er wollte nicht über Datingseiten einen weiteren Weg dazu frei machen, obwohl es nervte, immer dieses Café am Ende der Borsigallee aufzusuchen. Vorsicht und der Schutz seiner Kundendaten gingen ihm über alles. Auch wegen Mareike gab es keinen Grund, auf die an ihn gerichtete Kontaktanfrage sofort zu antworten.

Ansgar seufzte. Er fragte sich, ob er wirklich so viel Energie in eine Beziehung investieren sollte, wenn er schließlich doch wieder abgewiesen wurde.

3

Kriminalhauptkommissar Horst Müller parkte seinen Wagen direkt vor dem Kleinen Wirtshaus und quälte sich mühsam hinter dem Lenkrad hervor. Sein grauer Anzug spannte, er hatte zugenommen. Er zog ihn glatt und betrat die Gaststätte. »Guten Abend, die Herren«, sagte er und nahm unaufgefordert an einem der größeren Tische Platz. Er bedeutete Uli und Siggi, die vor dem Tresen standen und offensichtlich auf ihn warteten, sich zu ihm zu setzen. Im Lokal lag der Geruch von Essen und Alkohol schwer in der Luft. Müller lockerte seine Krawatte. »Also?«, fragte er. Siggi riss sich zusammen und berichtete. Uli hörte die Geschichte zum zweiten Mal. Sein Partner war mit Tim, ihrem Hund, spaziergegangen. Zuerst führte er ihn zu einer kleinen Parkanlage jenseits der Elisabethenstraße, wobei es sich eher um einen Spielplatz handelte, der auf einem aufgegebenen Friedhof entstanden war. Nachts bei beginnender Dunkelheit nahm es Siggi nicht so genau, wohingegen er tagsüber meistens das Mainufer aufsuchte. Jedenfalls waren sie zum Schluss wie immer noch bis zum Ende der Klappergasse gegangen. Dort befand sich das Apfelweinlokal der dicken Anna, welches jetzt Apfelwein-Walther hieß. Hierhin zog es Tim, weil es dort oft ein Leckerli für den Vierbeiner gab.

Die dicke Anna hatte aus gesundheitlichen Gründen ihr Lokal verkaufen müssen. Schnell fand sie einen ihr nicht unsympathischen Gastronomen, der sich nach dem Tod seiner Frau verändern wollte. Heinrich Walther dachte schon immer an Altsachsenhausen. Es waren Gedanken, die seine Verblichene nicht mittrug.

Als Siggi näherkam, bemerkte er ein Paar, das sich am Hintereingang des Lokals gegenüberstand, wild gestikulierte und sich heftig zu streiten schien, wenngleich sie ihre Stimmen dämpften. Er verstand, wie die Frau ihrem Gegenüber klarzumachen versuchte, dass es zu Ende sei. Plötzlich erklang ein Schrei. »Bist du verrückt? Was machst du da? Steck sofort das Messer weg, du Idiot.« Siggi erschrak und versuchte sich unsichtbar zu machen. Er hielt sich die Augen zu und drückte sich an der Wand entlang in den nächsten Hauseingang. Dort verharrten er und Tim mit angehaltenem Atem und lauschten.

»Halt den Mund, du Schlampe, die ganze Zeit war ich dir gut genug und jetzt willst du mich einfach so verlassen? Das werden wir erst einmal sehen«, erwiderte der Angreifer mit einem bedrohlichen Unterton. Siggi hielt sich die Ohren zu. Plötzlich rannte jemand an ihnen vorbei. In dem Moment bellte Tim und der Messerstecher verschwand in der Dunkelheit, nicht ohne Siggi ins Gesicht gesehen zu haben. Vor Angst um das eigene Leben war Siggi zu Uli zurückgelaufen, ohne sich um Erste Hilfe zu bemühen oder gar einen Blick auf das Opfer zu werfen. Bei seiner Schilderung verzichtet Siggi jeweils darauf zu erwähnen, dass er sich zuerst die Augen und dann die Ohren zugehalten hatte. Sein Verhalten glich dem eines Kleinkindes und war ihm selbst peinlich. Er musste mutiger werden.

Horst Müller schluckte. Das klang kompliziert. Er griff nach seinem Mobiltelefon und rief die Spurensicherung an und schickte sie zu dem Tatort. Über die Tatsache, dass die Kollegen vom 8. Revier nicht selbst daran gedacht hatten, konnte er nur den Kopf schütteln und bestellte diese erneut ein. Er wollte in Begleitung von Streifenbeamten den Betreiber des Apfelwein-Walther aus dem Schlaf klingeln und befragen. Die Identität der Toten musste geklärt werden. Siggi vertrat die Meinung, dass es eine Kellnerin des Apfelwein-Walther gewesen sein könnte. Er war sich jedoch nicht sicher, denn für ihn sahen alle Frauen gleich aus, von wenigen Ausnahmen abgesehen. Zu diesen Sonderfällen gehörte die Frankfurter Polizeipräsidentin Annalene Waldau, für die Siggi geradezu schwärmte. Aber auch Alina, Ulis ehemalige Köchin, erwärmte sein Herz, insbesondere seit sie Mutter der kleinen Sissi geworden war. Alina stammte aus der Ukraine und war zu Siggis großem Schmerz ihrem Mann Vladimir in die Heimat gefolgt. Jetzt hoffte Siggi allerdings aufgrund der dortigen Zustände auf ein Wiedersehen.

»So Herr Reinhold, von Ihnen benötige ich noch eine Beschreibung des Täters. Haben Sie ihn hier auch schon einmal im Viertel gesehen, unabhängig davon, dass Sie ihn für einen Gast halten?« Siggi verneinte und blieb stumm. »Wie sah er aus? Morgen früh erwarte ich Sie dann noch im Präsidium für ein Phantombild.« »Ja, also was soll ich sagen?«, begann Siggi. Müller unterbrach genervt. »Na, was Sie an optischen Merkmalen wahrgenommen haben, so schwer dürfte das doch nicht sein.« »Mach schon, Siggi, ich habe keine Lust, hier die ganze Nacht zu verbringen!«, brummte Uli. »Also er war recht groß, bestimmt 1,87 oder mehr, hatte eine gute Figur, direkt athletisch.« »Was soll denn das heißen?«, unterbrach Uli. Siggi ließ sich nicht beirren. »Ich glaube, dass er eine Halbglatze hatte. Zu der Haarfarbe kann ich nichts sagen. Die Resthaare waren sehr kurz abrasiert. Seine Augenfarbe konnte ich auch nicht erkennen, es war schließlich dunkel. Außerdem stand ich unter Schock.« »Kein Problem, Herr Reinhold, wie war er gekleidet?« »Also, ich würde sagen, er war eher gut aussehend. Trug ein langärmeliges Hemd und eine helle Jeans, vielleicht beige oder hellgrau.« Uli schüttelte vernichtend den Kopf. Dass Siggi einen Mörder attraktiv fand, war wohl das Letzte. Aber so war er eben und ein Leben ohne Siggi war für Uli nicht denkbar. Vor ihrer denkwürdigen Hochzeit im Hilton, als zeitgleich der Vater des Kollegen Saleh dort ermordet wurde, waren sie ein Paar mit Höhen und Tiefen gewesen. So war es auch nach der Hochzeit geblieben, nur, dass Siggi jetzt bei ihm über der Gaststätte in Altsachsenhausen wohnte. Tagsüber sollte Letzterer als Makler arbeiten, allerdings gab es selten Erfolge in diesem Bereich, sodass Uli ihn immer mehr für Arbeiten in seinem Lokal, dem Kleinen Wirtshaus, heranzog.

4

Die uniformierte Polizei war eingetroffen. Die wenigen Meter zum Apfelwein-Walther legten sie zu Fuß zurück. Heinrich Walther hatte auch die ehemalige Wohnung der dicken Anna übernommen, die, wie in den kleinen Häusern in Altsachsenhausen oft üblich, über der Schänke lag. Anna kam oft zu Besuch, weil sie es nicht ertragen konnte, dass ein anderer ihr geliebtes Lokal betrieb. Zum Glück gab es mit ihrer fast täglichen Anwesenheit in dem Lokal keine Probleme, denn sie verstand sich mit Heinrich sehr gut. Eine Beziehung zwischen ihr und dem Witwer entwickelte sich schnell.

»Aufmachen, hier ist die Polizei«, rief Horst Müller. Endlich öffnete sich ein Fenster und ein zerzauster graumelierter Kopf zeigt sich. »Was soll das, ich habe Feierabend und dazu noch Besuch?«, ließ er sich unfreundlich mit Bassstimme vernehmen. »Haben Sie denn nichts mitbekommen von der Messerstecherei vor dem Hintereingang zu Ihrem Lokal?« Müller hielt seinen Polizeiausweis in die Höhe. »Das ist nicht der Hintereingang, das ist der Notausgang«, schimpfte Walther. »Wir sollten uns in Ihrer Wohnung weiter unterhalten«, ordnete Hauptkommissar Müller an und hielt weiterhin seinen Dienstausweis in die Luft.

Die dicke Anna, die heute wie gewöhnlich ihr geliebtes Lokal aufgesucht hatte, war dem Wirt des Apfelwein-Walthers, Heinrich Walther, nach Betriebsende wie so oft in letzter Zeit in seine Wohnung gefolgt. Sie fand es angenehm, dort zu übernachten. Der Witwer zeigte der Vorbesitzerin sehr gern, wie angetan er von ihr war.

Müller legte dem Wirt und seiner Besucherin auf seinem Mobiltelefon ein Tatortfoto des Opfers vor. »Das ist doch die Mareike, unsere Kellnerin. Wieso ist sie tot?«, stieß Walther zu gleichen Teilen fassungslos und ungläubig hervor. »Das wollten wir Sie auch gerade fragen. Mareike wie?«, setzte Horst Müller nach. »Was wissen Sie über Ihre Angestellte? Gab es heute Abend Auffälligkeiten in dem Verhalten des Opfers?«

Die Wirtsleute waren kaum zu bremsen und mehr als gewillt, Aussagen zu machen, damit der Killer, wie sie ihn nannten, hinter Schloss und Riegel käme. Besonders die einstige Wirtin sprudelte wie ein Wasserfall, denn sie hatte die Kellnerin seinerzeit eingestellt. Wenn Anna in ihrem ehemaligen Lokal ankam, unterhielten sich die beiden Frauen und tauschten Neuigkeiten aus.

»Die arme Mareike, sie war in der letzten Zeit so erfreut darüber, einen netten Mann kennengelernt zu haben. Die ist richtig aufgeblüht. Wer das ist und woher sie den hatte? Keine Ahnung. Da sie abends nicht alleine ausgegangen ist, sondern sich nur hin und wieder von einem Gast einladen ließ, hat sie ihn möglicherweise auch hier im Lokal kennengelernt, zum Beispiel an einem der Abende, an denen ich nicht anwesend war. Ich kann Heinrich schließlich nicht ständig auf den Füßen stehen.« Anna Wolff gönnte Heinrich Walther einen koketten Blick. Müller konstatierte, dass deren Schock nicht besonders nachhaltig war. Jetzt wollte er natürlich wissen, ob die Kellnerin einmal beispielsweise Angaben zu dem Wohnsitz dieses neuen Freundes gemacht oder dessen berufliche Tätigkeit erwähnt hatte. Wirt und Wirtin wussten nichts über diese Person, vermuteten aber eine schicke Wohnung, vielleicht in Sachsenhausen, womöglich in einem Neubau mit Aufzug und einen gut dotierten Job. Der Wirt, ein echter Frankfurter, konnte keine Beschreibung abgeben, weil sie sich nie abholen ließ.

»Eins weiß ich aber genau, der war erst fünfundvierzig, also acht Jahre jünger als sie. Das hat sie mir stolz erzählt«, ergänzte Anna. Von dem Streit zwischen den beiden am Hinterausgang war zu dem Betreiberpaar, was sich zu diesem Zeitpunkt bereits in der Wohnung des Wirtes befand, nichts durchgedrungen. Sie waren in ihren wohlverdienten Feierabend gewechselt, während Mareike noch aufräumen und abschließen wollte. Sie genoss das volle Vertrauen der Wirtsleute und war sehr zuverlässig.

Müller begriff, dass er von den Wirtsleuten zu dieser nächtlichen

Stunde keine weiteren Informationen erhalten würde. Er ging nun mit dem Wirt nach unten in das Lokal und ließ sich die Handtasche des Opfers aushändigen. Die Tasche enthielt den Wohnungsschlüssel, was nach Vorliegen eines Durchsuchungsbeschlusses die Spurensicherung in der Wohnung erleichtern würde. Dort galt es vor allem, einen Computer sicherzustellen. Müller beabsichtigte am nächsten Tag die Kriminaltechniker zu begleiten, um sich auch persönlich ein Bild zu machen. Heinrich Walther meinte, dass er nun doch noch nachsehen wollte, ob alles ordnungsgemäß abgeschlossen sei. In der Vorratskammer fand sich die Strickjacke des Opfers, die jedoch keine weiteren Hinweise enthielt, sodass Müller sie dort hängen ließ. Der Hauptkommissar bedankte sich und kündigte weitere mögliche Fragen an. Kopfschüttelnd stapfte Heinrich Walther in seine Wohnung und zur dicken Anna zurück.

5

Am nächsten Morgen wurde Siggi wie vereinbart zur Erstellung einer Computerdarstellung des Täters vorstellig. Nach der langen Nacht begab sich Horst Müller ziemlich unausgeschlafen ins Präsidium. Seine Laune entsprach der des hinzugezogenen Kollegen, der sich mit den Angaben des Zeugen herumschlug. Siegbert Reinhold war mit der Umsetzung seiner Beschreibungen nicht leicht zufriedenzustellen. Schließlich entstand ein von der Form her länglich dreieckiges Gesicht, in dem dunkle Augenbrauen über hellblauen Augen hervorstachen, die einen gewissen Kontrast zu dem fast kahl rasierten Schädel bildeten. Die Lippen waren ausdrucksvoll. Siggi beharrte auf einem leidenden nachdenklichen Gesichtsausdruck, den er gesehen haben wollte. Immer wieder betonte er, dass man ausgehend von Gesicht und Hals auf eine gute Figur schließen können müsste. Horst Müller wurde es irgendwann zu viel, das Bild des gut aussehenden Täters weiter zu perfektionieren. Er schickte den Kollegen weg. »Aber es war noch nicht hundertprozentig«, murrte Siggi beleidigt. »Wegen dieser Aktion bin ich extra früh aufgestanden und jetzt soll es das gewesen sein? Das verstehe ich nicht.« »Das Bild wird ausreichen, außerdem haben Sie doch heute Nacht betont, dass Sie nicht alle Merkmale genau gesehen haben.« »Das stimmt«, antwortete Siggi. »Aber vor dem Einschlafen sind mir noch ein paar Dinge eingefallen, die ich jetzt gerne visualisiert hätte.« Horst Müller seufzte. »Erzählen Sie mir doch einfach, was Ihnen noch aufgefallen ist.« »Nein, jetzt habe ich keine Lust mehr. Außerdem bin ich entnervt.« Siggi klang eher beleidigt. »Sie sind entnervt?«, gab Horst Müller zurück und ließ dabei anklingen, dass allein er Grund hatte, entnervt zu sein. »Es gibt noch einen anderen Grund, entnervt zu sein«, meinte Siggi, ohne den Tonfall

Müllers zu beachten. »Uli sieht es auch so.« »Was sieht Uli auch so?«, fragte Müller, der den Zeugen am liebsten rausgeschmissen hätte. »Dass ich Polizeischutz benötige. Der Mörder hat mich gesehen und jetzt will er mich kaltmachen«, antwortet Siggi mit einem Zittern in der Stimme. »Das wird nicht nötig sein«, bemerkte der Hauptkommissar. »Der Täter wird sich mit Sicherheit nicht mehr in Ihrer Ecke blicken lassen.« »Woher wollen Sie das wissen? Es gibt doch die Theorie, dass die Mörder immer wieder an den Tatort zurückkehren.« »Wenn Sie das so sehen, Herr Reinhold, sollten Sie einfach ein bisschen vorsichtig sein oder sich bei der Polizei als Quereinsteiger bewerben. Die Polizei sieht es derzeit noch anders. Außerdem haben wir nicht genug Kapazitäten, um jeden potenziell gefährdeten Zeugen überwachen zu lassen. Sie können doch einfach eine Weile zu Hause bleiben. Halt, nein, da fällt mir etwas ein. Sie könnten den Lockvogel für den Täter abgeben. Das muss ich aber erst mit meiner Chefin abklären.«

Siggi schluckte. »Ist Frau Waldau eigentlich gerade anwesend? Würde sie gegebenenfalls mit mir reden?«, fragte er. »Wollen Sie sich beschweren? Nur zu.« Er wählte die Nummer der Polizeipräsidentin. »Hier ist ein Herr Reinhold, der sich bei Frau Waldau über die Arbeit der Polizei beschweren möchte. … Ach, er kann kommen? Gut, ich schicke ihn nach oben.« Kopfschüttelnd legte Horst Müller auf. »Sie werden erwartet«, sagte er zu Siggi. »Ich will mich gar nicht über die Polizei beschweren. Ich kenne Frau Waldau privat und wollte sie besuchen, wenn ich schon einmal hier bin.« Siggi sagte es mit stolz geschwellter Brust.

Annalene Waldau war aufgestanden und umarmte Siggi herzlich. Wir haben uns so lange nicht mehr gesehen«, sagte sie. »Du hättest im Kleinen Wirtshaus vorstellig werden können, nachdem die Renovierungen abgeschlossen waren, ich habe es dir geschrieben«, gab Siggi zu bedenken. »Du weißt, dass meine Freizeit sehr knapp bemessen ist. Abends alleine auszugehen, und wenn es nur für eine kurze Zeit ist, bereitet mir Schwierigkeiten. Derzeit läuft es wieder einmal schlecht mit Wolfgang.« Die Polizeipräsidentin seufzte. Siggi war in groben Zügen informiert über das Auf und

Ab in der Waldau'schen Ehe, verursacht durch Wolfgang Waldau, seines Zeichens Richter am Oberlandesgericht. Siggi war mit der Polizeipräsidentin über deren Onkel in Kontakt gekommen, denn dessen Sohn Sascha hatte im Kleinen Wirtshaus den Tod gefunden. Später war drüber hinaus Siggis Mutter eine kurze Zeit dem Onkel, Jean-Paul Wienhold, in einer Romanze verbunden gewesen. Die aufkeimende späte Liebe wurde durch einen tragischen Autounfall, der beiden das Leben nahm, beendet.

6

Ansgar stieß die Tür des Internetcafés auf. Can Kanfour erhob den Kopf und nickte dem eintretenden athletischen Mann zu. Er wurde nicht recht schlau aus seinem Stammkunden. Er sah nicht so aus wie die üblichen Jugendlichen, die bei ihm verkehrten, genauso wie auch die Bauarbeiter aus der Umgebung, die in ihren Containern keinen Computer hatten. Dass der gut gekleidete blasse Mann mittleren Alters ein Datingportal besuchte, hatte er schnell bemerkt. Ansgar verzichtete hier auf jede Heimlichtuerei. Er wird wohl verheiratet sein, spekulierte der Cafébetreiber und nahm sich vor, den Kunden einmal in ein Gespräch zu verwickeln. Er war hier der Einzige, der Wein bestellte. Ansgar hatte den Laden ausgewählt, weil man gut mit der U-Bahn hinfahren konnte, sodass die Sonnenexposition vermeidbar war. Er musste jeweils nur wenige Meter laufen.

Jetzt wollte er sich endlich der Metzgereiverkäuferin Carla zuwenden, welcher er schon länger eine Antwort auf ihre Anfrage schuldete. An Mareike mochte er nicht mehr denken, jedenfalls nicht jetzt. Ihre endgültige Trennung war dumm gelaufen, das sah er ein. Einerseits quälte ihn die demütigende Suche, die sich nun noch länger hinzog. Aber anderseits, er wollte die Frau an seiner Seite finden. Mittlerweile lernten sich mehr als fünfzig Prozent aller Paare im Internet kennen.

Gebeugt saß der hoch gewachsene Mann vor dem Rechner. Gedankenverloren strich er mit seiner Hand über den dunklen Bartschatten in seinem hellen Gesicht. Was sollte er dieser Carla schreiben? Sie zeigte sich mit einem braunen Kurzhaarschnitt, ungeschminkt und mit einem netten Lächeln. Dazu schien sie etwas übergewichtig. »Vielen Dank für deine Zuschrift, liebe Carla. Sie hat mich sehr gefreut. Ich konnte nicht eher antworten, weil ich noch einen anderen Kontakt zu Ende führen wollte. Ich fahre eingleisig. Jetzt weißt du schon eine Menge über mich. Und ja, was soll ich noch viel schreiben? Ich bevorzuge die direkte Konfrontation. Wollen wir uns treffen? Wenn ja, dann warte ich auf deine Zeit- und Ortsangabe. Gegen Abend bin ich flexibel, aber ich würde mir auch eine andere Zeit einrichten. Wir sehen dann, ob es passt oder nicht, aber ich habe ein gutes Gefühl. Liebe Grüße von einem Unbekannten, der die Suche ernst nimmt.« Er lehnte sich zurück und blieb eine Weile inaktiv auf der Datingseite. Vielleicht schrieb ihm seine Metzgereiverkäuferin gleich zurück. Sie sollte jetzt sicherlich Feierabend haben.

Can Kanfour, der Besitzer des Internetcafés, kam näher. »Wollen Sie vielleicht morgen wiederkommen? Ich öffne um 11.00 Uhr. Jetzt muss ich zu meiner Frau nach Hause. Sie hat Geburtstag.« »Das verstehe ich gut. Verzeihen Sie bitte, dass ich Sie aufgehalten habe.« Ansgar lächelte höflich, als er sich ausloggte und aufstand. An Kanfour vorbei strebte er zum Ausgang. »Sie sind immer so gut gekleidet, bestimmt haben Sie eine interessante Arbeit«, ließ sich dieser vernehmen. »Makler«, antwortete sein Gast, bevor er die Tür zufallen ließ. Dass man durch seine verkürzte Auskunft auf Immobilien schließen konnte, geschah mit voller Absicht. Er würde mindestens zwei Tage warten, bis er wieder hier vorstellig wurde. Es gab auch andere Internetcafés. Vielleicht sollte er doch das Telecafé, welches in der Nähe seiner Wohnung lag aufsuchen, es würde vieles vereinfachen. Er konnte einen Umweg laufen, aus der anderen Richtung erscheinen und auch ebenso zurückkehren. Er wollte verhindern, dass sich jemand aus seiner Nachbarschaft an seine Fersen heftete. Auch das gehörte zu seinem Vorsatz, keine Spuren zu hinterlassen. Überdies war er ein Einzelgänger und wollte es bleiben, die Umstände hatten ihn dazu gemacht. Nur der einen Partnerin, die ihm die mütterliche Zärtlichkeit zu geben bereit war, würde er sich zu einem späteren Zeitpunkt öffnen. Während er auf die U-Bahn wartete, musterte er die Frauen auf dem Bahnsteig. Bauchfreie Oberteile und lange schlapperige Hosen zu

Turnschuhen entsprachen nicht seinem Design. Zum Glück zeigte sich der Abendhimmel wolkenverhangen.

Kommissar Horst Müller musste bis in die frühen Nachmittagsstunden auf den Durchsuchungsbeschluss warten. Nach dem Abgang des Zeugen Reinhold war Müller in die Uniklinik gefahren, um zu versuchen, das Opfer zu befragen. Selbstverständlich ließ man ihn nicht zu der schwerstverletzten Mareike Reimers. Müller interviewte ersatzweise das diensthabende Pflegepersonal der Intensivstation. Nein, die Patientin habe gar nichts gesagt, auch sei niemand gekommen, um sie zu sehen oder sich nach ihrem Befinden zu erkundigen. Der diensthabende Arzt sagte, es sei ein Wunder, dass die Versehrte überhaupt noch am Leben sei. Das Messer habe die Lunge getroffen, sodass Frau Reimers im Begriff stand, innerlich zu verbluten. Die nächsten Stunden würden zeigen, ob sie über den Berg war. Die Chancen stünden fünfzig zu fünfzig.

Müller hatte die Staatsanwaltschaft über den Sachverhalt informiert und endlich den Beschluss für die Öffnung der Wohnung des Opfers erhalten. Er betrat eine dämmrige, sehr aufgeräumte Wohnung. Nur ein leiser Sauerkrautgeruch erinnerte an die Tätigkeit der Bewohnerin. Deren Anwesenheit lag wohl noch nicht so lange zurück.

Routinemäßig begann die Spurensicherung ihre Arbeit, Schublade um Schublade, Schranktüren wurden Stück für Stück geöffnet, jedes Kissen, jedes Blatt umgedreht, jeder Fussel, falls es einen solchen gegeben hatte, eingesammelt und in Plastik verpackt. Horst Müller hatte den Laptop an sich genommen, die Garderobe des Opfers inspiziert und ließ nun das Gesamtensemble der Wohnung auf sich wirken. So wohnt also eine Kellnerin eines Apfelweinlokals, dachte er. Interessant. Der Kleiderschrank hatte zwei schwarze Hosen und zwei schwarze Röcke enthalten sowie weiße und schwarze Blusen in allen Varianten, daneben aber gab es eine Jogginghose und zwei schöne geblümte Sommerkleider. Sie hingen unter schwarzen Blazern, die wohl auch die Hosen und Röcke ergänzten. Auch gab es schwarze Pullover und eine Strickjacke. Frau Reimers zeigte hier einen subtilen Geschmack, der sich jedoch nicht auf den Pyjama erstreckte, der mit rosafarbigen Teddybären bedruckt war. Müller interessierte sich dafür, ob es Hinweise auf Familienmitglieder oder Freunde des Opfers gab. Die Spurensicherung verneinte. »Wiedersehen«, sagte der Hauptkommissar schließlich und ging. Er war froh, das Siebzigerjahre-Ambiente verlassen zu können. Offenbar hatte Mareike Reimers die Wohnung möbliert übernommen. Müller war schon an der Haustür, als man ihm von oben noch zurief, dass ein graues Barthaar gefunden wurde. »Ja«, sagte Müller. »Ich danke für die Information. Wir benötigen selbstverständlich die DNA.«

Als er im Präsidium ankam, erhielt er die Nachricht, dass Mareike Reimers soeben gestorben war. Ein Anflug von Trauer beschlich ihn. Er beschloss, Feierabend zu machen und nach Hause zu fahren. »Bernadette, ich bin unterwegs«, kündigte er sich seiner Ehefrau an. Horst Müller gelang es immer noch, ein Gefühl der Verliebtheit zu entfalten, wenn er an seine Frau dachte. Bernadette war eine schlichte Brünette, faltenfrei und mit einer üppigen Figur ausgestattet. Sie kochte überdies sehr gut.

Siggi behielt die Tür im Auge, was sich ab 17.30 Uhr schwierig gestaltete, wenn Ulis Stammtrinker das Kleine Wirtshaus fluteten. Er saß ganz hinten am Tresen, sodass er sich sofort verdrücken konnte, wenn Gefahr im Verzug war. Allerdings hatte Annalene Waldau ihn beruhigt. Es sei eine Beziehungstat gewesen. Der Täter würde sich keinesfalls zeigen, sondern eher abtauchen. An Personen, die nichts mit seiner Beziehung zu tun hatten, sei er nicht interessiert. Die Polizeipräsidentin schätzte Hauptkommissar Müllers Idee, die Siggi ihr kolportiert hatte, dass er nämlich den Lockvogel spielen sollte, eher als nicht zielführend ein.

»Wir brauchen dringend Hilfe.« Die dicke Anna stürzte auf Uli zu. »Das Lokal wird überrannt, seit die Zeitungen von dem Mord an der Kellnerin Mareike R. berichtet hatten. Du weißt doch, dass ich dir immer geholfen habe«, stieß Anna atemlos in Richtung Uli hervor. »Siggi muss kommen und uns helfen. Wir schaffen den Andrang nicht alleine.« Ihr Blick glitt suchend über Ulis Gäste, bis sie den sich klein machenden Siggi im Visier hatte. »Siggi, bitte, du kommst gleich mit.« Als dieser sich noch mehr wegduckte, stapfte die Ex-Wirtin Anna nach hinten und zog Siggi mit einer Hand von seinem Barhocker. Dabei schwang sie mit der anderen Hand eine Kellnerschürze. »Na, geh schon«, kommentierte Uli das Geschehen. »Ich komme hier schon alleine klar. Meine Stammgäste passen auf, dass keiner die Zeche prellt, wenn ich in der Küche bin. Außerdem verkehren bei mir keine Zechpreller«, fügte er noch in Richtung Anna hinzu. Siggi ließ sich jetzt widerwillig mitziehen.

Im Apfelwein-Walther stürzte er sich nach zwei Gratisschoppen in den Hochbetrieb und war schneller als gedacht in seinem Element. Bei Uli gab es selten etwas zu kellnern, weil dieser Wert auf die persönliche Ansprache seiner Gäste legte, was nur er seiner Meinung nach gut konnte. Siggi wurde eher mit Küchendiensten, Aufräumarbeiten und Einkäufen betraut, Letzteres nur ungerne.

Nachdem auch der letzte Gast seine Neugierde und seinen Durst gestillt hatte, durfte er gehen. Er war als Held gefeiert worden, nachdem die dicke Anna durchsickern ließ, dass es sich bei dem neuen Kellner um den Augenzeugen der Tat handelte. So war Siggi nicht ganz freiwillig doch noch zum Lockvogel geworden. Als er sich todmüde neben Uli ins Bett fallen ließ, murmelte dieser, dass er ihn vermisst habe. Tatsächlich bedauerte Uli sogleich nach Siggis Abgang seinen Beitrag dazu. Ohne seinen Partner fühlte er sich doch etwas einsam in seinem Lokal, auch wenn er manchmal nach einem sehr turbulenten Abend dringend seine Ruhe brauchte. Er streckte den Arm in Siggis Richtung, der jedoch schon eingeschlafen war.

Uli hatte sich bequemt, während Siggi noch schlief, mit dem Hund rauszugehen und frische Brötchen mitzubringen. Bei der Gelegenheit nahm er auch die Bild-Zeitung mit. Beim Kauf achtete er nicht auf die Schlagzeile. Was musste er später auf einer der ersten Seiten lesen, nachdem er sie aufschlug, während die Eier kochten und der Kaffee durchlief? »Augenzeuge der Tat übernimmt für das Mordopfer. Will der Zeuge den Täter herausfordern?« Siggi war schlaftrunken im Pyjama am Frühstückstisch erschienen. Der Geruch von frisch gekochtem Kaffee weckte ihn aus seinen Träumen. Uli hielt ihm sofort die Zeitung vor das Gesicht, doch Siggi musste sich erst den Schlaf aus den Augen reiben, bevor er lesen konnte und vor allem sein Foto, das ihn dort zeigte, bemerkte. »Tja«, sagte Uli. »Jetzt bist du tatsächlich Dank der Bildzeitung zum Freiwild geworden.« Dann wurde er ernst. »Du musst mit deiner Freundin, der Polizeipräsidentin telefonieren. Dieser Müller ist nicht kompetent genug.«

»Annalene meint, dass der Mörder mir in einer vollbesetzten Wirtschaft nichts tun wird, weil er dann sofort überwältigt werden würde. Außerdem soll in der Klappergasse zwischen unserem Lokal und dem Hintereingang des Apfelwein-Walthers jetzt abends immer eine Streife stehen. Sie will das persönlich anordnen. Außerdem ist sie der Ansicht, dass der Artikel dem Lokal noch mehr Publikum bescheren wird. Wahrscheinlich kommt dann niemand mehr in das Kleine Wirtshaus«, sagte Siggi. Uli zog die Augenbrauen zusammen und versuchte die sehr plausibel klingende Überlegung aus seinem Kopf zu verjagen. »Jetzt könntest du duschen und dich anziehen«, ordnete er an.

7

Ansgar ging die Hanauer Landstraße im Häuserschatten entlang, überquerte die Straße und kam aus der entgegengesetzten Richtung auf das Telecafé zu. Der Laden war gut besucht, niemand nahm Notiz von ihm. Er öffnete Carlas Nachricht. Wie erwartet, schlug sie ihm den morgigen Tag für ein Treffen im Café an der Hauptwache vor. Sie würde die Bild-Zeitung in der Hand halten. Dem Mittvierziger kamen plötzlich Zweifel in Bezug auf die Geeignetheit der Kandidatin. Aber gut, er würde sie sich anschauen. Bevor er ihr zurückschrieb, verfasste er doch noch eine Nachricht an Mareike, auch wenn ihm das endgültige Ende ihrer beginnenden Beziehung deutlich vor Augen stand. Schaden konnte dieser Nachtrag auf keinen Fall. Er drückte seine Verwunderung aus, dass sie sich überhaupt nicht mehr meldete, man könnte doch wenigstens den Kontakt halten. Er erinnerte sie an die vielen Barbesuche zu später Stunde und die anschließend gemeinsam verbrachten Nächte, in denen sich ihre Körper mühelos gefunden hatten. Er bildete sich ein, dass sie vielleicht Freunde werden konnten und ignorierte alles andere.

Ansgar schickte auch die Nachricht an Carla ab, in welcher er ihr das bevorstehende Treffen bestätigte und seiner Freude darüber Ausdruck verlieh. Auf dem Rückweg überlegte der durchtrainierte Mann, der sich gelegentlich des Gangs einer Raubkatze befleißigte, wie er seinen Abend gestalten sollte, ob er sich unter das muntere Treiben im Apfelwein-Walther mischen sollte, bisher hatte er sich dort nicht blicken lassen, sondern nur einmal den Laden aus der schräg gegenüberliegenden Kneipe beobachtet, weil er die nicht verabredete Aussprache mit der Kellnerin herbeiführen wollte. Als das Lokal noch von der dicken Anna betrieben wurde, war er eine

Zeitlang dort ein- und ausgegangen. Der Versicherungsvertreter war komplett schwarz gekleidet. Seinen Schädel rasierte er selbst und dieser war nun komplett kahlgeschoren. Ansgar entschied sich jedoch zunächst gegen den Besuch in dem neuen Trendlokal. Er musste arbeiten, zumal ihn die morgige Verabredung davon abhalten würde.

Siggi konnte es kaum abwarten, bis er sich wieder in das Getümmel der Apfelweinwirtschaft stürzen konnte. Zuvor hatte er viel Wert auf seine Garderobe gelegt. Sollte Uli doch denken, was er wollte. Womöglich wurde er wieder für die Zeitung fotografiert.

Nach dem mit Arbeit in seiner Wohnung verbrachten Abend erschien Ansgar verfrüht zu dem Treffen. Er wollte Carla auf sich zukommen sehen. Sie kam zu spät. Zu seiner Überraschung entsprach sie nicht im Mindesten seinen klischeehaften Vorstellungen. Im dezenten graukarierten Etuikleid, was aber ihr Übergewicht betonte, und mit einem jungenhaften Kurzhaarschnitt passte sie eher zu einem Anwalt als in eine Metzgerei. Die Zeitung presste sie sich an die Brust. Ansgar trat einen Schritt auf sie zu. »Guten Tag, wir sind verabredet, nehme ich an?«, begrüßte er sie. Carla musterte ihn kurz. »Ja, das sind wir«, erwiderte sie dann eher neutral und reichte ihm eine feuchte Hand. Ansgar schlug vor, einen Tisch im Lokalinneren zu nehmen, wobei, das bemerkte er, Carla lieber draußen gesessen hätte. Er verspürte jedoch keine Lust, sich zu überlegen, welcher Tisch möglichst risikofrei war, was die Sonne betraf. Im Innenraum bestellte er für sie beide Frankfurter Kranz und Kaffee. Den Kuchen hatte sie ausgesucht. Kein Wunder, dass sie so dick war, dachte Ansgar.

»Sind Sie in Frankfurt verwurzelt?«, fragte er. »Schon«, antwortete Carla und schlug vor, dass sie sich duzen sollten. »Ich stamme von einem Schweinehof aus Niedersachsen. Deshalb sollte ich die Ausbildung zur Metzgerverkäuferin machen. Der Liebe wegen bin ich nach Frankfurt gekommen, aber er hat mich und René schnell sitzen gelassen. René ist mein Sohn. Er ist schon über dreißig und studiert auf dem zweiten Bildungsweg. Seine Frau arbeitet und kümmert sich meistens um den gemeinsamen Sohn. Manchmal aber nehme ich ihm das Kind ab, dann habe ich keine Zeit. So jetzt bist du dran, nachdem du nun alles über mich weißt.« Ansgar gefror das Blut in den Adern. Sie hatte eine Familie, davon stand nichts in ihrem Profil. »Über mich gibt es nichts Besonderes zu erzählen. Der Vater Polizist, die Mutter Hausfrau. Keine Geschwister. Wenig Interesse an der Schule. Schließlich eine ehrbare Ausbildung und der Augapfel von Vaters Schwester, die mir zur zweiten Mutter wurde und die mich immer um alles um Rat gefragt hat. Darüber habe ich fast mein eigenes Leben vergessen. Vielleicht hätte ich Lebensberater werden sollen«, fügte er scherzhaft hinzu. Ansgar hatte sich soeben neu erfunden und glaubte an diese Vergangenheit. Hoffentlich klang das nicht zu langweilig, was er über sich erzählt hatte. »Dein Enkel, wie alt ist er?«, fragte er nach einer kurzen Pause. »Vier«, sagte sie und schaute auf die Uhr. »Oh, es ist später, als ich dachte. Ich muss gehen.« »Musst du noch arbeiten?«, fragte Ansgar bestürzt. »Nein, nein. Es ist nur so, ich habe noch eine Verabredung mit einem anderen Kandidaten. Er hat eine eigene Metzgerei. Du hast dich auch zuerst nicht gemeldet.« Ansgar nickte. »Verstehe«, sagte er. »Du kannst gerne schon gehen. Ich bezahle. Es war schön, dich kennengelernt zu haben.« »Danke, das ist nett. Ich melde mich wieder.« »Oder auch nicht«, ergänzte er in Gedanken, stand halb auf und deutete eine Verbeugung an. Als er sich auf den Stuhl zurückfallen ließ, brandete so etwas wie Wut in ihm auf. Wurde er bereits abserviert, ohne dass er seine Krankheit erwähnt hatte? Das war neu. Irgendwie musste er sich abreagieren. Er beschloss tatsächlich mit dem Glück einer persönlichen Begegnung zu spielen und ein paar Gläser im Apfelwein-Walther zu trinken. Er hatte die Überschrift zu dem Artikel über den Zeugen, der dort als Kellner für das Mordopfer eingesprungen war, in der Bildzeitung gelesen, die Carla vergessen hatte. Er stellte die seltsame Überlegung an, dass es in den Höfen der Gefängnisse aufgrund der hohen Mauern immer Schatten gab. Der Gedanke amüsierte ihn. Anna würde sich bestimmt freuen, ihn zu sehen, wenn sie anwesend war. Sie freute sich immer über ihn. Und er freute sich darauf, wieder bei ihr zu sein und ihr für ihre Nähe zu danken. Viel zu lange hatte er sich ihr entzogen, um sein eigenes Leben aufzubauen, obwohl er ihr doch so viel verdankte.

Ansgar fuhr zuerst nach Hause, um zu duschen. Er musste die Begegnung mit der Dame abwaschen. Wenn er das Intermezzo zu nahe an sich ranließ, konnte er sich gleich eine Kugel in den Kopf jagen oder sich zumindest die Kante geben. Er hatte »Sauvage«, sein neues Eau de Toilette aufgelegt. Es passte zu Apfelwein.

Im Apfelwein-Walther herrschte das vorhergesehene Gedränge. Ansgar konnte sich gerade noch an den Rand einer Bank mit einer Gruppe Unbekannter quetschen. »Ich störe doch nicht?«, fragte er seinen Tischnachbarn, der einigermaßen benommen den Kopf schüttelte. Schließlich kam Siggi in Reichweite. »Herr Ober«, rief Ansgar. »Bringen Sie mir bitte einen großen Apfelwein pur und einen Handkäse.« »Ja, gern, ich werde mein Bestes tun.« Ansgar warf noch einen Blick auf seinen Nachbarn, denn er wollte wissen, ob dieser schon gegessen hatte. Offenbar war sein Tischgenosse satt und zufrieden, denn er war eingeschlafen. Plötzlich stürzte eine voluminöse Frau auf ihn zu, schüttelte jedoch seinen Nebenmann. »Hier wird nicht geschlafen«, ließ sie sich vernehmen. »Tante Anna«, entfuhr es Ansgar. »Ansgar, das gibt es doch nicht.« Anna ließ von dem Schläfer ab und umarmte, so gut es eben ging, ihren Patensohn. »Wie schön, dass du endlich gekommen bist.« Tränen der Freude liefen über ihr Gesicht. »Ich hoffe, dass du mittlerweile Apfelwein magst, aber für dich habe ich immer eine gute Flasche Wein aufbewahrt.«

Als Siggi mit dem Handkäse kam, machte Anna die beiden Männer miteinander bekannt. Anna überlegte kurz. »Sag Ansgar, hättest du vielleicht Zeit, abends hier auszuhelfen, bis ich eine neue Kellnerin habe? Dann müsste ich Siggi aus dem Nachbarlokal nicht mehr bitten. Den kleinen Dienst könntest du mir erweisen.« Ansgar dachte an seine Wohnung, die ihm seine Patentante finanziert hatte, und willigte ein. Auch hatte Tante Anna ihm immer näher gestanden als die eigene Mutter. Siggi stand mit hängenden Armen neben dieser Wiedersehensfreude. Ihm schwammen alle Felle davon. Er kellnerte hier doch gern und jetzt wurde er so mir nichts dir nichts weggeschickt. Das Ambiente beim Apfelwein-Walther war so anders als im Kleinen Wirtshaus mit den langweiligen Stammgästen, die von Uli dominiert wurden.

8

Uli hatte kaum Gäste, nur ein oder zwei der Stammtrinker hatten sich zu ihm verirrt und wollten aber eigentlich nur seine Meinung zu den Ereignissen im Apfelwein-Walther wissen. Schließlich blieb er allein im Kleinen Wirtshaus zurück. Schlecht gelaunt begann er aufzuräumen. Er nahm sich sogar die Besteckschubladen vor, die es galt, wieder einmal auszuwischen. Das wäre natürlich Siggis Aufgabe gewesen. Bei der Gelegenheit fiel ihm ein spitzes langes Küchenmesser ins Auge, das er vorher noch nicht gesehen hatte. Misstrauisch legte er es neben die Spüle. Das konnte nur von Siggi stammen. Als dieser in ebenfalls düsterer Stimmung früher als erwartet zurückkam, hielt er ihm das Schneidewerkzeug unter die Nase. »Kennst du das?«, fragte er.

Siggi sah genau hin, obwohl er sofort wusste, um was es ging. Er hatte das Messer aufgehoben, welches der Täter bei seiner durch Tims Bellen ausgelösten Flucht hatte fallen lassen. Reflexhaft hatte sich Siggi gebückt und hob es auf. Bei seinem atemlosen Eintreffen legte er es achtlos an die Seite und steckte es erst später in die Spülmaschine, die er irgendwann ausräumen musste. Genau das erklärte er seinem Mann. »Bist du komplett wahnsinnig!«, schrie sich dieser seine aufgestaute Wut aus dem Leib. »Du kannst die Tatwaffe doch nicht bei uns verschwinden lassen, nachdem du vorher sämtliche Fingerabdrücke durch die Spülmaschine entfernt hast, du Schwachkopf. Wie sieht das denn aus? Es wundert mich aber, dass der Kriminalhauptkommissar noch nicht nach der Tatwaffe gesucht hat.« »Vielleicht denkt er, dass der Täter sie mitgenommen hat«, wandte Siggi ein. »Es scheint so, als ob dieser Müller nicht besonders helle ist«, erklärte Uli dann weitsichtig. »Morgen werden wir ihm das gute Stück überreichen«, bestimmte er. Siggi wollte protestieren, aber Uli sagte nur, dass er kein Aber duldete und dass er jetzt noch einen Schlummertrunk kredenzte. Er war plötzlich bester Laune, nachdem er sich der Polizei dermaßen überlegen fühlte.

Ulis Laune kippte schlagartig im Polizeipräsidium. Sie mussten auf das Eintreffen des Hauptkommissars warten. Müller machte nach einem gemütlichen Abend mit seiner Bernadette von seinem Recht der Gleitzeit Gebrauch. Nach einem üppigen Abendessen leerten sie auf der ausladenden dunkelgrauen Couch zwei Flaschen Wein und sahen zwei Filme hintereinander an, wobei Horst Müller mehrmals seiner Frau zärtlich über das nackte Knie streichelte. Bernadette hatte sehr schöne Beine. Müller war geradezu vernarrt in ihre Extremitäten. Je höher sein Alkoholspiegel stieg, desto höher wanderte seine Hand. Er hoffte auf eine lange Nacht. Schließlich konnte er sich am nächsten Morgen im Büro erholen.

»Erst die Pflicht, dann das Vergnügen«, erklärte Uli, als es um die Frage ging, wann sie frühstücken wollten. Siggi hatte ergeben genickt, obwohl sein Magen knurrte. Bei der dicken Anna war er nicht zum Essen gekommen. Erst war sie mit ihrem Patenkind beschäftigt gewesen und dann entließ sie ihn mit sofortiger Wirkung. Zuvor bei Dienstbeginn war er viel zu aufgeregt gewesen, um sich mit der Frage, was er zu seiner Stärkung zu sich nehmen könnte, zu befassen. Uli, der ihn anschließend mit Fragen und Vorwürfen überschütte, rückte nur Whisky heraus.

Müller traf ein. Schnell wurde Siggi zum Hauptverdächtigen erklärte. »Ihnen ist schon klar, dass Sie eine Täterbeschreibung geliefert haben, die zu einem Phantombild führte, worauf sich niemand gemeldet hat?«, fragte er suggestiv. »Wir haben nicht nach der Tatwaffe gesucht, weil wir davon ausgegangen sind, dass der Täter sie mitgenommen hat.« Müller sah die beiden Reinholds triumphierend an. »Diese Annahme war offensichtlich völlig richtig, denn Sie, Herr Reinhold«, Müller hatte Siggi im Visier, »haben die Tatwaffe mitgenommen. Was folgt also daraus?«, fragt er und zog die Augenbrauen hoch. »Sie, Herr Reinhold, haben zugestochen und sind folglich der Täter.«

»Das stimmt nicht.« Siggi sprang auf. »Das ist eine infame Unterstellung.« »Beweisen Sie mir das Gegenteil, Herr Reinhold«, sagte Müller und verschränkte die Arme vor seinem Bauch. »Uli, sag etwas. Du weißt, dass ich kein Mörder bin.« Uli erhob sich. »Beruhige dich Siggi. Natürlich denke ich, dass du kein Mörder bist, sonst wäre ich nicht mit dir verheiratet, aber beschwören kann ich es nicht. Was der Herr Kommissar Müller sagt, klingt schon irgendwie logisch.« Siggi war wie vom Donner gerührt ebenfalls aufgestanden, ihm fehlten die Worte. »Hatten Sie Streit mit der Kellnerin?«, fragte Müller freundlich. Die Situation entwickelte sich ganz nach seinem Geschmack, auch er erhob sich. »Nein, natürlich nicht, wo denken Sie hin. Ich kannte die Person gar nicht. Sie hat keinerlei Notiz von mir genommen und ich nicht von ihr.« Siggi stellte seine Worte völlig atemlos in den Raum. Hier geschah etwas, was nicht wahr war und was nicht sein durfte. Ihn beschlich der Eindruck, dass, je mehr er etwas zu seiner Entlastung sagte, er sich im Gegenteil weiter in die Sache hineinritt.

»Da haben wir es doch«, sagte Müller ruhig. »Sie haben sich von der Frau missachtet und in Ihrer Homosexualität existentiell abgelehnt gefühlt. Dafür wollten Sie sie bestrafen.« Der Hauptkommissar beglückwünschte sich zu seiner Fähigkeit, quasi aus dem Nichts ein schlüssiges Tatmotiv zu konstruieren, wobei er auch oft ins Schwarze traf. Diese Fähigkeit hob ihn deutlich von dem Kollegen Saleh ab. »Das stimmt so nicht«, unterbrach Uli den Gedankengang des Ermittlers, der ihn verärgert ansah. »Die Kellnerin hat manchmal vor Dienstbeginn bei uns hereingeschaut. Einmal, Siggi war gerade nicht anwesend, hat sie mich gefragt, was ich eigentlich an ihm fände. Ich könne doch ganz andere Partner haben. Der Siggi sei doch eine komplette Null. Beruflich bekäme er nichts auf die Reihe und würde sich deshalb von mir nur aushalten lassen, während er nichts anderes im Kopf habe, als anderen Männern nachzuschauen. Dummerweise habe ich Siggi später von dem Gespräch erzählt, damit er sich der Kellnerin gegenüber von seiner besseren Seite zeigt.« Mit einem Hundeblick sah Uli erst zu Siggi und danach zu Müller. »Vielleicht hätte ich von dem Gespräch besser nichts erwähnt«, fügte er noch hinzu. »Nein, natürlich mussten Sie das sagen. Es zeigt mir Ihre Aufrichtigkeit und das Motiv in einer anderen Farbe.« Müller war in seinem Element. »Eigentlich müsste ich den Herrn Siegbert Reinhold jetzt in Polizeigewahrsam nehmen, aber ich bin sicher, dass Sie, Herr Ulrich Reinhold, gut auf ihn aufpassen werden, bis möglichweise ein Haftbefehl vorliegt. Sie sehen, dass Sie mit Ihrer aufrichtigen Aussage Ihrem Freund ein Stück Freiheit geschenkt haben. Wollen Sie auf Ihren Freund aufpassen?« Uli, der immer noch stand, wurde noch ein paar Zentimeter größer. »Ich muss Sie leider wieder korrigieren, Herr Kommissar. Mein Name ist Uli, und ich bin nicht der Freund, sondern der Mann von Herrn Siegbert Reinhold. Und ja, ich werde auf ihn aufpassen.« »Sehr gut«, antwortete Müller. »Aber da wir beim Korrigieren sind, dann sollten Sie sich bitte auch der Anrede Kriminalhauptkommissar befleißigen. Ich nehme an, dass die Polizeipräsidentin, die Herr Siegbert Reinhold offensichtlich sehr gut kennt, für ihn bürgen wird. Ich jedenfalls werde bei der Staatsanwaltschaft einen Haftbefehl beantragen. Das wäre es fürs Erste, meine Herren.« Müller wies auf die Tür.

»Wie konntest du mich derart in die Pfanne hauen«, begehrte Siggi auf, kaum dass sie das Polizeipräsidium verlassen hatten. Uli blieb stehen. »Bitte Siggi, sag, dass du es nicht warst.« »Ich war es nicht«, sagte Siggi mit fester Stimme ohne jegliches Tremolo. »Und ich bin tödlich beleidigt, dass du mir einen Mord zutraust und anhängst. Denk daran, wie schlecht wir uns fühlten, wenn wir früher immer wieder mit Morden in Zusammenhang gebracht wurden. Wahrscheinlich hast du das total verinnerlicht und fängst jetzt selbst damit an.« Siggi ergriff leidenschaftlich erregt die Handgelenke seines Partners und drückte sie fest. Uli warf seinem Mann einen bösen Blick zu. Zu welcher Unterstellung erdreistete er sich? Uli lenkte halbherzig ein. »Was hätte ich denn sagen sollen? Die Argumentation von diesem Schmalspur-Müller war nicht zu widerlegen. Hoffen wir, dass deine Freundin Annalene Waldau ihren Hauptkommissar von seiner Annahme abbringt. Immerhin haben sie dich nicht gleich eingebuchtet. Komm lass uns jetzt gemütlich frühstücken!«

Uli, der zwei Schritte vor Siggi auf seinen dunkelblauen VW-Transporter zueilte, blieb abrupt stehen. Siggi wäre fast in ihn hineingelaufen. »Was ist denn?«, fragte er. »Ach nichts«, sagte Uli. »Ich wollte in dieser schweren Stunde nur deine Hand halten.« Eigentlich war es jedoch seine Absicht zu verhindern, dass Siggi in die U-Bahn entschwand, um sich abzusetzen. »Und lass uns zusammen zu dem Bäcker an der gegenüberliegenden Ecke gehen.« Dazu mussten sie die vielbefahrende Adickesallee überqueren. Uli beschleunigte wieder seine Schritte und zerrte Siggi, dessen Handgelenk er mit festem Griff umschloss, hinter sich her.

9

Das gemütliche Frühstück artete in ein strenges Verhör aus. »Du warst an dem Tatabend doch schon einigermaßen angetrunken«, suggerierte Uli. »Ich weiß doch, was ich gesehen und getan habe«, antwortete Siggi mit matter Stimme. »Aber an das Messer konntest du dich nicht mehr erinnern.« Nachdenklich bestrich Uli die Hälfte eines Mehrkornbrötchens mit selbstgekochter Aprikosenmarmelade. Wie konnte er Siggi festsetzen? Er musste einkaufen, mit dem Hund spazieren gehen, sich um die Gäste kümmern, in der Küche hantieren. Vor allem brauchte er auch ab und zu seine Ruhe. Wie konnte er Siggi daran hindern, einfach zu verschwinden? Er fand keine Lösung für das Problem, selbst wenn er den Schlaf eines Gerechten schlief, konnte sich sein Partner entfernen. »Du machst doch keine Dummheiten, oder?«, meinte er schließlich. »Was meinst du mit Dummheiten?«, fragte Siggi zurück, der schon länger leichenblass am Tisch saß. »Na ja, einfach abhauen, meine ich. Ich denke aber, dass du so schlau bist, es zu begreifen, dass sofort nach dir gefahndet wird und du gar nicht weit kommst.« Uli hob den Kopf und bemerkte die Blässe seines Mannes. Den hielt es nicht mehr auf seinem Stuhl. Er stürzte ins Badezimmer und erbrach das Frühstück. »Ich lege mich kurz hin«, rief er.

Angezogen lag Siggi auf dem gemachten Bett. Die Arme unter dem Kopf verschränkt starrte er Löcher in die Decke und überlegte, was zu tun war. Er wusste, dass er unter Ulis Beobachtung stand, welcher ihn des Mordes verdächtigte. Das völlige Fehlen an Vertrauen stimmte ihn über die Maßen traurig. Was konnte er nur tun, um diese grauenvolle Unterstellung aus dem Weg zu räumen? Wenn er sich nicht frei bewegen konnte, gab es keine Möglichkeit für ihn, den tatsächlichen Täter zu finden. Falls er das überhaupt wollte. Wenn er höchst tatverdächtig daherkam, würde auch bei anderen das Interesse gering sein, nach einem anderen Verdachtsfall zu suchen. Warum auch? Sollte er fliehen und sich in die Ukraine zu Alina absetzen? Das ginge nur, wenn er erklärte, dass er für ihr Land in den Krieg ziehen würde, aber das wollte er nicht. Abgesehen davon wusste er gar nicht, ob Alina bereit war, ihn aufzunehmen. Schon länger hatte er nichts mehr von ihr und der kleinen Sissi gehört. Sissi, Alinas Tochter, war sein Augenstern und auch nach ihm benannt worden. Sissi klang doch wie Siggi. Es blieb ihm also nur die Flucht nach vorne, was bedeutete, dass er zunächst gute Miene zu Ulis bösem Spiel machte. Der Gedanke verursachte ihm wieder einen starken Brechreiz. Er würgte erneut über der Toilettenschüssel. Wie konnte Uli nur so wenig Gefühl für ihn haben, ihn so wenig kennen? Siggi dachte nach. Hatte er in einer Art geistigen Umnachtung gehandelt? Tatsächlich konnte er sich nunmehr nicht mehr genau an den Tathergang erinnern. Hatte er einen totalen Kontrollverlust erlitten und seinem Ärger über die Kellnerin durch einen oder zwei Messerstiche Raum gegeben? Er musste sich ablenken, eine andere Perspektive gewinnen. Mühsam stand er auf und machte sich auf die Suche nach Uli. »Was kann ich tun?«, fragte er mit hängenden Armen in der Tür zum Büro stehend und fügte noch hinzu, dass es wieder ginge. Uli überlegte kurz und schlug vor, dass Siggi doch einen Spaziergang zu seinem eigenen Geschäftsraum, dem kleinen Laden in der Schweizer Straße, machen sollte, um nach dem Rechten zu sehen. Siggi nickte und schnappte sich sein Jackett. »Ach, nimm doch Tim mit. Er muss raus.« Uli wollte testen, ob Siggi sich absetzen wollte. Momentan konnte er die Lage überblicken. Kurz überlegte er, ob er den Tatverdächtigen verfolgen sollte, verwarf diesen Gedanken jedoch sogleich.

Siggi leinte den Hund an und zog los. Es kam ihm so vor, als würde das Tier mit ihm leiden und damit mehr Empathie aufbringen als Uli, ihrer beider Herrchen. In seinem Maklerbüro angekommen, legte Siggi wie immer die Füße auf den Schreibtisch und ließ die Tür offenstehen, um damit möglichen Interessenten seine Anwesenheit zu signalisieren. Er blätterte die Post durch und überlegte.

Er gab die Nummer ein. Tatsächlich wurde der Anruf entgegengenommen. »Waldau.« Schwallartig erzählte Siggi, was vorgefallen war. Als er Luft holen musste, meinte Annalene Waldau, dass der Kollege Müller schon mit einer entsprechenden Information vorstellig geworden sei. »Ich halte das alles für eine komplette Verdrehung der Fakten. Ich finde, du solltest dich für eine Weile aus dem Verkehr ziehen, damit weitere Äußerungen deinerseits vermieden werden, die dich noch mehr in die Sache hineinreiten.« »Und wie? Eine Flucht sieht doch nach einem Schuldeingeständnis aus«, fragte Siggi klopfenden Herzens. »Ich werde dich in einer Pension im Westend unterbringen, in der manchmal Flüchtlinge und auch Zeugen in Mafiaprozessen untergebracht wurden. Derzeit steht das Haus fast leer. Du bleibst dort, bis der Beweis für deine Unschuld vorliegt. Ich werde anordnen, dass nicht nach dir gefahndet wird, solange nicht deine Schuld glasklar erwiesen ist. Du kannst dich innerhalb der umliegenden Seitenstraßen ein wenig bewegen, immer darauf bedacht, nicht aufzufallen. Ich habe doch dein Wort, dass du mitspielst?« »Ja, ja, in jedem Fall. Ich bin dir doch so dankbar Annalene, du rettest mein Leben.« »Schon gut, du kannst dich sicher revanchieren. Außerdem mag ich dich. Kein Wort zu Uli. Schließlich will ich dich von den Personen fernhalten, die bei dir eine Gehirnwäsche vornehmen.«

»Aber ich muss Uli doch sagen, wo ich hingehe und vielleicht kann er mich besuchen, wenn er aufpasst, dass ihn niemand sieht. Außerdem bemerkt er doch, wenn ich meine Sachen zusammenpacke. Er wird alles dem Kommissar Müller melden.« Annalene nahm Siggis Einlassung mit einem tiefen Seufzer zur Kenntnis. »Du gehst gar nicht mehr zu ihm. Ich werde dir einen Fahrer schicken, und du steigst zu ihm ein. Er bringt dich in die Pension. Dort treffen wir uns.« »Aber der Hund, den kann ich doch nicht mitnehmen.« Siggi reagierte äußerst besorgt. Wenn Tim etwas passierte, würde Uli ihn umbringen, das war so sicher wie das Amen in der Kirche. »Der Hund bleibt in deinem Ladenlokal. Uli wird nach dir suchen und ihn finden. Er wird denken, dass dir etwas passiert ist, dass du beispielsweise entführt wurdest. Genau das ist es auch.« »Oder, dass ich ohne Tim geflüchtet bin«, murmelte Siggi. »Ich sage es noch einmal, Horst Müller wird dich nicht zur Fahndung ausschreiben.« »Hm«, machte Siggi und wusste nicht, ob er weinen oder lachen sollte. »So, das war es, wir sehen uns gleich.«

Annalene lehnte sich in ihrem Chefsessel zurück, von dem sie annahm, dass er ihrer Hüfte mehr schadete als nützte. Sie dachte an die Prellungen, die sie sich beim Joggen stürzend zugezogen hatte, als ein anderer Läufer, der gerade auf sein Handy starrte, in sie hineingelaufen war. Der junge Mann war fürchterlich erschrocken über sein Missgeschick und bat Annalene inständig, auf einen Krankenwagen und die Polizei zu verzichten. Er erklärte ihr auf Englisch, dass er einen Asylantrag gestellt hatte und nun abgeschoben werden sollte. Es war schwierig für ihn, in die Massenunterkunft zu gehen und er durfte nicht durch irgendwelche Konflikte auffallen. Es war schlimm genug, dass in seiner Unterkunft ständig die Polizei auftauchte. Annalene sah in die hoffnungsvoll auf sie gerichteten Augen. Wissend, dass ihr Wolfgang bei seiner Maria übernachten wollte, nahm sie ihn mit nach Hause, um ihn später in der Pension im Westend unterzubringen. Sie musste nur zuerst mit dem Betreiber telefonieren. Dann würde sie ihn in ihrem Privatwagen dort absetzen. Die Polizeipräsidentin wollte den jungen Mann unterstützen, auch wenn sie sich damit einer illegalen Handlung unterzog. Sie musste dafür sorgen, dass er so schnell wie möglich mit einem Anwalt Widerspruch gegen die Abschiebung einlegte. Der junge Mann war ihr sympathisch und tat ihr leid. Der Blick, den er unentwegt auf sie heftete, setzte in ihr tiefere Emotionen frei.

10

Ein Wagen hielt vor dem Maklerbüro, ein Mann in Jeans und grauer Jacke stieg aus und betrat das Ladenlokal, während der Warnblinker seines Fahrzeuges leuchtete. Obwohl außer Siggi und dem Hund Tim niemand anwesend war, hielt er ihm äußerst diskret seinen Dienstausweis hin. »Sie folgen mir jetzt nach draußen, schließen ab, der Hund bleibt hier. Hängen Sie ein Schild auf. *Wohnungsbesichtigung. Gleich zurück.* So wird niemand Verdacht schöpfen, falls der Hund bellt. Frau Waldau teilte Ihnen doch dieses Verfahren mit?«, vergewisserte sich der Zivilbeamte. Siggi nickte und stolperte hinter ihm her in Richtung des Fahrzeuges. Nachdem er eingestiegen war, füllten sich seine Augen mit Tränen und sein Herz krampfte sich zusammen. Es kam ihm so vor, als würde er sein geliebtes Maklerbüro nie wieder sehen. Die tiefe Trauer, die ihn erfasste, bezog sich insbesondere aber auf Uli trotz seines Verrats. Uli stellte seinen Lebenszweck dar, genau wie dieses überflüssige Maklerbüro. Siggi hielt an sich, um nicht laut zu weinen. Über die Untermainbrücke gelangten sie schnell ins Westend. Kurz darauf stoppte der Wagen vor einer Pension im Kettenhofweg. Siggi sollte aussteigen, gefolgt von dem Beamten. Am Empfang befand sich niemand, sie nahmen die Treppe, auch ohne dass ihnen jemand begegnete. Ihre Schritte wurden von einem rot und gelb gemusterten dicken Läufer gedämpft. Das Licht war dämmrig. Schließlich klopfte der Zivilbeamte an eine Tür. Von innen wurde geöffnet. Im Halbdunkel des Raumes nahm Siggi eine weibliche Person wahr, die er an einer langen blonden Mähne erkannte. Annalene lief ihm entgegen. »Schön, dass Sie da sind, Herr Reinhold.« Ihrem Mitarbeiter bedeutete sie, dass er entlassen sei. Siggi nahm der Polizeipräsidentin gegenüber an einem Tischchen Platz. »Diese Pension wurde von der Stadt Frankfurt zur Unterbringung von Flüchtlingen angemietet. Frühstück gibt es nicht. Du musst dich selbst versorgen. Fürs Erste befinden sich einige Einkäufe in dem kleinen Kühlschrank. Einen Wasserkocher gibt es auch und Teebeutel.« Siggi nickte. »Danke Annalene, dass du mir hilfst. Wie lange muss ich hierbleiben?«, fragte er angstvoll. »Wir arbeiten mit Hochdruck an der Klärung des Falles. Wenn die Person gefasst ist, kannst du in dein altes Leben zurückkehren. Der ermittelnde Kommissar Müller tut sein Bestes, um schnell die Zielperson zu finden. Ich habe ihm dringend davon abgeraten, sich auf dich zu fokussieren.« Annalene Waldau legte begütigend ihre Hand auf Siggis Arm. »Und Uli, darf er wissen, wo ich mich verstecke? Er könnte mich doch hier besuchen.« Siggi klang hoffnungsvoll. »Leider nein, stell dir doch nur einmal vor, die Person, die das Verbrechen begangen hat, beobachtet Uli und hängt sich an ihn dran. Auf der anderen Seite würde ein Zusammentreffen von dir und Uli auch dazu führen, dass Müller noch weitere Beweise gegen dich konstruieren kann. Er könnte Uli derart in die Mangel nehmen, dass dieser zusätzliche Sachverhalte erzählt, die ein ungünstiges Licht auf dich werfen. Wenn Müller sich an die Staatsanwaltschaft wendet, bin ich machtlos.« Die Polizeipräsidentin seufzte. »Annalene, ich bin dir so dankbar, dass du mir hilfst. Ich fühle mich nur so einsam«, klagte Siggi. »Kein Problem. Ich werde dich ab und zu besuchen. Auf mich achtet niemand, wenn ich im Westend unterwegs bin. Ich muss auch nicht mit Fahrer und im dunkelblauen Kostüm hier vorfahren. Abgesehen davon kannst du dich hier im Umkreis frei bewegen, beispielsweise den nächsten Supermarkt aufsuchen oder ein wenig spazieren gehen. Du solltest dich jedoch nicht sehr weit von der Pension entfernen. Sollte dich der andere Mann, der hier untergebracht ist, ansprechen, tu bitte so, als würdest du ihn nicht verstehen und geh so schnell wie möglich weiter. Schauen wir einmal, ob das Fernsehgerät funktioniert. Soll ich dir das nächste Mal ein Buch mitbringen?«, fragte Annalene vorsorglich. Siggi lehnte mit betretener Miene ab. Die Polizeipräsidentin stand auf, umarmte ihn und überließ ihn seinem Schicksal. Siggi verstand nicht ganz, warum er mit seinem Mitbewohner, falls er ihn traf, nicht sprechen sollte.

Mit hinter dem Kopf verschränkten Händen legte er sich auf das Bett und starrte an die Decke. Als der Raum völlig im Dunkeln lag, stand er auf und schaltete das Licht ein. Das unterlag offenbar keinem Verbot. Er öffnete den Kühlschrank und stellte Brot, Butter, Wurst und Käse auf den kleinen Tisch, an welchem ihm vor Stunden Annalene seine nahe Zukunft aufgezeigt hatte. Siggi fand auch ein Bier und seine Laune besserte sich. Allerdings stellte er fest, dass es sich um ein alkoholfreies Produkt handelte. Es würde ihm trotzdem schmecken. Jedenfalls behielt er einen klaren Kopf und seine Leber würde sich auch freuen, einmal etwas weniger Stress zu haben.

11

Ansgar wusste nicht genau, wie er sich fühlen sollte, als er so mir nichts dir nichts zum Kellnern verdonnert wurde. Er hatte, seit er im Frankfurter Ostend wohnte, immer wieder nach dem Lokal seiner Tante geschaut, in dem er als Junge am frühen Abend spülen musste. Zuerst war das Geschirr vom Vorabend an der Reihe. Dafür gab es dort für ihn immer viel zu essen. Bezahlt wurde er nicht. Seine Mutter verbot es. Sie wollte nicht, dass ihr Sohn auf dumme Gedanken kam. Tante Anna war immer so liebevoll mit ihm umgegangen. Bevor er anfing in der Küche zu arbeiten, fragte sie nach seinen Hausaufgaben, obwohl klar war, dass sie ihm nicht helfen konnte. Auch Ansgar wusste es, aber er erklärte ihr, was sie gerade in der Schule durchnahmen. Schließlich ging er gern zur Schule. Während Ansgar spülte, kam Anna, wann immer es der hektische Betrieb erlaubte, zu ihm und fragte ihn, ob er etwas brauche oder Hunger habe. Um acht Uhr musste Ansgar zu Hause sein, damit er früh zu Bett gehen konnte.

Er war nicht nur ein blasser Außenseiter. Im Alter von fünfzehn Jahren verwandelte er sich auch noch in einen dicken Einzelgänger. Ansgar liebte seine Tante. Da Anna keine eigenen Kinder hatte, wollte sie dem Elend des Jungen ein Ende machen und schlug Ansgars Mutter vor, die ihre Halbschwester war, dass der Junge zu ihr ziehen sollte. Seine Mutter verbot ihm daraufhin den Küchendienst bei seiner Tante. »Sie ist unzufrieden mit dir, sie will dich nicht mehr sehen. Jeder, der dich kennt, will dich irgendwann nicht mehr sehen.« Ansgar war tief verletzt. Sein Rettungsanker war ihm abhandengekommen. Er konnte es sich zwar nicht vorstellen, dass Anna ihn nicht mehr mochte, aber er kannte das Phänomen, dass sich alle Menschen, Männer wie Frauen, die er liebte, irgendwann von ihm zurückzogen.

Er musste die veränderte Situation akzeptieren. Er nahm drastisch ab, denn seine Mutter meinte, dass er nicht so viel essen sollte, er würde ihr ohnehin mit seiner Leichenblässe das Letzte abverlangen. Ansgar verstand nicht ganz, was das eine mit dem anderen zu tun hatte, aber es würde wohl so sein. Er sagte sich das, aber er glaubte es nicht. Tatsächlich fing der Junge an, Mülleimer unauffällig nach Essbarem zu durchsuchen.

Nach seinem Realschulabschluss probierte Ansgar diverse Lehrstellen aus. Seine materielle Situation verbesserte sich. Dann starb seine Mutter plötzlich. Nach der einfachen Urnenbeisetzung auf dem Frankfurter Hauptfriedhof fragte ihn Anna, ob er zu ihr ziehen wolle. Ansgar sah sie erstaunt an. »Das hättest du damals für mich durchsetzen sollen, stattdessen hast du dich weitgehend ihrem Willen gebeugt.« Ansgar hatte vage in Richtung des Bestattungsplatzes gedeutet. Die Tante gestand sich ein, dass es stimmte, was ihr Neffe sagte. Sie beschloss eine Wiedergutmachung. »Melde dich, wenn ich etwas tun kann«, sagte sie zum Abschied und drückte mitfühlend seine Hand. Ansgar, der weiß wie eine Wand in einer schwarzen Jeans und einem schwarzen Rollkragenpullover am Grab gestanden hatte, ging dann nach Hause in die Wohnung seiner Kindheit. Das Begräbnis fand zum Glück an einem wolkenverhangenen Tag statt.

Er konnte in den alten Mietvertrag seiner Mutter eintreten. Sie war nur 69 Jahre alt geworden. In ihren letzten Lebensjahren entsprach sie vollends dem Klischee einer einsamen heruntergekommen Frau, die ihre Frustration über ihr verfehltes Leben in Alkohol ertränkte. Zufälligerweise war sie von Natur aus mit dunkelroten Haaren gesegnet, die sie toupiert am Hinterkopf einschlug und feststeckte, damit sie sie nicht allzu oft waschen musste. Bei einem natürlichen Braun hätte sie bestimmt zu einer roten Haarfarbe gegriffen, um attraktiver auszusehen. Da war sich Ansgar ganz sicher. Sie besaß die helle Haut einer Rothaarigen und war immer zu grell geschminkt, wie auch die Rocklänge nicht mehr ihrem Alter entsprach. Ansgar war ihr Sündenbock, der Schuldige für ihr miserables Dasein, aus dem sie nun abberufen worden war. Ansgar fühlte sich weder glücklich noch unglücklich.

Die abgewohnten Räumlichkeiten widerten ihn an. Nie roch es wirklich frisch und die ihn traumatisierenden Kindheitserinnerungen klebten an allem. Besonders schlimm waren die letzten fünfzehn Jahre gewesen. Seine Mutter war quasi ständig betrunken. Den Absprung schaffte er einfach nicht. Trotz allem konnte er sie nicht hängen lassen. Abgesehen davon gestaltete sich sein Arbeitsleben als schwierig, sodass er sowieso in seinem Gefängnis bleiben musste. Es waren die Mittagspausen, Betriebsfeste, Ausflüge und von den Kollegen angezettelte gemeinsame Freizeitaktivitäten, unter denen er litt. Allein schon die Erzählungen über die Wochenenden und die Urlaube reichten, um ihm ein latentes Unwohlsein zu verursachen. Doch dann fand er die Anstellung als Versicherungsvertreter. Seine Ausbildung bei der Volksbank kam ihm dabei neben seinem guten Aussehen sehr zugute. Als sich Anna auch noch dazu entschloss, auf ihre angeschlagene Gesundheit Rücksicht zu nehmen und ihr Lokal zu verkaufen, um Ansgar das Geld zu geben, damit er sich eine schöne Wohnung kaufen konnte, war sein Glück fast perfekt. Jetzt konnte er es wagen, nach einer Frau zu suchen.

Dass er dann nach etlichen Fehlversuchen schließlich über eine große deutsche Online-Partnervermittlung an Mareike geriet, die als Bedienung in Annas ehemaligem Lokal arbeitete, hielt er nicht für Zufall. Vielleicht hatte sie ihn beobachtet, weil er in größeren Abständen immer wieder im Dunstkreis der »Dicken Anna« auftauchte, die jetzt so langweilig »Apfelwein-Walther« hieß. Hatte sie ihn im Internet wiedererkannt? Hatte Anna etwas zu ihr über seine Pläne gesagt? Er wusste es nicht. Vermutlich nicht, weil sie ihn niemals darauf ansprach. Warum musste sich Mareike so plötzlich von ihm trennen? Eigentlich war ihre gemeinsame Zeit sehr harmonisch gewesen. Er konnte einfach nicht begreifen, dass sie ihn so grausam, verletzend und unverschämt abserviert hatte.

12

Kriminalhauptkommissar Müller saß in seinem Büro und malte Strichmännchen auf das leere Papier, das vor ihm lag. Er hatte wiederholt sorgfältig die Unterlagen im Fall Mareike Reimers durchgelesen und auf eine Eingebung gewartet, wie er die Sache abschließen konnte. Seine Chefin hatte ihn gefragt, welche Beweise dafür vorlagen, dass sein Hauptverdächtiger, dieser Siegbert Reinhold, der Täter sei. Eine Fahndung sollte erst bei dringendem Tatverdacht erfolgen. Ein Unschuldiger sollte nicht öffentlich gebrandmarkt werden. Er solle ihr schnellstmöglich den tatsächlichen Schuldigen präsentieren. Mit Restzweifeln an einer Täterschaft wollte sie nichts zu tun haben.

Müller kam einfach nicht weiter. Der Computer des Opfers zeigte, dass sie bei einem Datingportal angemeldet war. Es schien so, als habe sie sich zwar mit diversen Männern getroffen, aber in keiner ihrer Mails wurden real existierende Namen genannt oder gar Telefonnummern. Wie sollte er zum Beispiel einen »Tiger, Schachspieler oder Braunliebhaber« finden, wenn diese Idioten sich mit solch albernen Namen vorstellten? Lediglich ein Mann fiel ihm dadurch auf, dass er mehrere Treffen mit ihr ausmachte. Er hatte allerdings nach dem ersten Treffen immer nur geschrieben, dass er sie wiedersehen wollte. Schließlich hatte ihm die anspruchsvolle Dame jedoch kurz vor ihrem Tod den Laufpass gegeben. Zu den Gründen führte sie nichts aus, vielmehr betonte sie, dass er bereits wisse, warum sie sich nicht mehr treffen würden. Trotzdem blieb der abgehängte Bewerber beharrlich und verlieh seinem Bedauern in einer Mail Ausdruck. Von diesem Verehrer beschaffte sich Müller die Daten über den Betreiber der Datingseite »Zweizeit«. Müller kannte das Portal aus der großformatigen Werbung im öffentlichen Raum. Die Adresse des Kandidaten führte ihn in ein Internetcafé an der Borsigallee. Der Besitzer Can Kanfour erinnerte sich an einen gut aussehenden eleganten Besucher, der eine Zeitlang regelmäßig kam, jedoch seit Kurzem kein Interesse mehr gezeigt hatte. »Er könnte es sein oder auch nicht«, kommentierte er das Phantombild. Kanfour versprach sofort anzurufen, falls die in Rede stehende Person wieder auftauchte. Jedenfalls war Müller keinen Schritt weitergekommen.

Der Kriminalhauptkommissar wollte heute etwas früher als sonst Feierabend machen, da ihm keine zündende Idee kam, was er in der Causa Mareike Reimers noch unternehmen konnte. Heute würde er so oder so nicht weiterkommen. Plötzlich hörte er vor seiner Tür eine laute Stimme, die in breitestem Frankfurter Dialekt Einlass verlangte. »Lasse Se misch bloß hier rinn, isch muss zu Ihne ihrm Chef!« Die Wirtin, die sogenannte dicke Anna, schoss es ihm durch den Kopf. Unverkennbar. Er riss die Türe auf und begrüßte die ehemalige Wirtin des Apfelwein-Walther. Eigentlich wollte er ihr klarmachen, dass sie sich wie jeder andere Sterbliche anzumelden hatte, dann wurde ihm jedoch bewusst, dass für die energische Anna offenbar andere Regeln galten. »Hallo Frau Wolff, selbstverständlich steht Ihnen meine Tür immer offen. Bitte treten Sie ein.« Ihr rotes Gesicht unter einem blonden Wuschelkopf und der Redeschwall aus ihrem kräftig geschminkten Mund ließen ihn schweigend zuhören. Normalerweise befleißigte sich die Wirtin des Hochdeutschen wegen der vielen Touristen, die ins Lokal kamen, aber in Stresssituationen redete sie, wie ihr eigentlich der Schnabel gewachsen war. »Mir is ebbes eigefalle. Der Claudius Bucher, des ist der, der wo de Mareike die Wohnung im Süden billig a paarmal angebode hat, der war hinner dem Mädsche her wie de Deufel hinner de arm Seel.« Dann erzählte sie, ohne sich unterbrechen zu lassen, dass er Mareike mehrmals zum Essen ausgeführt und ihr Geschenke gemacht habe. Außerdem sei er häufig vor Mareikes Haus gesehen worden, wohl in der Absicht, hereingebeten zu werden. Ihre damalige Kellnerin habe zwar mit dem »alten Knaben«, wie sie ihn bezeichnete, ein wenig geflirtet, aber habe nicht wirklich Interesse an ihm gehabt. Irgendwann hatte sie scheinbar einen Mann kennengelernt, der jünger war und sie sehr verwöhnte. Der Claudius Bucher, der sonst immer um gute Umgangsformen bemüht war, sei daraufhin ausgerastet und habe ihr eine Szene gemacht und sogar einmal eine Drohung ausgesprochen. Aber weil er sich schon seit einiger Zeit nicht mehr blicken ließ, habe sie, Anna, nicht mehr an ihn gedacht.

»Haben Sie eine Ahnung, wo wir den Herrn Bucher finden können?«, fragte Müller. »Jedenfalls ist es sehr interessant, was Sie uns da erzählen.« Die Wirtin Anna Wolff nickte erfreut. »Des find isch aach. Ich würd mich ebbes umhöre bei maane Stammgäst«, fügte sie hinzu. »Vielen Dank, Frau Wolff.«

Müller war aufgestanden und zur Tür gegangen, die er mit einer angedeuteten Verbeugung aufhielt. Zum Glück war ihm der Nachname der Wirtin wieder eingefallen. Er hatte ihn bei der Befragung nach der Tat erhoben.

Kommissar Müller jubelte innerlich, endlich eine heiße Spur, der dicken Anna sei Dank, aber er wollte nichts überstürzen und sich am nächsten Morgen mit frischem Elan der Sache widmen.

Als Anna im Apfelwein-Walther ankam, hatte Ansgar sich bereits zum Dienst eingefunden. Seine Tante drückte ihn erfreut an ihren wogenden Busen, zog seinen Kopf herunter und strich ihm über das Haar. »Ich hoffe, dass es dir gut geht, mein Schöner«, sagte sie liebevoll. Ansgar ging es tatsächlich besser, seine Tante gab ihm Halt. Außerdem hatte ihm sein Einsatz in dem überfüllten Lokal gezeigt, dass seine Verabredung mit der Kellnerin vor der Hintertür von niemand bemerkt worden war, außer von dem Typ aus dem benachbarten Lokal. Letzterer schien ihn jedenfalls nicht erkannt zu haben.

Heinrich Walther warf dem Patenkind der ehemaligen Wirtin und jetzigen Mitstreiterin einen finsteren Blick zu. Er stand hinter der Theke und goss den Apfelwein in Gläser und Bembel, verschwand in der Küche und bereitete das bestellte Essen zu.

13

Uli wunderte sich, warum Siggi sich nicht meldete. Auf seinem Handy war er nicht zu erreichen. Ob er sich abgesetzt hatte, so wie es zu erwarten gewesen war? Vielleicht wollte Siggi auch Rache nehmen, für den Mordverdacht, den Uli unglücklicherweise äußerte, indem er nicht nach Hause kam. Wenn Uli ganz ehrlich zu sich selbst war, hatte er es damit ein wenig übertrieben, denn es machte ihm Spaß, seinen Mann ein wenig zu schikanieren. Jetzt bereute er dieses Verhalten bereits zutiefst, aber irgendwie war er aus der Nummer nicht mehr rausgekommen. Mechanisch fertigte er seine wenigen Stammgäste ab und gab einsilbige Antworten immer mit dem Blick auf die Tür. Schließlich schmiss er die beiden Zecher gnadenlos raus. »Geht doch zur dicken Anna«, murmelte er. Die Aufsteller hatte er bereits in das Lokalinnere verfrachtet, sodass er nur noch eine Jacke greifen und abschließen musste.

Schnell lief er die wenigen Meter bis zur Schweizer Straße. Das Maklerbüro lag dort im Dunkel in tiefstem Frieden. Als er nähertrat, um durch die Scheibe zu spähen, erklang lautes Hundegebell. Tim. Der Hund war im Laden. Schnell schloss Uli auf, er hatte sich einen Zweitschlüssel ausbedungen. »Einer muss ihn doch haben, wem willst du ihn denn sonst geben?«, hatte er bestimmend geäußert. Wie ein Verrückter sprang Tim schwanzwedelnd an Uli hoch und leckte ihn ab. Das arme Tier hatte seit Stunden weder Wasser noch Futter erhalten. Uli stellte dem Hund einen Wassernapf hin, den dieser wie ein Besessener ausschlapperte. Währenddessen inspizierte Uli schnell das kleine Ladenlokal. Von Siggi gab es natürlich keine Spur, aber wenigstens war Tim zurück in seinem Leben. Sorgfältig schloss Uli ab, leinte das Tier an und begab sich auf den Heimweg, wobei er öfters anhalten musste, weil Tim sein

Beinchen zu heben gedachte. Im kleinen Wirtshaus gab es eine große Portion Hundefutter und eine ebensolche Portion Whisky für das Herrchen. Uli beschloss, den nächsten Morgen abzuwarten, bevor er Kommissar Müller verständigte. Ausnahmsweise durfte Tim auf Siggis Platz im Bett schlafen. Uli vergrub sein Gesicht in dem schlecht riechenden Hundefell und verdrückte eine Träne.

Auch bei Tagesanbruch fehlte von Siggi jegliches Lebenszeichen. Uli griff einen braunen Rollkragenpullover und eine blaue Jeans. Er telefonierte mit Müller. Es fiel ihm schwer zuzugeben, dass er nicht gut genug auf den Verdächtigen geachtet hatte. »Ich konnte doch nicht ahnen, dass er den Hund mitnimmt und sich absetzt. Er weiß doch, wie wichtig mir das Tier ist. Was machen wir denn jetzt? Bringen Sie mir meinen Siggi zurück, bitte«, jammerte Uli. »Regen Sie sich doch nicht auf. Der wird schon wieder auftauchen. Sie haben doch nicht aufgepasst. Ich werde die Angelegenheit mit Frau Waldau erörtern. Gegebenenfalls wird Herr Reinhold zur Fahndung ausgeschrieben.« Uli überlegte kurz. »Nicht, dass nach mir gefahndet wird, ich bin ebenfalls Herr Reinhold. Aber es wird wohl das Beste sein«, stimmte er schließlich zu. »Na, vielen Dank für Ihre Einwilligung zu unseren Ermittlungsmethoden«, bemerkte Müller etwas sarkastisch, um dann das Gespräch zu beenden. Dass Annalene Waldau ihn bereits darüber informiert hatte, dass ihr zu Ohren gekommen sei, dass Siegbert Reinhold unterzutauchen gedachte, da er nicht schuldig sei, behielt er für sich. Genau wie ihre Anweisung schnellstmöglich den tatsächlichen Messerstecher zu ermitteln. Woher sie ihre Erkenntnisse bezog, behielt die Polizeipräsidentin für sich. Jetzt musste er sie fragen, ob die Fahndung doch erfolgen sollte. Gleichzeitig würde er nach diesem Claudius Bucher suchen. Müller hasste es, wenn nicht alle Informationen auf dem Tisch lagen und er im Trüben fischen musste. Was war denn so schwer daran, zuzugeben, dass es ein wie auch immer geartetes Gespräch zwischen ihr und ihrem Günstling Reinhold gegeben hatte? Die Polizeipräsidentin untersagte erneut die Fahndung strikt. Der Mann sei nicht schuldig. Dennoch hoffte Müller inständig, dass sich dieser Windhund doch noch als der Täter erweisen würde. Nicht umsonst sprachen alle Indizien dafür und ein einschlägiges Motiv hatte er obendrein. Müller schwitzte und lockerte den Knoten seiner dunkelblauen Krawatte, die er zu seinem grauen Anzug etwas bunt fand. Für Ende September war es ungewöhnlich warm.

Uli gönnte sich und dem Hund nach diesem kräftezehrenden Gespräch ein kräftiges Frühstück. Seine täglichen Routinearbeiten unterbrach er immer wieder, um auf der Straße nach Siggi Ausschau zu halten. Nachmittags hatte Müller genug von der Warterei und dem wiederholten Lesen der Vernehmungsprotokolle. Er fuhr nach Sachsenhausen. Immerhin war es ihm gelungen, Angehörige der Verstorbenen ausfindig zu machen. Die Offenbacher Verwandtschaft des Opfers konnte bis morgen warten. Er wollte zunächst noch einmal mit den Nachbarn im Haus der Mareike Reimers und auch mit der dicken Anna sprechen.

Sämtliche Bewohner der Immobilie, zumindest diejenigen, die Müller antraf, bestätigten, dass das Opfer eine zurückhaltende Person war, die freundlich grüßte, sich regelmäßig an der Treppenhausreinigung beteiligte, keinen Lärm verursachte und nur gelegentlich durch Männerbesuch auffiel. Warum sollte sie den auch nicht haben? Sie war doch gut aussehend und noch jung. Bei diesen Männern war niemand besonders auffällig gewesen oder hatte sich über einen längeren Zeitraum in der Wohnung aufgehalten.

Als Müller im Apfelwein-Walther ankam, sah er, wie die dicke Anna gerade einen eher gut aussehenden Glatzkopf zu sich herunterzog, und ihn an ihren Busen drückte. Als sie Müller bemerkte, ließ sie los. »Schönen guten Abend, Frau Wolff«, begrüßte er die Wirtin. »Wer war das, wenn ich fragen darf?« Der Hauptkommissar hatte das vage Gefühl, das Gesicht bereits einmal gesehen zu haben. »Das ist Ansgar, mein Patenkind. Er hilft mir, bis wir Ersatz für die arme Mareike haben«, erklärte die Wirtin. »Verstehe. Ich wusste gar nicht, dass Sie ein Patenkind haben«, bemerkte Müller. »Warum auch nicht. Fast jeder hat doch ein Patenkind. Er ist der Sohn meiner verstorbenen Schwester.« Es überraschte den Hauptkommissar, dass die dicke Anna so viel Familie auffuhr. Er hatte sie für eine tüchtige Frau gehalten, die sich mutterseelenallein durchs Leben schlug und gelegentlich ein Auge auf einen gut gebauten Vertreter der Männerwelt warf. »Ich, zum Beispiel, habe keine Patenschaft übernommen. Aber ich bin nicht hier, um über Schutzbefohlene zu reden, sondern der Claudius Bucher interessiert mich noch ein bisschen. Ist er zufällig anwesend?« Anna Wolff schüttelte den Kopf. »Selbst der Siggi hat ein Patenkind, die kleine Sissi. Wo ist der Siggi eigentlich?«, insistierte sie. »Das wollte ich Sie auch schon fragen. Hat er etwas gesagt, dass er verreisen will? Und der Bucher, wann haben Sie den zuletzt gesehen?« Müller fixierte die Wirtin, die langsam ob des einsetzenden Betriebs nervös wurde. »Nix hat er gesagt. Der Bucher? Ich weiß wirklich nicht, wann er zuletzt hier anwesend war. Sie sehen doch, was hier los ist. Am besten setzten Sie sich erst einmal und trinken einen schönen Apfelwein. Geht aufs Haus und dann reden wir weiter.« Müller war zufrieden, denn genau das war seine Intention gewesen. Während im Apfelwein-Walther mittlerweile der Bär tobte, behielt Ansgar die Ruhe. Hier fühlte er sich wohl. Niemand nahm größer Notiz von ihm, doch alle behandelten ihn freundlich. Trotzdem vernachlässigte er seine Tätigkeit als Versicherungsagent nicht. Gegebenenfalls musste er früher unterwegs sein und aufpassen oder etwas später bei seiner Tante erscheinen, die ihm sowieso alles nachsah. Als er Müller einen großen Apfelwein brachte, sah er den Kommissar direkt an und lächelte. Müller nickte kurz und sagte danke.

Er musste schließlich ein Taxi nehmen, so wohl hatte er sich dabei gefühlt, von der dicken Anna und ihrem Patensohn umsorgt zu werden. Da Anna ihm schließlich noch mitteilte, dass ihr eingefallen sei, dass der Claudius Bucher in der Nähe des Scheffelecks wohne und dass er der attraktiven Mareike mehrfach seine Ferienwohnung auf Sardinien zu einem symbolischen Preis angeboten habe, eröffnete sich für Müller eine Perspektive auf einen neuen realistischen Verdachtsfall. Anna ergänzte, dass der Bucher offensichtlich nur wegen Mareike den Apfelwein-Walther frequentierte. Sie meinte, dass er Mareike die Wohnung eigentlich umsonst zur Verfügung stellen wollte. Diese lehnte zunächst das wiederholte Angebot ab. Doch einmal fragte sie, ob dies auch für einen etwaigen männlichen Reisebegleiter gelte. Claudius hielt das für eine an ihn gerichtete Aufforderung, denn das beabsichtigte er mit seinem großherzigen Angebot. Schließlich habe Mareike der Anna berichtet, dass sie dem Bucher in Begleitung begegnet sei. »Jedenfalls musste sich die Arme von dem Bucher hier in meinem seriösen Lokal als schlampig bezeichnen lassen«, berichtete Anna unverdrossen. »Es ist jetzt wohl eher meine Gaststätte«, warf Heinrich Walther etwas ungehalten ein. »Entschuldige, Heinrich, ich habe es immer noch nicht verinnerlicht.« Anna hielt einen Moment die Luft an und hoffte, dass die Situation nicht eskalierte. Der neue Ladeninhaber murmelte jedoch nur etwas Unverständliches und füllte weiter das sogenannte Stöffche, womit der Apfelwein gemeint war, in Gläser, die er für Ansgar auf Vorrat auf der Theke platzierte.

Anna rückte ein wenig an Heinrich heran und stand jetzt dicht neben ihm. Sie fragte ihn leise, ob sie etwas in der Schublade unter der Theke nachsehen dürfe. Sie wühlte eine Weile und beförderte schließlich ein Foto zutage, welches sie dann Müller unter die Nase hielt. Es zeigte eine Runde gut gelaunter Trinker. »Das isser«, sagte Anna und deutete auf einen Dunkelblonden mit schwarzer modischer Hornbrille, der in einem hellblauen Hemd von einigen Männern umgeben für das Foto posierte. »Wer ist was?«, fragte Müller genervt. »Über wen haben wir denn gerade geredet?«, half Anna dem Ermittler auf die Sprünge. Dieser verstand noch immer nicht, wen er warum begutachten sollte. »Na, der Bucher«, trompetete sie und zeigte stolz auf ihr Foto. »Ich erinnere mich wieder«, fügte sie lautstark hinzu. »Er ist mit damals einigen Geschäftspartnern hier gewesen, denn seines Zeichens ist er Bauunternehmer. Die anderen waren nicht von hier. Und dabei verliebte er sich in die Mareike. So etwas erzählte sie mir später. Jedenfalls kam er dann immer bis zu diesem dummen Zusammentreffen.«

Die wenigen Gäste, die Uli verblieben waren, konnten ihn nicht aufheitern. Ganz im Gegenteil stocherten sie in der offenen Wunde, indem sie nach Siggi fragten. Der Wirt behandelte sie noch unwirscher als sonst und gab sich einsilbig. Schnell konnte er Feierabend machen. Er schloss noch nicht ab, sondern setzte sich an die

Theke und wartete. Dabei betrachtete er sich in dem Spiegel hinter den Regalbrettern mit den Spirituosen. Immer wieder musterte er sich und forschte, ob man ihm seine Verzweiflung ansah. Auch kam er sich um Jahre gealtert vor. Es gab niemand, mit dem er reden konnte, so wurde der Spiegel zu seinem vertrauten Gegenüber. Uli schwor bei sich, dass er bei Siggi Abbitte leisten würde für all die Bosheiten, die er ihm angetan hatte. Egal, ob er ein Mörder war oder nicht. Schließlich schloss der Wirt ab und schleppte sich nach oben in die gemeinsame Wohnung des Paares. Tim schlief schon in der verwaisten Hälfte des gemeinsamen Bettes. Wenigstens er hielt ihm die Treue.

Uli saß eine Weile regungslos auf der Bettkante, dann zog er Siggis Schlafanzug unter der Decke hervor, wobei er Tim ein unwilliges Brummen entlockte. Der Schlafanzug passte ihm ziemlich genau. Er roch nach Siggi und Uli fühlte sich ganz in dessen Nähe. Für einen Moment vergaß er seinen Kummer.

14

Am nächsten Morgen wachte Uli nach einem traumlosen Schlaf zeitig auf, während Tim neben ihm noch im Traum brummte. Im Bad sah der Wirt an sich hinunter und bemerkte den Schlafanzug seines Partners. Erneut überfiel ihn die ganze Misere mit aller Gewalt. Siggi war also in dieser Nacht nicht nach Hause gekommen. Ohne sich vorher anzuziehen, rief er im Polizeipräsidium an. Er wollte von Müller wissen, was die Ermittlungen und die Fahndung ergeben hatten. Nachdem Müller ihm mitteilte, dass man so schnell nicht mit neuen oder gar abschließenden Ergebnissen aufwarten könne, fragte Uli ungehalten, was der Kommissar denn heute zu unternehmen gedenke.

Müller schmerzte der Kopf und der Anruf des Wirtes tat ein Übriges dazu. »Wir verfolgen heute die Spuren in alle Richtungen.« Müller dachte an den anstehenden Besuch bei Claudius Bucher. Außerdem sollte er in Offenbach vorstellig werden, wozu er nicht die geringste Lust verspürte. »Was denn für Spuren?«, fragte Uli. »Ihre Anrufe halten mich von wichtiger Arbeit ab«, entgegnete Müller unfreundlich und legte auf, ohne auf eine weitere Einlassung des verlassenen Wirtes, welcher der eingeforderten Aufsichtspflicht nicht genügt hatte, zu warten. Gleich darauf läutete das Telefon erneut. »Was ist denn noch?«, rief Müller unfreundlich in den Apparat. »Herr Müller, ich bitte Sie, was ist denn das für ein Umgangston? Das sollte eine Abmahnung geben.« Die Stimme Annalene Waldaus klang sehr zornig. »Oh Verzeihung, Frau Polizeipräsidentin. Ich dachte, dass es wieder dieser grässliche Wirt ist, der ständig nach seinem abgängigen Partner fragt, auf den zu achten ich ihn bat.« Müller klang verzweifelt, denn einer Auseinandersetzung mit seiner Chefin wollte er sich derzeit nicht unterziehen. »Sie erinnern sich, dass ich meine Hand für den Zeugen Siegbert Reinhold ins Feuer lege und dass ich anordnete, dass nicht nach ihm zu fahnden ist.« Müller schluckte. »Ja, Frau Polizeipräsidentin. Ich weiß. Derzeit gibt es auch einen weiteren Verdachtsfall. Es handelt sich um einen Gast im Apfelwein-Walther. Ein älterer Geschäftsmann, der sich von der Mareike Reimers an der Nase herumgeführt fühlte. Er hat sie zumindest coram publico als schlampig bezeichnet. Es ging dabei um den Umgang der Verstorbenen mit einem weiteren Verehrer ihrer holden Schönheit.« »Sehr gut, Müller, gehen Sie der Sache nach. Es zeichnet Sie aus, dass Sie Latein können.« Müller atmete tief durch. Das war gerade noch gut gegangen. Hoffentlich ging der Tag nicht so weiter. Sicherheitshalber rief er Bernadette an. »Hör mal, Schatz. Kannst du mir bitte eine Schachtel Pralinen besorgen? Ich muss mich bei meiner obersten Chefin entschuldigen. … Ja, ganz prima. Ich danke dir, mein Liebling.«

Müller gab sich einen Ruck und ging zum Kaffeeautomaten. Nach einer halbstündigen Kaffeepause, in welcher er sich zur Kräftigung für die bevorstehenden Aktivitäten ein Croissant gönnte, fuhr er zu Bucher. Müller betrat einen gepflegten Altbau und traf in der ersten Etage auf das Namensschild »Bucher«. Er klingelte und musste kurz warten, bevor ihm die Tür geöffnet wurde. »Kriminalpolizei, Müller. Darf ich hereinkommen? Es gibt ein paar Fragen.« Claudius Bucher sah den Hauptkommissar erstaunt an, bat ihn aber herein. »Ich wüsste nicht, was die Polizei von mir wollen sollte. Aber bitte, kommen Sie doch herein.« Müller zückte seinen Dienstausweis und betrat eine gediegene sowie geräumige Wohnung, die mit Stilmöbeln und Teppichen ausgestattet war. Bucher schien offenbar im Aufbruch begriffen zu sein, denn über einer Stuhllehne hing ein Jackett, daneben stand ein Aktenkoffer.

»Es geht um die ermordete Mareike Reimers.« Bucher sah ihn abwartend an. Der Mann, der ihm gegenüberstand, war ein wenig füllig und dunkelblond. Hinter einer auffälligen Hornbrille fixierten ihn dunkelgrüne Augen. Claudius Bucher, der auf die sechzig zugehen musste, wirkte deutlich jünger. Nur leichte Knitterfältchen gaben einen Hinweis auf sein fortgeschrittenes Alter. Der Mann zeigte eine gewisse Stilsicherheit trotz der auffälligen Sehhilfe. Müller verstand nicht ganz, warum die Ermordete ihn abblitzen ließ. Sein Gesprächspartner hätte ihr doch sicher ein elegantes Leben bieten können. »Und wer ist das bitte? Warten Sie, darf ich Ihnen einen Kaffee holen?« Müller nahm das Angebot gern an. Der vorhergehende Automatenkaffee war nur mit dem Croissant zu ertragen gewesen. Wahrscheinlich verursachte dieses Gebräu ihm die Magenprobleme. Während Claudius Bucher in der Küche verschwand, sah sich der Hauptkommissar um. Die Wände zeigten eine grünweißgestreifte Tapete mit mattem Glanz, die hervorragend zu den grünen Stuhlpolstern passte und auch mit der geschwungenen zierlichen Couch bestens harmonierte. Biedermeier vermutete Müller. Er kannte sich in Stilrichtungen nicht gut aus. Bucher kam mit einer grünen goldumrandeten Tasse, die einen dampfenden Kaffee enthielt, zurück. Er rückte ein kleines Silbertablett heran, auf dem bereits ein Kristallkännchen mit Milch stand. Der Hauptkommissar bemerkte die Manschettenknöpfe. »Das Kännchen vergaß ich heute Morgen«, erklärte der Gastgeber. »Um eine Mareike Reimers geht es, sagten Sie?«, knüpfte er an Müllers Frage an. »Es handelt sich um die erstochene Kellnerin des Apfelwein-Walther. Sie kennen die Tote. Dafür gibt es Zeugen.«

Bucher seufzte, bevor er antwortete. »Natürlich kenne ich sie. Der Name war mir nur nicht gleich präsent. Sie war eine wunderbare Frau. Ihr Auftritt war stilsicher. So etwas findet man nicht mehr so oft. Darf ich sagen, dass man in diesem Lokal eine Perle vor die Säue warf? So sagt man doch? Mareikes Tod macht mich traurig.« »So, macht er das?«, gab Müller zurück. »Und was genau war so wunderbar an ihr?« Er wusste, dass es ungeschickt war, zwei Fragen auf einmal zu stellen, aber Bucher beantwortete beide. »Ich weiß, dass ich entgleist bin, als ich sie wütend als schlampig bezeichnete. Sie mit einem anderen Mann zu sehen, brachte mich von dem Weg zu ihr ab.« Bucher machte eine Pause und überlegte, bevor er weitersprach. »Ihr haftete Aufrichtigkeit an. Und dann das. Sie war groß, sehr schlank und braunhaarig. Nicht mehr ganz jung. Na, Sie haben doch die Leiche gesehen. Was beschreibe ich Ihnen die

Frau? Jedenfalls stand vor meinen Augen eine Beziehung mit ihr. Schade, wirklich jammerschade, dass sie tot ist.« Erneut seufzte Bucher und zeigte einen so kummervollen Ausdruck in seinem frisch wirkenden Gesicht, der unbedingt von echten Gefühlen zeugte, so schien es Müller. Eine leichte Röte lag zudem in seinem jugendlichen Gesicht. Auch das sprach für Aufgewühltheit des Zeugen. »Die Leiche, die haben Sie auch gesehen?«, fragte Müller lauernd. »Nein, wieso sollte ich das? Sollte ich sie identifizieren?« »Nein, das haben schon andere getan. Ich dachte nur, dass Sie sie vielleicht direkt nach ihrem Tod gesehen haben, weil sie von Ihnen erstochen wurde.« Bucher machte einen schnellen Schritt auf Müller zu und versetzte ihm eine schallende Ohrfeige. »So, jetzt können Sie mich wegen Körperverletzung festnehmen, aber ich werde Sie wegen übler Nachrede anzeigen. Es muss aber schnell gehen, denn ich werde bald meine Ferien auf Sardinien antreten, für welche ich auf die Begleitung von Mareike gehofft hatte. Wir verstanden uns so gut. Es war mir unverständlich, warum sie die Gesellschaft dieses nordischen Athleten gesucht hat. Die schwarze Sonnenbrille gab ihm auch keinen seriösen Anstrich.« Bucher war sich nicht bewusst, dass auch er eine schwarze Brille trug. Die Ohrfeige schien er bereits wieder vergessen zu haben, während sich der Hauptkommissar die schmerzende Backe hielt. »Hätten Sie vielleicht ein Handtuch und ein paar Eiswürfel?«, fragte Müller. Bucher musste bei den Eiswürfeln leider passen. »Ich trinke ausschließlich französischen Rotwein ohne Eis.« Müller stand auf. »Na, im Apfelwein-Walther wird es wohl auch der eine oder andere Apfelwein sein.« Seine Worte begleitete ein bedeutungsschweres Nicken. »Ich werde besser gehen, bevor Sie erneut tätlich werden. Sie hören von mir. Sie verlassen bitte Frankfurt nicht. Danke, ich finde allein hinaus.« Müller wartete keine Antwort ab.

Um sich abzureagieren, musste er ein paar Schritte in schnellem Tempo laufen. Als er trotz der spätsommerlichen Temperaturen zu frösteln begann, die das Septemberende noch bereithielt, ging er zu seinem Auto zurück. Es war wohl eher sein Kreislauf, der absackte. Er fuhr zu seiner nächsten Aufgabe in Offenbach. Die bevorstehende zweite Befragung ängstigte ihn direkt. Offenbach war kein gutes Pflaster und Schläge hatte er heute bereits bezogen. Mareikes Schwester Sabine wohnte mit ihrem Sohn in einem Neubau im Kleinen Biergrund. Müller war froh, dass er eine derartige Adresse nicht sein Eigen nennen musste.

Eine Rothaarige in T-Shirt und Jogginghosen öffnete ihm. »Sie sind Frau Andresen?«, fragte Müller seinen Dienstausweis zeigend. Seinem Besuch ging eine telefonische Anmeldung voraus. »Kommen Sie rein, ich habe Sie schon erwartet.« Aus einem der Zimmer ertönte laute Musik. »André hat heute keine Schule. Betriebsversammlung oder so etwas in der Art.« Frau Andresen platzierte Müller in der Küche. »Mein Beileid«, äußerte der Hauptkommissar, bevor er nach dem Verhältnis der beiden Schwestern fragte. »Unsere Beziehung war gut, wir haben viel zusammen unternommen und uns auch gegenseitig alles erzählt. Sie war lange alleine, und ich bin geschieden. Zuletzt hatte sie aber einen Freund, der ihr gut gefiel. Er war um einiges jünger, aber die Mareike hat das mit ihrem guten Aussehen und ihren perfekten Umgangsformen wettgemacht. Leider hat es zuletzt ein Problem gegeben.« Müller hörte gespannt zu. Offenbar würde er jetzt endlich mehr über die Tote erfahren. »Wissen Sie auch, worin das Problem bestand?«, hakte er nach. Sabine Andresen nickte bestätigend. »Sie wollte ihn mit in eine Ferienwohnung auf Sardinien nehmen. Dort wollte Mareike schon immer hinreisen. Und dann gab es das Angebot eines Gastes, ihr eine Wohnung dort günstig zur Verfügung zu stellen. Ihr Freund sollte mitkommen. Doch der rückte dann damit heraus, dass er keine Sonne verträgt und dass deshalb Badeferien nicht möglich wären. Mareike geht doch so gern schwimmen, sie hält sich damit fit und ihre Figur in Form. Wasser ist für sie ein Lebenselixier. Das Ende vom Lied war, dass sie sich deswegen von ihm lossagte. Er ließ aber nicht locker.«

»Eine Sonnenunverträglichkeit ist doch kein Trennungsgrund. Man kann auch getrennt in Urlaub fahren«, gab Müller zu bedenken, wobei er im Stillen diese Möglichkeit für sich verwarf. »Schon«, meinte die Schwester. »Es wären halt die ersten gemeinsamen Ferien gewesen. In einem Urlaub lernt man sich doch am besten kennen. Außerdem war sie der Meinung, dass ihr Neuer ihr gleich von seinem Handicap hätte erzählen müssen.« Müller wollte jetzt wissen, ob Mareike denn viele Freunde hatte. »Nein, gar nicht. Meistens war ihr Beruf im Weg. Die abendlichen Abwesenheiten sind schwierig. Aus diesem Grund fing sie auch an im Internet zu suchen. Das funktionierte aber auch nicht, bis eben auf den einen, also den mit der Allergie.« »Wie hat der Mann auf den Korb reagiert?«, fragte Müller. »Wie, welchen Korb meinen Sie?«, wollte Sabine Andresen wissen. »Dass sie ihm wegen seiner Unpässlichkeit eine Absage erteilt hat, meine ich.« »Wie Sie richtig sagen, es war unpässlich, es passte nicht. Er war wütend und verletzt, hat die arme Mareike als kaltherzig, egoistisch und menschenverachtend beschimpft.« »Hat er sie nach der Trennung in Ruhe gelassen?«, ergänzte Müller seinen Fragenkatalog. »Ich glaube schon. Die Auseinandersetzung fand erst ganz kurz vor ihrem Tod statt.« »Meinen Sie, dass dieser Mann etwas damit zu tun haben könnte?« Müller sah die Schwester des Opfers durchdringend an, damit ihm kein Blinzeln entging. »Ich weiß nicht, vielleicht schon. Aber da gab es noch einen, der sich über sie aufgeregt hat.« »Nämlich?«, setzte Müller nach. »Na der, der ihr seine Wohnung quasi umsonst zur Verfügung stellen wollte. Der hat sie nämlich mit dem anderen gesehen. Der hatte sich Hoffnungen auf die Mareike gemacht. Sie wollte ihn aber nicht, weil er ihr zu alt war, obwohl er aussah wie ein gealterter Pennäler. Außerdem hatte sie grundsätzlich eine Abneigung gegen glattgebügelte Hemden tragende Geschäftsmänner mit einer Vorliebe für Einstecktücher. Ich übrigens auch und auch eine gegen Kriminalkommissare. Nein, das Letzte war ein Spaß. Im Gegenteil sind Sie mir sehr sympathisch. Sie verhelfen meinem Schwesterchen zu ihrem Recht. Nur können Sie sie leider nicht wieder lebendig machen.« Horst Müller fühlte sich einem Wechselbad der Gefühle ausgesetzt. Er benötigte dringend die Ruhe seines Büros.

15

In der Westendpension schlief Siggi traumlos und unruhig. Möglicherweise war es die ungewohnte Umgebung, oder es lag an dem Alkoholentzug. Vielleicht trug aber auch das Fehlen von Uli zu seiner Rastlosigkeit bei. Schon vor sieben Uhr stand er auf, schlüpfte in seine Kleidung und schlich über die Treppe ins Foyer. Er traf niemand an. Bevor er die Pension verließ, überprüfte er noch, ob er seine Schließkarte und sein Geld eingesteckt hatte. Dass sich in der Bockenheimer Landstraße ein REWE-Markt befand, wusste er. Um kurz nach sieben war der Markt schon gut besucht. Siggi bahnte sich seinen Weg durch die anderen Kunden und das Waren auffüllende Personal. Er wählte ein paar Sachen für das Frühstück aus und deckte sich mit zwei Flaschen Wein ein, nicht dass er beabsichtigte, sie zu trinken. Nur für den ganz großen Katzenjammer wollte er vorbereitet sein. Bei seiner Rückkehr begegnete Siggi dem Flüchtling, der gerade die Pension verließ, als Siggi vor der Tür stand. Es handelte sich um einen auffällig gut aussehenden jüngeren Mann. Siggi schalt sich über seine Torheit und rief sich das Bild von Uli ins Gedächtnis. Während des Frühstücks betrachtete er dessen Bild, das er in seiner Brieftasche mit sich führte. Schließlich schaltete er das Fernsehgerät ein. Nachdem er etliche Stunden ferngesehen hatte, verspürte Siggi erneut Hunger. Er beschloss, eine Runde spazieren zu gehen und möglicherweise unterwegs einen Schnellimbiss zu finden. Er orientierte sich in Richtung Bockenheim. Die Gegenrichtung, die ihn zum Opernplatz führen würde, erschien ihm zu belebt. Nachdem Siggi in der Leipziger Straße einen Döner verdrückt hatte, traf er auf dem Rückweg zu seiner Freude wieder den gut aussehenden jungen Mann aus dem Nahen Osten. Diesmal lächelten sie sich zu. Wir scheinen denselben Rhythmus zu haben, überlegte Siggi. Wenn es sich ergab, würde er sich über Annalenes Redeverbot hinwegsetzen. Er legte sich für ein Mittagsschläfchen auf das Bett. Die Schutzmaßnahme fing an sich weniger qualvoll zu gestalten, denn es ging doch nicht um eine Art Einzelhaft, wie er zunächst befürchtete.

Bevor Ansgar wieder den Weg nach Sachsenhausen antrat, stattete er dem Internetcafé in der Nachbarschaft einen Besuch ab. Er war zwar nun ständig von Menschen umgeben, mit denen er durch das Kellnerhandwerk reden konnte. Dazu kam ganz besonders die liebevolle Zuneigung seiner Tante. Trotzdem fühlte er sich einsam. Zu seiner Überraschung stieß er auf eine Nachricht von Carla. »Wann können wir uns wiedersehen?«, fragte sie. Ansgar freute sich. Zwar gefiel ihm Carla nicht so gut, aber es schmeichelte ihm, dass sie auf ihn zurückkam. Da es schwierig werden würde, mit Anna darüber zu reden, dass er einen freien Abend brauchte, dachte er über ein nachmittägliches Treffen nach. Für die nächsten Tage waren Schauer und Wolken vorhergesagt. Er schlug einen Spaziergang am Mainufer vor. Der Treffpunkt sollte der Eiserne Steg sein. »Falls es zu regnen anfängt, sehen wir, wo wir landen«, schrieb er. Er vertrat wieder die Meinung, dass man keine Zeit verlieren und man sich bereits am nächsten Tag treffen sollte. Ansgar dachte daran, dass der Spaziergang in Richtung seiner Wohnung führen könnte.

Carla stand schon in einem schwarzgeblümten Kleid am Fuß der Brücke. Ihre Aufmachung vervollständigte eine schwarze Regenjacke. Besonders elegant sah sie nicht aus. Zu dem wogenden Gewand stand auch ihr Kurzhaarschnitt in einem deutlichen Gegensatz. Das Etuikleid des ersten Treffens gefiel Ansgar deutlich besser, aber das sagte er nicht. Ganz im Gegenteil erwies er sich als herzlich im Umgangston. »Es hat viel zu lange gedauert bis zu unserem Wiedersehen«, sagte er und umarmte sie andeutungsweise. »Gehen wir ein Stück?« Ansgar wies nach Osten. Carla nickte. Nach einigen hundert Metern wollte sie sich auf eine Bank setzen. »Was ist denn mit meinem Mitbewerber geworden?« Mit dieser Frage knüpfte Ansgar an das Ende ihrer zurückliegenden Verabredung an. »Er war zu alt und hat wohl eine billige Arbeitskraft gesucht«, beschied ihn Carla kurz. »Es ist nicht so, dass du mir nicht gleich gefallen hättest, aber es klang erst einmal verlockend, in eine Metzgerei einzuheiraten«, gab sie leicht giftig zu. In dem Moment riss die Wolkendecke auf. Ansgar sprang panisch auf. Er fühlte, dass sich seine Gesichtshaut bereits rötete. »Lass uns weitergehen, solange es noch schön ist«, presste er gequält hervor. »Was hast du denn auf einmal?« Carla sah ihn misstrauisch von der Seite an. »Gehen wir zu mir, dann er erkläre ich dir alles. Ich wohne in der Nähe.« Ansgar setzte alles auf eine Karte. »Nein, so viel Zeit habe ich nicht. Ich muss mich um meinen Enkel kümmern.« »Letztes Mal war es der Metzgereibesitzer, heute ist es der Enkel. Meinst du denn, dass du auch einmal mehr Zeit für mich aufbringen kannst?« Ansgar sah sie direkt an. »Schon, aber ich finde dein Verhalten seltsam. Außerdem befremdet es mich, dass du so rot im Gesicht bist.« Carla schien in jeder Hinsicht die direkte Art zu eindeutig zu bevorzugen. »Ich bin Allergiker und habe eine Sonnenallergie. Das ist alles«, antwortete Ansgar ruhig. Carla sah ihn verdutzt mit leicht geöffnetem Mund an. »Was? So etwas habe ich noch nie gehört. Deshalb auch der Innenraum im Café Hauptwache. Da konnte man schon sehen, dass es schwierig mit dir wird. Ich hätte gerne draußen gesessen und du musstest dich in den dunklen Bauch des Lokals verkriechen. Jetzt wären wir gerade gut ins Reden gekommen. Du springst auf, weil zwei oder drei Sonnenstrahlen dein Haupt treffen. Offenbar kann man nur wenig bis nichts mit dir unternehmen und muss immerzu zu Hause rumsitzen, wenn andere Leute unterwegs sind. Dafür darf ich dann wahrscheinlich in Gummistiefeln durch den Regen stapfen. Vielleicht habe ich aber eine Gummiallergie. Du hättest in deinem Profil schreiben sollen, dass ein Stubenhocker weibliche Gesellschaft zum Zuhausebleiben sucht. Irgendein Heimchen am Herd hätte sich bestimmt gefunden.« Carla empörte sich immer mehr. »Es gibt die Abende und die trüben Tage, auch die Schattenseiten.« Schattenseiten meinte Ansgar wortwörtlich, aber Carla verstand es absichtlich falsch. »So ein Schattendasein ist nichts für mich. Ich stehe schon den ganzen Tag im Laden, habe den Geruch der

Wurstwaren in der Nase. Ich muss an die Luft und der Kleine auch«, womit Carla ihren Enkel meinte. »Das war es dann. Ich gebe dir lieber nicht die Hand, nachher ist deine Allergie noch ansteckend. Es tummeln sich wirklich komische Vögel auf dieser Datingseite. Ich hatte sie für seriös gehalten. Sag mal, es gibt doch bestimmt auch eine Partnerbörse für Behinderte. Vielleicht solltest du es da einmal versuchen.« »Das werde ich gern ausprobieren. Vielen Dank für deine Hinweise. Hier ist meine Karte, falls du mich noch einmal beschimpfen möchtest. Es würde mich freuen. Ich mag deine Stimme.« Ansgar hatte sich im Griff und rückte eine dienstliche Visitenkarte heraus. Seine Begleiterin ließ die Karte achtlos in ihre gelbe Handtasche fallen, drehte sich nicht mehr um und ging wortlos. Sie verzichtete auch darauf, noch einmal grüßend die Hand zu heben. Ansgar war wie vor den Kopf geschlagen. So bösartig war noch nicht einmal Mareike mit ihm umgesprungen. Zum Glück hatte er den Dienst im Apfelweinlokal nicht abgesagt. Er brauchte den Trost seiner Tante.

Als er im Apfelwein-Walther ankam, musste er ihr nur einen Blick zuwerfen und Anna verstand, dass er mit ihr reden wollte. »Ich muss eine Zigarette rauchen. Begleitest du mich?«, fragte sie und signalisierte ihrem Heinrich, dass sie ihm sogleich wieder als Hilfe zur Verfügung stand. »Wo drückt der Schuh?«, fragte sie schon, bevor sie ihre Zigarette angezündet hatte. Ansgar gestand, dass es um das zweite Treffen mit einer Online-Bekanntschaft ging. »Es hat wieder nicht geklappt und war höchst demütigend.« Er erzählte von der Reaktion der Dame auf seinen roten Kopf. »Dabei ist es doch gar nicht schlimm, wenn ich aufpasse und mich nach dem Wetter richte. Andere Menschen haben auch Zucker und müssen aufpassen, was sie essen oder sind durch Migräne manchmal ausgebremst. Ich weiß nicht, was ich falsch mache, denn mein gesundheitliches Problem kann es nicht sein, damit kann man leben, wenn diese Frauen es nur wollen. Also muss es etwas anderes an mir sein.« Ansgar wirkte so verzweifelt hilflos. Der große athletisch gebaute Mann ließ die Schultern hängen und wirkte um einige Zentimeter kleiner. Anna streichelte seinen Arm. »Es wird die eine Frau geben.

Du wirst sie finden, auch wenn der Weg steinig ist. Die Menschen sind insgesamt verroht, da bildet diese Dame keine Ausnahme. Wie sieht sie eigentlich aus und was macht sie beruflich?« Ansgar beschrieb seiner Tante Carlas Aussehen und erwähnte auch die Metzgerei in der Leipziger Straße. Anna beschloss, sich die junge Frau einmal anzuschauen und gegebenenfalls mit ihr Tacheles zu reden.

»Wir müssen wieder reingehen, sonst regt Heinrich sich auf.«

16

Ansgars Telefon klingelte gegen zwölf Uhr. Er war gerade aufgestanden und wollte frühstücken. Der gestrige Abend im Lokal war nach der missglückten Romanze noch ein voller Erfolg gewesen. Er hatte lange geschlafen. Die Nummer kannte er nicht. Eine weibliche Stimme erklärte übergangslos, dass es ganz und gar unmöglich war, dass er ihr seine Tante auf den Hals hetzte. »Sie kann nicht einfach so bei mir im Laden auftauchen, um mir lautstark eine Szene zu machen, wobei sie mir vor allen Anwesenden ein diskriminierendes Verhalten zu bedenken gab. Alle Kunden haben zugehört, zum Glück war mein Chef gerade in der Küche mit dem Mittagstisch beschäftigt. Der hätte mir ganz schön die Meinung gesagt. Es reicht schon, dass die Kundschaft die Partei der Frau Wolff ergriffen hat. Weißt du, was sie gesagt hat?« Ansgar hatte keine Chance, Carlas Redefluss zu unterbrechen, um selbst etwas zu sagen. »Andere Menschen hätten auch Diabetes und müssten aufpassen. Oder sie litten an Migräne, die sie oft ausbremsen würde. Dieser Personenkreis sei doch nicht entstellt. Deine Tante wüsste nicht, was du falsch machtest. Das würde sie jetzt gern von mir wissen, denn dein gesundheitliches Problem könne es nicht sein, damit kann man leben. Also müsse es etwas anderes an dir sein.« Carla musste tief Luft holen. »Entschuldige bitte, dass meine Tante dir so zugesetzt hat, aber sie ist äußerst temperamentvoll.« Ansgar wusste eigentlich nicht, was er sagen sollte.

»Wenigstens hat sie zehn Ringe Fleischwurst gekauft. Wir haben jetzt keine mehr. Aber immerhin. Für den Umsatz nehme ich gern ein paar ungereimte Worte hin. Weißt du was, wir treffen uns noch einmal. Dabei stelle ich fest, was mich an dir stört, wenn es nicht deine Maul- und Klauenseuche sein darf, die ich im Übrigen immer noch für ansteckend halte. Na ja, ich kann auch einen Mundschutz tragen.« Ansgar dachte, dass Carla bestimmt in einem Schlachthaus gut zurechtkam. Er wusste gar nicht, ob er sie noch einmal treffen wollte, aber seiner Tante zuliebe willigte er ein. »Am besten kommst du zu mir, dann besteht kein Risiko, was die Sonnenallergie angeht. Außerdem siehst du, wie ich wohne.« Ansgar war sehr überzeugt von der Wirkung seiner Wohnung. »Nee, nee, mein Lieber, so läuft das nicht. Wir gehen wieder spazieren. Du erinnerst dich hoffentlich daran, was ich gesagt habe.« »Wie könnte ich auch nur eines deiner treffenden Worte vergessen haben.« Es stimmt sogar, was Ansgar sagte. Carlas Absage grub sich ihm ein. »Also morgen um 16.00 Uhr am Eisernen Steg. Ich mache um 15.30 Uhr Feierabend, wenn das Mittagsgeschäft vorbei ist. Das schaffe ich gut.« Es war Ansgar nicht ganz klar, wie sie innerhalb einer halben Stunde von der Leipziger Straße am Eisernen Steg auftauchen wollte.

»Danke, Tante.« Abends flüsterte er seiner Tante zu, dass Carla angerufen und um ein weiteres Treffen gebeten habe. »Sie sagte, dass du bei ihr warst. Und morgen will sie mir meine Nachteile auftischen. Sie wollte nicht zu mir nach Hause kommen. Wahrscheinlich werden wir wieder auf einer Parkbank landen. Beispielsweise könnten wir uns im Nizza in den Schatten exotischer Bäume hinsetzen.« Anna lächelte. »Immerhin bist du ihr so wichtig, dass sie dich doch noch einmal wiedersehen will.«

Carla und Ansgar saßen schließlich tatsächlich im Nizza an einem der Tische in der Nähe des Kiosks. Ansgar gab sich keine besondere Mühe, das Gespräch in Gang zu bringen. Sollte sie sich anstrengen. Carla wirkte irritiert. Schließlich ergriff sie die Initiative, nachdem ihr Gesprächspartner angelegentlich die Gegend inspizierte. »Also du wolltest wissen, was mich an dir stört. Es ist mir tatsächlich nichts eingefallen außer deiner Krankheit. Auch wenn es dich diskriminiert, so passt dein Gebrechen eben nicht in mein Leben. Ich habe doch die Wahl, also nehme ich lieber einen Gesunden. Es gibt aber bestimmt Frauen, die keinen anderen finden, die nehmen dann auch den Kranken. Du musst halt Abstriche machen und nicht darauf hoffen, dass dir die tollsten Frauen zur Verfügung stehen.« Carla sah Ansgar triumphierend an. Er wusste nicht, was er dazu sagen sollte.

In diesem Moment spazierte Anna in einem dunkelblauweiß geblümten Kleid vorbei. Um die Schultern hatte sie einen knallroten Schal als Stola ausgebreitet. Ihr Busen wogte bei jedem Schritt. Da ihr Blick auf das Nizza geheftet war, entdeckte sie Ansgar und seine Begleiterin sofort. Sie nahm Kurs auf die beiden. »Wir kennen uns schon«, sagte sie zu Carla, welcher sie die Hand reichte. Dann beugte sie sich über ihren Patensohn, der sich erheben wollte, doch Annas Brustumfang verhinderte sein halbes Aufstehen. »Ihr trinkt ja gar nichts Kinder. Ich lade euch ein, was darf ich bringen? Ansgar schüttelte dankend den Kopf. »Für mich nichts. Carla nimmt sicher gern ein Glas Wein.« Carla signalisierte ihre Zustimmung zu dem Vorschlag. »Heirate doch deine Tante, Cousin und Cousine dürfen doch auch den Bund der Ehe schließen«, schlug sie vor, während Anna unterwegs war. »Gute Idee«, meinte Ansgar. Kurz darauf kehrte Anna mit einem Espresso und einem Wein zurück. Wenig später stemmte der Patensohn sich hoch und führte der sitzenden Carla die Lebensmitte seines schmalhüftigen breitschultrigen Körpers direkt vor Augen. »Ich muss jetzt leider gehen, die Damen.« »Warte Ansgar, ich komme mit.« Anna hatte die eisige Stimmung, die von ihrem Patensohn ausging, schnell erfasst. Mühsam stand sie auf. »Sie trinken doch, bitte schön, in Ruhe Ihren Wein, auch wenn der junge Mann so ungeduldig ist.«

Kaum waren sie außer Hörweite, erzählte Ansgar, welche Kränkungen Carla ihm heute zuteilwerden ließ. Er war den Tränen nahe. »Zum Schluss meinte sie, dass ich doch dich heiraten solle.« Anna schüttelte den Kopf. »An sich ist es keine schlechte Idee, in dem Fall aber als Beleidung aufzufassen. Oh, ich sehe, dass ich meinen Schal dort habe liegen lassen. Ich bin gleich zurück. Du wartest hier.« Anna nahm wieder Kurs auf den kleinen Ausschank im Nizza unterhalb des Restaurants und fand tatsächlich dort noch Carla vor, die an ihrem Wein nippte. Die Dame saß jetzt halb auf dem Schal, also musste sie zwischenzeitlich noch einmal aufgestanden sein. »Darf ich«, sagte Anna und schob die Person, die noch immer keine Reaktion zeigte, an. Unwillig rutschte Carla etwas zur Seite, sodass Anna ihren Schal unter dem Po der Trinkerin hervorziehen konnte. Diese nahm offenbar keinerlei Anstoß an der Aktion, die etwas heftig ausfiel, weil Anna wütend war wegen der Kränkungen, die Ansgar hatte hören müssen.

»Sie hat sich wohl ein weiteres Glas besorgt, denn diese Dame war nicht mehr ansprechbar. Sei froh, dass du mit dieser Alkoholikerin nichts zu tun hast. Vielleicht hat der Schnaps ihr die Zunge gelockert und ihr solche wahnhaften Ideen eingeflüstert. Gehen wir zusammen zum Lokal oder willst du vorher noch nach Hause?« Ansgar entschied sich für das Lokal. Auf der Alten Brücke blieb Anna schwer atmend stehen, um sich von der Anstrengung zu erholen. So viel wie heute war sie schon lange nicht gelaufen. Plötzlich kniff sie die Augen zusammen und zupfte Ansgar am Ärmel. »Ist das am anderen Ende nicht der Bucher, was macht der denn hier?« »Welcher Bucher?«, fragte Ansgar. »Na der, hinter dem die Polizei her ist. Der, der auch mit der Mareike schön tat und der sich darüber aufgeregte, dass sie mit dir in seiner Wohnung Ferien machen wollte und nicht mit ihm«, erklärte Anna, die inzwischen weitergehen konnte. »Ach, davon wusste ich gar nichts. Das hat mir Mareike nicht erzählt, also dass es ohnehin schwierig bis unmöglich geworden sei mit den gemeinsamen Badeferien. Stattdessen fand sie ähnliche Vorwürfe wie die dumme Carla. Im Wesentlichen wurde mir wieder aufgetischt, dass mit mir nichts anzufangen sei.« Anna beobachtete gleichmütig den in einiger Entfernung vor ihr laufenden ehemaligen Stammgast. »Mareike und Carla sind Schnee vom letzten Jahr. Du musst nach vorne schauen. Wahrscheinlich sind viele Verabredungen nötig, bis es wirklich einmal stimmt. Der Mareike hätte ich ein derartiges Verhalten nicht zugetraut. Es geschieht ihr recht mit dem, was passiert ist. Dumm nur, dass diese Carla deine Mobilnummer hat, nicht dass sie auf die Idee kommt, dich erneut zu beschimpfen, aber du musst auch nicht mit ihr reden. Du kannst doch ihre Nummer unter deinen Kontakten speichern, dann siehst du es sofort, wenn sie anruft. Hoffentlich herrscht heute nicht wieder so ein Hochbetrieb. Ich bin jetzt schon völlig fertig.« Anna wirkte ziemlich erschöpft und Ansgar, dem es nicht an guten Manieren fehlte, hakte seine Tante unter, um sie ein wenig zu stützen.

Kurz bevor Ansgar am nächsten Nachmittag den Dienst bei seiner Tante antreten wollte, klingelte es. Er duschte gerade und kam nur mit einem Handtuch um die Hüften zur Tür. Dass es bei ihm klingelte, irritierte ihn sehr. Überrascht blickte er auf seine Besucherin. Carla schien ebenso erstaunt, brach jedoch sofort in lautes Gelächter aus. »Du siehst aus wie ein Gespenst. Das weiße Handtuch um die weißen Hüften und der hünenhafte weiße Oberkörper machen dich zum Phantom.« »Was willst du?«, fragte der bleiche Mann unfreundlich. »Mein Portemonnaie möchte ich abholen. Du hast es gestohlen, während deine Tante ein Ablenkungsmanöver durchführte.« Ansgar erklärte der aufgebrachten Carla, dass dem nicht so war, sondern dass sie eingeschlafen sein musste. Er bot ihr gutmütig an, dass sie im Apfelwein-Walther ein oder zweimal gratis essen und trinken könne, sozusagen als kleine Entschädigung. »Jetzt muss ich mich fertigmachen. Ich nehme nicht an, dass du mir dabei zusehen möchtest. Du hast für heute bestimmt schon genug weißes Fleisch gesehen.« Ansgar schickte sich an, die Tür mit Gewalt zu schließen. »Wenn du recht hast, hast du recht. Ich muss aufpassen, dass ich nicht kotzen muss«, sagte Carla, bevor sie auf dem Absatz kehrtmachte und damit die Tür freigab. Ansgar ballte seine Hände so fest zu Fäusten, bis es schmerzte, er bereute seine Einladung in den Apfelwein-Walther zutiefst.

17

In der Erwartung seiner Besucherin kehrte der gut aussehende Flüchtling von einem Morgenspaziergang zurück. Adam dachte an das Gespräch mit seinem Mitbewohner »Wir müssen einmal bei Gelegenheit zusammen Kaffee trinken und uns unterhalten«, schlug dieser vor, als sie sich unterwegs getroffen hatten. Der andere Pensionsgast sah ihn immer so bedeutungsvoll an. »Wir müssen auch nicht das Haus verlassen«, fügte er dann noch hinzu. Adam wusste nicht, was er davon halten sollte und machte eine unbestimmte Handbewegung, bevor er eilig über die Treppe nach oben entschwand. Kurz nach den beiden Männern betrat Annalene die Westendpension. Sie war zu Fuß gekommen. In seinem Zimmer angekommen fragte sich Siggi, wie lange es noch dauerte, bis er seine Freundin wieder zu Gesicht bekäme, deren Eintreffen er um Haaresbreite verpasst hatte. Über die arabische Schönheit wollte er nicht nachdenken.

Ihr langes Haar war noch leicht feucht und vom schnellen Laufen etwas zerzaust, die Wangen leicht gerötet. Sie trug eine dunkelblaue Stoffhose, die nur knöchellang war, zu einer zarten cremefarbigen Chiffonbluse, durch die man ein schwarzes Trägertop wahrnehmen konnte. Ohne zu klopfen, schlüpfte sie in sein Zimmer. »Du bist sehr schön«, sagte er mit leicht gebrochener Stimme. »Du auch«, erwiderte Annalene leise. Sie trat einen Schritt auf ihn zu. »Es ist eine Freude, dich zu betrachten, ein ästhetischer Genuss. Du bist ein Kunstwerk der Natur«, erklärte ihm seine Besucherin mit überlegener Miene. Nach einer halben Stunde boten ihre Haare einen noch etwas zerzausteren Anblick. Sie war zur Unterlegenen geworden. »Ich habe im Haus noch etwas zu erledigen. Dann weißt du Bescheid, falls wir uns noch einmal begegnen.« Annalene zog sich rasch an. Sie glitt lautlos die zwei Treppen nach unten und klopfte an Siggis Tür. Als sich drinnen nichts rührte, rief sie leise. »Du kannst aufmachen, ich bin's.« Als sie hereinkam, nahm sie Siggi ebenfalls kurz in den Arm. »Schön, dich zu sehen.«

Sie setzten sich. »Gibt es Fortschritte in der Ermittlung?«, fragte Siggi angespannt als Erstes. »Was sagt Uli? Das interessiert mich noch mehr«, fügte er sofort, ohne auf die Antwort zu warten, hinzu. Dabei ertastete er nervös die kleine kahle Stelle auf seinem Hinterkopf. »Oh, Uli habe ich nicht gesprochen. Er rief bei dem ermittelnden Kriminalhauptkommissar an und verlangte, dass nach dir gefahndet wird. Das jedoch habe ich dem Kollegen streng untersagt. Müller hat wohl von der Wirtin, Frau Wolff, gehört, dass es noch einen Verdächtigen für den Totschlag gibt, sodass sein Fokus nicht mehr allein auf dir ruht.« »Welche Frau Wolff und welchen Verdächtigen?«, fragte Siggi irritiert. »Die gute Frau heißt Anna mit Vornamen«, setzte Annelene Waldau ihren Schützling ins Bild. »Zu dem anderen Verdachtsfall darf ich dir nichts sagen, aber er klingt naheliegend nach allem, was ich von Müller gehört habe.« Die Polizeipräsidentin beugte sich vor und brachte ihr Gesicht sehr in die Nähe von Siggi, als er sie bat, wenigstens Grüße an Uli zu bestellen. »Du musst Geduld haben. Ich darf nicht sagen, dass ich mit dir in Kontakt stehe. Dann geht es um Amtsmissbrauch und Behinderung der Ermittlungsarbeit, Freiheitsberaubung, Vorspiegelung falscher Tatsachen und was weiß ich noch alles. Erzähl mir lieber, wie du deine Tage hier verbringst.« Ihr Ton klang sehr eindringlich. Siggi zeigte sich verständig, denn er spürte, dass schon alles seine Richtigkeit hatte. Das sagte er ihr auch. »Du musst nur später ein gutes Wort bei Uli für mich einlegen. Er wird schrecklich wütend sein, wenn ich zurück bin. Allein schon wegen Tim.« »Er wird dich weinend in den Arm nehmen«, widersprach Annalene. »Sieh es als Auszeit, eine Art Katharsis. Also, ich würde die Zeit jedenfalls dazu nutzen, um meine Seele von allen bösen Gedanken zu befreien. Aber du wolltest doch noch erzählen, wie es hier im Haus so geht.« Annalene Waldau war neugierig, was die Zustände in der Pension betraf und sein Bericht würde auch etwas über

Siggis Zuverlässigkeit aussagen. »Ich gehe morgens zum Rewe in der Bockenheimer Landstraße. Und nachmittags laufe ich eine Runde, meistens in Richtung Bockenheim, Leipziger Straße. Die Betreiber von der Pension habe ich noch nicht angetroffen. Zwei- oder dreimal ist mir ein junger Araber begegnet, der auch hier wohnt.« »Was sagte er?«, fragte Annalene interessiert. »Eigentlich noch nichts. Ich habe vorgeschlagen, dass wir einmal Kaffee trinken könnten.« »Du solltest doch eigentlich keinen Kontakt aufnehmen. Nun gut. Ihr wollt doch nicht weggehen?« Annalene zeigte sich nervös. »Wenn, dann nur bis zur Leipziger.« Siggi fand seine Freundin ein wenig übervorsichtig. Die Polizeipräsidentin war aber bereits aufgestanden, sodass er ihr das nicht mehr sagen konnte. »Brauchst du etwas?«, fragte sie in der Tür. »Nein, danke, ich versorge mich selbst.« Siggi erhob sich ebenfalls. Er war ein wenig traurig über den Verlauf des Gesprächs. »Meine Freiheit könntest du mir mitbringen«, murmelte er, als die Tür ins Schloss fiel. Siggi wartete noch einen Moment, bevor er ebenfalls nach unten ging, um sich eine Weile in das Foyer zu setzen. Er wollte dem jungen Mann aus Nahost begegnen.

Wie lange er im Foyer wartete, konnte er nicht sagen. Zeitmangel war im Moment nicht sein Problem. Schließlich wurde er dennoch ungeduldig und entschied sich für einen Spaziergang. Annalene wollte ihn doch nur begrenzt festsetzen. Vielleicht ist sie wieder einmal wegen ihres Wolfgangs in der Krise und würde gern den einsperren, überlegte er unterwegs. Siggi ging keine drei Minuten den Kettenhofweg entlang, als ihm die Person seines Interesses entgegenkam. Er blieb stehen. »Hallo, ich habe auf dich gewartet. Wollen wir Kaffee trinken? Oder bist du müde?« Anstatt eine Antwort zu erhalten, wurde er an der Schulter gezupft und ein langer Arm deutete in Richtung Pension. Siggi verstand, sie sollten gemeinsam zurückgehen. In der Unterkunft angekommen, wurde er wieder am Ärmel gezogen. Diesmal wurde ihm bedeutet, dass sie gemeinsam in das Zimmer des anderen gehen sollten.

»Du sprichst kein Deutsch?« Siggi setzte sich in den Sessel des identisch möblierten Raums. »Ich nur wenig Deutsch. Ich hier, um zu lernen.«

18

Uli fühlte sich einer regelrechten Depression nahe. Noch immer gab es kein Lebenszeichen von Siggi. Er machte sich die schwersten Vorwürfe. Wie konnte er seinen Partner nur derart anschwärzen. Sein Verhalten erwies sich nunmehr als Eigentor. Was, wenn Siggi ermordet worden war, denn er sah zuerst den Täter bei der Tat und dann den Verbrecher aus allernächster Nähe. Dass Siggi vor seiner Verhaftung geflohen war, erschien Uli in diesem Moment nicht mehr wahrscheinlich. In seiner Verzweiflung hielt er Siggi für das Unschuldslamm schlechthin, von allen Seiten zu Unrecht verfolgt. Der Wirt fand viel Zeit zum Nachdenken, denn nach wie vor kamen nur wenige Gäste in das Kleine Wirtshaus, der Trend zum Apfelwein-Walther hielt ungebrochen an. Trotzdem fühlte sich Uli mit allen ihm gestellten Aufgaben überfordert. Allein das einsame morgendliche Aufstehen mit der Aussicht auf einen langen leeren Tag war zu einer schier endlosen Qual geworden. Auch Tim schien in eine gewisse Schwermut gefallen zu sein. Uli hoffte, dass der Hund trauerte, weil er den Gram seines Herrchens bemerkte. Dass es sich um Siggi handelte, der dem Tier so sehr fehlte, hielt er trotz allem für wenig wahrscheinlich und auch unangebracht. Schließlich hatte Siggi Tim allein in dem Maklerbüro zurückgelassen. Uli wollte doch auf dem Boden der Tatsachen bleiben. Jedoch fühlte er, dass etwas geschehen musste, damit nicht die schwarze Brandung über ihm zusammenschlug und er schließlich darin unterging. In seiner Verzweiflung suchte er nach Alinas Telefonnummer. Er konnte sie allerdings nicht erreichen. Jedoch rief sie kurz darauf zurück.

Uli bedankte sich sehr für den Anruf und erklärte, dass er wissen wolle, wie es Alina und Sissi in Kiew in diesen Kriegszeiten aushielten. Er sagte, dass er sich freuen würde, wenn er beiden ein sicheres Zuhause im Kleinen Wirtshaus bieten könne. Alina erklärte, dass sie tatsächlich dran dachte, nach Deutschland zurückzukehren. Die ständige Angst vor Bombenangriffen setzte ihr zu. Vladimir sei eingezogen worden und kämpfte für den Sieg der Ukraine. Sie befürchte aber, dass sie sich seinen Zorn zuziehen würde, falls sie das Land verließ. »Du musst an die Sicherheit deines Kindes denken«, wandte Uli ein. »Und solange er an der Front ist, kannst du nichts für ihn tun. Er kann nachkommen, wenn der Krieg zu Ende ist. Besser wäre es natürlich, wenn du in diesem Fall wieder zurückgehst.« Uli befürchtete nun doch, dass er die ganze Familie Stankovic dauerhaft beherbergen musste. So war er eben gestrickt, er sah immer die zwei Seiten einer Medaille. »Frag ihn einfach, was er von der Sache hält. Leg ihm Sissi ans Herz. Telefoniert ihr manchmal?« »Ja, selten und nur kurz. Meistens gibt es keine Verbindung. Außerdem muss Vladimir doch kämpfen. Oh mein Gott, Madonna gebenedeite, hilf mir, hoffentlich passiert meinem lieben Mann nichts. Alle seine Brutalitäten der Vergangenheit vergebe ich ihm, jetzt ist er ein Engel mit einem Schwert, der seine Pflicht tut.« Uli nickte zustimmend. »Probier es am besten gleich, ihn zu erreichen. Ich rufe dich später wieder an.«

Kaum hatte Uli das Gespräch beendet, als es an seiner Wirtshaustür klopfte. »Geschlossen!«, brüllte er unwirsch. »Ich bin es doch, Anna.« Uli schloss auf, machte aber keine Anstalten, den Türrahmen freizugeben. »Was gibt es?«, fragte er ungehalten, denn Anna trug seiner Meinung nach auch Schuld an seiner Misere. Es war ihre Kellnerin, die ermordet worden war. Warum passte sie nicht besser auf das Weibsstück auf? Was war mit der Sorgfaltspflicht, welche man seinen Angestellten entgegenbringen musste. Letztendlich nahm sie ihm Siggi weg, um ihn dann wieder zurückzuschicken, weil sie eine bessere Aushilfe gefunden hatte. Eine Alternative zu Siggi gab es nicht. Es stand ihr nicht zu, seinen Partner herabzusetzen. Und hauptsächlich klaute sie ihm die Kundschaft. »Fass dich kurz, ich hab zu tun«, giftete er. »Darf ich reinkommen?«, fragte Anna. »Nein, du hast Hausverbot«, erwiderte Uli barsch. »Warum das denn?« Anna klang erschüttert, aber sie fasste sich schnell. »Also gut, irgendwie kann ich dich sogar verstehen. Ich wollte dir nur berichten, dass es einen neuen Verdächtigen für den Mord an Mareike gibt.« »Ist mir egal«, erklärte Uli, obwohl es ihn brennend interessierte. »Wer ist es denn?« Er konnte sich die Frage nicht verkneifen. »Es handelt sich um den Bauunternehmer Claudius Bucher, der der Mareike eine Zeit lang den Hof gemacht hat. Er wollte sie mit nach Italien nehmen. Das hat sie aber abgelehnt und wollte stattdessen mit einem anderen Mann in Buchers Ferienwohnung Urlaub machen.« »Na, besser wäre es gewesen, wenn sie mit dem Immobilienmogul weggefahren wäre, dann würde sie nämlich jetzt noch leben. Nach dem Immobilienmenschen sucht jetzt die Polizei?«, fragte Uli weiterhin neugierig. Denn das würde erklären, warum nicht nach Siggi gefahndet wurde. Er stand nicht mehr im Fokus der polizeilichen Ermittlungen. Wahrscheinlich wusste sein armer Mann von nichts und traute sich nicht aus seinem Versteck. Vielleicht saß er im Stadtwald in einem Unterschlupf und darbte vor sich hin, war von jeglicher menschlicher Zivilisation abgeschnitten. Uli blutete das Herz. »Danke«, knurrte er. »Das Hausverbot ist aufgehoben. Pass wenigstens gut auf den jungen Mann auf, der jetzt den Kellner bei dir gibt. Nicht, dass er auch noch abgestochen wird.« Uli knallte der ehemaligen und aktuellen Wirtin von gegenüber die Tür vor der Nase zu. Sogleich riss er sie jedoch wieder auf. »Du kannst mal ein paar Gäste rüberschicken. Nichts für ungut.«

Sein Telefon klingelte. »Ich komme«, piepste Alina. »Ist doch großartig. Und Vladimir weiß es?«, vergewisserte sich Alinas ehemaliger Arbeitgeber im Brustton der Erleichterung. »Ja, er findet es gut. Eine Sache muss ich vorher noch wissen. Was ist mit Alban Erdreich?« Alina war kurzzeitig in den Dienst des Sachsenhäuser Bestatters, einem gut aussehenden blassen jungen Mann, getreten. Als dieser von ihrer Schwangerschaft erfuhr, setzte er sie vor die Tür. Uli und Siggi halfen ihr. »Der ist nicht aufgetaucht. In dem Laden steht jetzt eine andere Witzfigur.« Ulis Auskunft entlockte Alina ein erleichtertes Seufzen. »Kannst du uns in ein paar Tagen am Bahnhof abholen? Ich schreibe dir genau, wann es sein wird. Wie geht es im Übrigen Siggi?« »Der freut sich auch«, erklärte Uli. Jetzt wollte er noch nichts erzählen, und es war Zeit, die Aufsteller nach draußen zu schleppen. Auf eine der beiden Flächen schrieb er jeweils die schon lange nicht mehr aktuellen Gerichte. Dann trat er etwas zurück und überlegte eine Minute. »Demnächst große Wiedersehensfeier mit Alina. Zurück aus Kiew.« Diese Ankündigung setzte er mit großer geschwungener Schrift auf die andere Seite der Hinweistafeln.

Siggi langweilte sich entsetzlich. Er entschloss sich daher zu einem einsamen Spaziergang in der Leipziger Straße, um etwas Abwechslung in seinem tristen Dasein zu finden. Schließlich musste er wieder zurückgehen, denn er hatte alles gesehen. In Begleitung wäre man vielleicht anschließend an der Bockenheimer Warte eingekehrt. Sich allein an einen Tisch zu setzen, erschien ihm gar zu trostlos. Siggi verspürte den Wunsch, für den jungen Mann zu bezahlen, sollte er wie durch ein Wunder doch noch auftauchen.

19

Wieder zurück in der Pension wurde Siggi sogleich in der zweiten Etage vorstellig. Sie mussten sich eben konkret verabreden, dachte er und klopfte an die Tür des Mitbewohners. Er hörte nichts. Am Spätnachmittag konnte man schon die Geräusche des Fernsehens erwarten, überlegte Siggi. Um festzustellen, ob der Junge anwesend war, drückte Siggi die Klinke nach unten. Die Zimmertür gab nach, und Siggis Blick fiel auf lange blonde Haare, die über die Bettkante hingen. Auf dem Boden lag eine dunkelblaue Hose, flankiert von schwarzen Pumps. Seltsam bekannt erschienen ihm die blonde Mähne und die Kleidung. Vorsichtig zog sich Siggi zurück, ließ die Tür leicht geöffnet und schlich auf Zehenspitzen nach unten.

Tief erschüttert ließ er sich auf einen Sessel fallen. Das durfte doch nicht wahr sein. Annalene, wenn er sich nicht sehr täuschte. Sein Hirn arbeitete fieberhaft. Siggi kam der Gedanke, dass er der Vorwand war, unter welchem Annalene die Pension aufsuchte. Anstatt sich mit ihm zu befassen, seine Lage zu mildern, unterhielt sie dort eine Liaison. Siggi fühlte sich ausgenutzt und getäuscht. Sein Vertrauen in seine einzige und großartige Freundin, die ihm nach Alinas Weggehen verblieben war, brach zusammen, nicht nur das, eine Welt stürzte ein. Am liebsten hätte er alles stehen und liegen gelassen und wäre zu Uli geeilt. Doch er mahnte sich zur Vernunft. Vielleicht war es nur eine Täuschung gewesen. Auch er schlüpfte unter die Bettdecke, die er weit über sich zog. Vielleicht entpuppte sich alles nur als ein böser Traum, aus dem er wieder aufwachte.

Siggi schreckte aus dem Halbschlaf hoch. In dem ohnehin dunklen Zimmer breitete sich schon die Dämmerung aus. Was war das für ein Geräusch? Siggi horchte konzentriert in das Halbdunkel, bis er ein erneutes Klopfen vernahm. »Ja bitte«, rief er ängstlich.

Einerseits befürchtete er, es könnte Annalene sein, andererseits hatte er Angst, jemand Unbekanntes könnte auf ihn aufmerksam geworden sein. Die Tür öffnete sich und der Araber glitt herein. »Ach, du bist es«, entfuhr es Siggi, spürbar erleichtert über das vertraute Gesicht. »Ich weiß, du uns gesehen«, sagte sein Besucher. »Sie geschlafen, deshalb ich nicht konnte etwas sagen. Ich will dir alles erklären.« Siggi schwang die Beine aus dem Bett und deutete auf einen der beiden Sessel. »Ich höre«, sagte er, um dann gleich eine Frage zu stellen. »Woher kennst du sie?«

»Also, war so. Ich joggen am Mainufer. Sie auch. Ich nicht aufgepasst, war durcheinander. Ich in sie hineingelaufen. Sie dann hingefallen. Ich ihr geholfen und mich entschuldigt.« Siggi nickte verständnisvoll. »Und weiter? Wieso bist du hier?«, fragte er dann. »Ich erkläre dir. Wir uns hingesetzt auf Bank und geredet. Ich dann ihr erklärt, dass ich Flüchtling und soll abgeschoben werden. Ich weg von Unterkunft, damit sie mich nicht finden für Transport mit Flugzeug. Sie mich versteht und hat gesagt, dass sie mir helfen will. Ich sollte sie nach Hause begleiten. Sie ein bisschen verletzt. Ich sie geführt. Wohnt nicht weit. Sie sehr schöne Frau.« »Du bist aber auch sehr schön«, sagte Siggi und sah dem Nordafrikaner in die Augen, die dieser niederschlug, während er zutraulich die Hand seines Gegenübers ergriff. »Was war dann bei Annalene, bist du wieder gegangen?« Siggi entzauberte den Moment. Er musste zuerst wissen, was vorgefallen war. Traurig nickte sein Besucher. »Nein, ich nicht geblieben, obwohl Mann nicht da. Sie hat gesagt, ich soll hierhin kommen, weil ich nicht weiß, wohin gehen. Kann nicht in die Unterkunft.« »Warum kannst du nicht in die Unterkunft gehen?«, fragte Siggi mit gemischten Gefühlen. »Ich haben Bescheid für Abreise nach Hause. Ich muss mich verstecken. Ich kann nicht nach Hause. Ist mein Tod. Ich will auch hierbleiben. Ich guter Koch. Ich dann habe gekocht für Frau Annalene. Ich heiße Adam. Du?« Adam beugt sich vor und tippte Siggi leicht auf das Knie. Siggi sagte, dass er Siggi heiße und bedauerte es ein wenig, dass sein Name nicht klangvoller war. Vielleicht sollte er sich in Zukunft nur noch *Sig* nennen. Das hörte sich doch schon viel besser an, wenn es denn überhaupt eine Zukunft für ihn gab. »War Annalenes Mann nicht zu Hause?«, fragte Siggi noch einmal. »Nein, Mann nicht da. Mann bei Freundin, alte Freundin«, sagte Adam. Siggi verstand genau, was gemeint war. Wolfgang Waldau war offenbar wieder einmal mit seiner Maria zugange, wegen welcher er Annalene für einige Zeit verlassen hatte. Schließlich war es jedoch zu einer Wiederversöhnung des Paares gekommen. Allerdings wollte Wolfgang Waldau weiterhin die Angelegenheiten dieser Maria regeln. Sie waren seinerzeit an einem Rauchertisch vor einem Lokal ins Gespräch gekommen. Waldau bekleidete das Amt eines Richters am Oberlandesgericht.

»Ich nicht geschlafen bei Annalene. Wir essen ein bisschen und sie mich hier gebracht. Ich bleiben, bis meine Angelegenheit geregelt. Sie mir auch Kleidung gebracht. Ich tröste schöne Frau. Du auch traurig. Ich dich auch tröste.« Siggi schüttelte nur den Kopf. »Vielleicht später«, murmelte er, keinesfalls wollte er unhöflich sein. Er mochte Adam, deshalb wollte er nicht, dass sich der Flüchtling wie ein Strichjunge benahm. Irgendwie kam ihm die Sache armselig vor. Wie tief war Annalene gesunken, wenn sie sich auf so etwas einließ?

20

Claudius Bucher war auf dem Weg zum Apfelwein-Walther. Eigentlich wollte er das Lokal nicht mehr besuchen, aber er musste wissen, ob Anna Wolff, die faktische Wirtin des Lokals, etwas mit dem Auftauchen der Polizei bei ihm zu tun hatte. Zuerst gedachte er locker über den Vorfall hinwegzugehen. Mit einem Mord konnte man ihn nicht in Verbindung bringen. Doch dann hörte diese Unterstellung nicht auf, ihn vor sich her zu treiben. Kaum saß er, kam schon ein athletisch gebauter Mann auf ihn zu, der um etliche Jahre jünger sein musste als er. Bucher warf einen Blick auf die gepflegten Hände, die nicht von körperlicher Arbeit zeugten. Irgendwie wurde er das Gefühl nicht los, den Mann bereits zu kennen. »Woher kenne ich Sie? Helfen Sie mir«, sagte Bucher, als Ansgar den puren Apfelwein vor Buchers Nase abstellte. Ansgar zuckte mit den Schultern. Er war sich sicher, den Mann noch nie gesehen zu haben. »Ich möchte mit der Wirtin reden, bitte sagen Sie ihr das.« Während dieser Worte warf Bucher Ansgar einen prüfenden Blick zu. Anna Wolff zog ihn zu sich heran, als er ihr das Anliegen des Gastes mitteilte. »Das ist der Typ mit der Ferienwohnung, der sich so an Mareike herangeschmissen hat.«

Ansgar geriet völlig außer sich über diese Auskunft. Dieser gealterte Pennäler setzte also damals der Frau, die er hätte heiraten können, den Floh mit den Ferien im Süden in den Kopf. Mareike war zwar eine tolle Frau, aber zu wankelmütig. Ihr Tod geschah nicht unverdient, wenn man bedenkt, wie sie sich verhalten hatte. »Genau wie meine Mutter. Eigentlich hätte ich damals meine Mutter umbringen sollen, dieses Miststück.« Den letzten Satz murmelte er tonlos vor sich hin, bevor er sich unbeherrscht, wie er war, auf Bucher stürzte und ihn hochzog. Der Bauunternehmer war nicht besonders trainiert und wehrte sich kaum. Ansgar presste sein Opfer mit einem Arm an seine Brust, während er den anderen dazu nutzte, um den Mann zu schlagen, wohin er ihn auch traf. Er schob ihn etwas von sich weg, um ihm anschließend mehre Fauststöße in den Magen zu verpassen. Das Opfer würgte, aber Ansgar drückte seinen Kopf nach hinten. »Hier wird nicht gekotzt.« Er wusste gar nicht, dass er zu einer solchen Brutalität fähig war. Schließlich wirbelte er ihn herum und donnerte den Kopf des Älteren auf die Tischplatte. Ein Brillenglas splitterte, Blut floss aus der Nase, die offenbar gebrochen war. Andächtig verfolgten die Anwesenden den Schaukampf. Die letzte Aktion ließ sie in lauten Beifall ausbrechen.

Heinrich Walther konnte das Schauspiel nicht länger ertragen. Er ging dazwischen. Da Ansgars jähe Wut verraucht war, gelang es Walther, die Kampfhähne zu trennen. »Ich brauche einen Krankenwagen und die Polizei muss kommen«, stöhnte Bucher mit letzter Kraft, bevor er auf den Boden fiel. Es gelang ihm nicht, sich aufzurichten und stehen zu bleiben. »Keine Polizei, wir regeln das unter uns. Anna wird dich verarzten, der junge Mann ist ihr geliebter Patensohn, seine Verhaftung würde ihr das Herz brechen«, erklärte Heinrich Walther. »Mir hat er die Nase und die Brille gebrochen«, jammerte Bucher. Mühsam bückte sich Walther, um den Verletzten in eine stabile Seitenlage zu bringen. Anna kam mit dem Erste-Hilfe-Kasten, dem sie Desinfektionsmittel und ein großes Pflaster für den blutigen Nasenrücken entnahm. Dann rieb sie keuchend vor Anstrengung die Druckstellen an den Armen mit einem Schmerzgel ein und verabreichte dem zerschmetterten Bauunternehmer ein Mittel gegen die Übelkeit sowie weitere Schmerzmittel. Schließlich gelang es den Wirtsleuten, das Überfallopfer aufzusetzen. »Ich will in mein Bett, mir geht es nicht gut«, jammerte er. »Ich kenne den Kerl doch gar nicht. Was habe ich ihm getan?«, fragte er erschüttert, als er an eine Wand gelehnt saß. Man hatte ihm eine Decke umgelegt und einen dreifachen Calvados verabreicht. Der Apfelschnaps war für die Zubereitung von Mispelchen im Hause Walther immer vorrätig. »Du hast der Mareike den Floh mit der Ferienwohnung auf Sardinien in den Kopf gesetzt. Ansgar, das ist mein Patenkind, konnte sie nicht begleiten, weil er das Kreuz des Südens nicht verträgt«, erklärte Anna poetisch. Sie war einfach dazu übergegangen, Claudius Bucher zu duzen. »Mareike trennte sich daraufhin von ihm. Das setzte Ansgar sehr zu, denn sie war seine große Liebe.« Anna flüsterte, um den Patienten nicht zu sehr aufzuregen.

Der Alkohol tat schnell seine Wirkung. Die Wirtin ließ sich schwerfällig auf den Boden neben Bucher fallen. Sie fragte sich, wie sie jemals wieder hochkam. Ansgar hielt routiniert den Betrieb am Laufen und musste sich an allen Tischen die Frage stellen lassen, womit ihn der Bauunternehmer denn dermaßen provoziert hätte und ob noch alte Rechnungen offen waren. Heinrich brachte erneut einen dreifachen Calvados. Vielleicht handelte es sich auch um einen vierfachen, denn er hatte ein Apfelweinglas genommen und den Überblick verloren. Claudius Bucher vergaß, dass er brutal zusammengeschlagen worden war und war geneigt, an einen Unfall und nicht an einen Überfall zu denken. Schließlich sackte der Kopf des Unternehmers zur Seite. Er war schläfrig geworden. Anna signalisierte Heinrich Walther, dass er ihr aufhelfen sollte. Heinrich tat sich schwer daran, Anna hochzuziehen und musste Ansgar um Hilfe bitten. Einige andere Gäste halfen ebenfalls. Anna rief, kaum dass sie stand, ein Taxi zum Apfelwein-Walther. »Ich begleite Claudius nach Hause und schaue, dass es ihm gut geht«, kündigte sie an.

Der Taxifahrer ließ sich dazu überreden, gemeinsam mit Anna den Verletzten die Treppe hinaufzuschleifen. Beide führten Bucher in sein Schlafzimmer und bugsierten ihn auf das Bett. Anna dankte dem Fahrer mit einem großzügigen Trinkgeld. Bucher fiel sofort auf die Seite. Mühsam zog ihm die Wirtin Schuhe und Hose aus. Sie deckte ihn zu. »Brauchst du noch etwas?«, fragte sie den Schlafenden in dem sicheren Bewusstsein, keine Antwort zu erhalten. »Meine Mutter, meine Mutter soll kommen«, wimmerte Bucher zu ihrer Überraschung. »Du musst sie anrufen. Mein Handy ist sicher irgendwo.« Anna durchsuchte die Kleidung und wurde fündig. »Deine Mutter ist doch sicher schon eine ältere Dame«, wandte sie vorsichtig ein. »Sie soll trotzdem kommen. Sie kann auch ein Taxi nehmen. Ich bezahle.« Anna fragte nach dem Entsperrungscode für das Telefon und rief die unter »Mutter« gespeicherte Nummer an. Eine erschreckte Stimme meldete sich mit »Claudius, was ist denn?« »Hier spricht Anna Wolff. Ihr Sohn ist in eine Schlägerei gekommen. Ich habe ihn gerade nach Hause begleitet. Jetzt möchte er lieber Sie an seinem Bett haben.« Anna tat so, als plante sie eine Nachtwache bei Claudius Bucher. »Geht es ihm sehr schlecht?«, fragte die alte Frau Bucher mit einem Zittern in der Stimme. »Nein, nein. Er möchte Ihnen die Anreise mit dem Taxi finanzieren, damit Sie schneller da sind. Es ist so, dass ein Sohn die Mutter braucht.« Die alte Frau Bucher erklärte sich nun bereit, schnellstmöglich anzureisen. Anna bot an, auf ihr Eintreffen zu warten. »Sie kommt in einer guten halben Stunde«, erklärte sie dem Patienten. Claudius Bucher stöhnte. »Ich muss noch mehr Calvados trinken, sonst halte ich nicht durch.« Anna fand Rum. Nachdem der Patient das die Qualen lindernde Getränk zu sich genommen hatte, entschied sich Anna, die sich einen der beiden kleinen Sessel neben das Bett zog, in den sie sich mühsam zwängte, dem Verletzten die Lieder, die sie auswendig kannte, vorzusingen.

Als Frau Bucher endlich nach einer knappen Stunde eintraf, schlief ihr Sohn. Sie war eine großgewachsene schlanke Frau, die Anna entfernt an die verstorbene Mareike erinnerte. Jetzt konnte sie Claudius Buchers Interesse an der Kellnerin besser verstehen. Sie erinnerte ihn an seine Mutter. »Was genau ist passiert?«, fragte Frau Bucher, die ihren Kamelhaarmantel, den sie über einer weißen Jogginghose trug, noch anbehielt. »Ihr Sohn hat meinen neuen Kellner gedemütigt. Ansgar ist mein Neffe und mein Patenkind. Beide Männer wollten meine ehemalige Kellnerin für sich gewinnen. Ihr Sohn hat das Rennen gemacht und mein Neffe war tödlich beleidigt. Jedenfalls kam es so zu einem Handgemenge. Es war Notwehr. Sie sieht Ihnen übrigens ähnlich.« Wahrheitsgemäß fasste Anna die Schlägerei im Apfelwein-Walther zusammen und doch entstand ein schiefes Bild. »Wer sieht mir übrigens ähnlich?«, fragte die ein wenig zu stark mit einem teuren Parfüm eingesprühte Frau Bucher. »Na, Mareike, die ermordete Kellnerin.« »Was sagen Sie da?«, rief die Dame entsetzt. »In welchen Kreisen verkehrt mein

Sohn neuerdings? Wir sind eine ehrliche Familie, und Claudius hat von uns ein stabiles Wertesystem erhalten. Er hätte eben heiraten müssen. Kein verheirateter Mann interessiert sich für ermordete Kellnerinnen. Claudius, wach auf. Ich muss mit dir reden.«

Der verletzte Bauunternehmer rührte sich nicht mehr. Etwa ein halber Liter hochprozentigen Alkohols sorgte für einen komatösen Schlaf. Am nächsten Morgen würde er seine Blessuren zwar noch deutlich spüren, sich aber nicht mehr genau an die Vorkommnisse des letzten Abends erinnern können. Anna war sich dessen sicher und verabschiedete sich formvollendet von Frau Bucher und lud sie ein, doch bei Gelegenheit dem Apfelwein-Walther einmal die Ehre ihres Besuchs angedeihen zu lassen. Die Wirtin bestellte auch ein Taxi für die Rückfahrt und sank um ein Uhr nachts todmüde neben dem schnarchenden Heinrich ins Bett. Es war längst ein offenes Geheimnis, dass die beiden Wirtsleute eine Beziehung pflegten und dass Anna weitgehend wieder in ihren ehemaligen Räumen oberhalb des Lokals wohnte. Am nächsten Morgen wachte sie vor Heinrich auf. Leise schlich sie in ihr geliebtes Lokal, um zu sehen, ob dort alles seine Ordnung hatte. Bei ihrer Rückkehr mitten in der Nacht fehlte ihr die Kraft dazu.

Der Raum zeigte sich still und alkoholgeschwängert. Ein leichter Küchendunst lag noch in der Luft. Die Tische waren abgewischt worden, alles hatte also auch ohne sie gut funktioniert. Diese anheimelnde Atmosphäre beglückte sie und ließ sie auf die Fortsetzung ihres alten Lebens hoffen. Sie freute sich auf viele Menschen, die nur darauf warteten, nach getaner Arbeit wieder einkehren zu können, um den tristen Tag gegen einen fröhlichen Abend einzutauschen. Oder sollte sie lieber sagen, nach getaner Arbeit wieder heimkehren zu können? Auch sie war wieder in dieses Lokal heimgekehrt, das zu ihrem Leben gehörte und sie zu einer ungebrochenen Person werden ließ. Auch ohne Mareikes Tod wäre sie dauerhaft wiedergekommen. Hier wurden große Reden geschwungen, vielleicht sogar Überlebenspläne entworfen oder still beobachtet in der Freude, nicht so zu sein wie all die anderen. Jetzt war auch noch Ansgar zu ihr zurückgekehrt. Er vervollständigte ihr

Leben und leistete ihr großartige Dienste. Anna liebte ihren Neffen, er bedeutete für sie das Kind, das eigene Fleisch und Blut, was sie nie ihr Eigen nennen konnte. Sie musste Ansgar sagen, wie dankbar sie ihm war. Doch jetzt würde sie wieder nach oben gehen und sich, so gut es eben ging, an Heinrichs Rücken kuscheln.

»Wie geht es dem Bucher?«, fragte Ansgar als Erstes, als er abends eintraf. »Besser, viel besser. Ich denke, dass er dich nicht anzeigen wird. Seine Mutter ist gestern Abend auch noch gekommen«, klärte Anna ihren Neffen auf. »Er würde mich niemals anzeigen«, sagte Ansgar ruhig. »Ich habe ihn gesehen, wie er auf Mareike losgegangen ist, als ich dazugekommen bin. Er weiß, dass ich ihn gesehen habe. Deshalb hat er sich gestern auch kaum gewehrt.« Anna zuckte zusammen, mit dieser Ansage hatte sie nicht gerechnet. »Müssen wir das Vorkommnis nicht der Polizei nachmelden?«, fragte sie. An ihre Aussage über Bucher konnte sie sich noch gut erinnern. »Das macht Mareike auch nicht wieder lebendig«, sagte Ansgar traurig. »Lassen wir einfach die Polizei ermitteln. Ich habe keine Lust, als Zeuge der Anklage aufzutreten.« Anna stimmte zu. So konnte man es stehen lassen. Dass Ansgar Bucher sah, als er tätlich wurde, erschütterte sie jedoch bis in ihr Innerstes. »Weshalb warst du da?«, fragte sie schließlich. »Ich wollte mit Mareike reden.« Anna schickte einen schrägen Seitenblick in Richtung ihres Patenkindes. Vielleicht war es wirklich besser, die Angelegenheit auf sich beruhen zu lassen. Schließlich stünde Aussage gegen Aussage. Trotzdem schüttelte Anna immer noch verwundert darüber den Kopf, dass auch Bucher am Tatort war. »Sie könnte noch leben, hätte sie die Männer nicht so provoziert. Ich bedauere das alles sehr. Der Bucher ist wahrscheinlich ebenso cholerisch wie ich. Mich haben qualvolle Jahre dieses Verhalten gelehrt. Jedenfalls trifft die Frau eine große Mitschuld. Trotzdem fehlt sie mir. Warum hatte sie nicht mehr Verständnis? Diese Carla ist nichts im Vergleich zu Mareike.« Anna hörte die Ungereimtheiten ihres Neffen sehr wohl, wollte sich aber nicht in eine weitere Diskussion verstricken lassen.

21

Alina war mit ihrer kleinen Sissi knapp dreißig Stunden unterwegs gewesen. Kurz nachdem sie Uli ihre Rückkehr nach Frankfurt zusagte, begann sie mit den Reisevorbereitungen. Sie tat es mit einem weinenden und einem lachenden Auge. Einerseits fühlte sie sich schlecht mit dem Gedanken, ihr Land und ihren Ehemann Vladimir im Stich zu lassen, andererseits dachte sie an die Sicherheit und Zukunft ihres kleinen Mädchens. Sissi war so brav, sie quengelte überhaupt nicht. Alina unterrichtete nur Vladimir über ihre Abreise. In Kiew sollte man nicht wissen, wohin sie die Kriegswirren verschlagen hatten. Viele Bombenangriffe, Aufenthalte in U-Bahn-Stationen und den Mann an der Front gestalteten die Verhältnisse schwierig und unüberschaubar. Ständig galt jemand als vermisst. Sie reisten über Budapest. Dort musste Alina eine Fahrkarte nach Frankfurt kaufen. Uli erklärte, dass Ukrainer in Deutschland die Bahn ohne gültiges Ticket benutzen konnten. Sie wollte sich jedoch nicht darauf verlassen.

Der Wirt war in hektische Aktivitäten verfallen, um alles für die Rückkehr seiner Köchin nebst kleinem Töchterchen vorzubereiten. Seine Antriebslosigkeit war wie weggeblasen. Er war sogar in die Stadt gefahren, um dem Mädchen eine Barbiepuppe zu kaufen. Die Aktion fühlte sich hochnotpeinlich an. Was tat man nicht alles für das Glück eines Kindes. Erleichtert fand er in der Galeria eine Verkaufskraft, die ihm das aktuelle Modell nebst zwei Kleidern zum Wechseln raussuchte. Er ließ sich seinen Einkauf als Geschenk verpacken, damit nur niemand auf dumme Gedanken kam. Des Weiteren kaufte er ein kleines Kinderbett und Bettzeug. Die Ausgaben summierten sich. Uli war sich nicht mehr sicher, ob es eine gute Idee gewesen war, Alina zur Rückkehr zu überreden, zumal seine

Geschäfte nach wie vor schlecht gingen. Wenigstens lenkten ihn diese Besorgungen von seinem Kummer über Siggis Verschwinden ab.

Als der Wirt gerade die Einkäufe in das Kleine Wirtshaus schleppte, tauchte auch noch die dicke Anna auf. Seltsamerweise wollte sie genau wissen, was Siggi, der doch den Messerstecher gesehen haben wollte, genau erzählt hatte. Uli fertigte sie relativ unfreundlich ab. Wichtige Aufgaben lagen vor ihm. Der genaue Tathergang würde Siggi auch nicht wieder herbeizaubern. Anna sah etwas derangiert aus. Sie hatte schlecht geschlafen. Außerdem gab es eine kleine Kontroverse zwischen ihr und Heinrich wegen ihrer Besorgnis um den Patensohn. »Du kannst mir aber helfen, das Bett aufzubauen. In Sachen Neffe hast du doch Erfahrungen im Umgang mit Kindern.« Anna bedachte Uli mit einem giftigen Seitenblick. Jetzt fing er auch schon damit an. »Siggi sah dem Täter doch direkt in das Gesicht. Wie sah er aus?«, keuchte sie unter der Last des Möbelaufbaus. »Siggis Fantasie ist mit ihm durchgegangen, seine Beschreibung verweist auf einen nicht existenten Traummann. Schlimm genug.« Uli überließ es Anna, die Schrauben anzuziehen. Sie ließ nicht locker. »Gab es eventuell noch eine weitere Person im Bereich des Tatorts?« Auf diese Frage hin griff sich Uli an die Stirn und wollte Anna schon einen Vogel zeigen, besann sich aber. »Siggi sagte nichts über andere Personen, die er möglicherweise gesehen hat.« Anna nahm die Antwort kommentarlos hin und bezog noch die Kissen des Kinderbetts. Als sie fertig war, hielt ihr Uli die Barbiepuppe hin. »Sieht gut aus, oder?« Die dicke Anna schüttelte energisch den Kopf. Sie mochte verständlicherweise keine Barbiepuppen. Außerdem wollte sie weiter darüber nachdenken, was es bedeutete, dass Ansgar Bucher bei der Tat gesehen haben wollte. Außerdem beschäftigte sie das andere Thema. Heinrich verlangte, dass sie sich zwischen ihm und Ansgar entschied. Er wollte Siggi als Aushilfe zurückgewinnen, sobald dieser wieder auftauchte, wovon er fest überzeugt war. Oder es sollte eine neue Kellnerin eingestellt werden. Anna musste Heinrich wohl etwas mehr um den Bart gehen, damit sie ihre Vorstellungen durchsetzen konnte. »Du kannst die Puppe nicht in das Bett setzen«, sagte sie gedankenlos zu Uli, der gerade die Barbie zudeckte.

»Gute Idee, weißt du was, Anna, du gehst doch ohnehin gerade nach Hause. Könntest du auf dem Weg dorthin einen niedlichen Teddybären besorgen und ihn mitbringen, wenn du heute Abend wiederkommst?« Wenn ich heute Abend wieder komme, fügte sie in Gedanken hinzu. Sie musste Heinrich anrufen oder noch einmal zurückgehen. Ja, sie würde noch einmal bei ihm reinschauen, um die Situation zu bereinigen. Es ging schließlich um Ansgar. »Rosa oder lila würde mir gut gefallen«, platzte Uli in ihre Überlegungen. Anna seufzte so tief, dass ihr Busen wogte. »Nicht du sollst mit dem Bär kuscheln, sondern die Kleine. Ich verstehe schon, dass dir Siggi fehlt. Ich würde ihn auch sehr gern wiedersehen.« Die Nachbarswirtin ließ Uli jetzt einfach stehen und ging spornstreichs zurück zu ihrem Heinrich. »Was ist jetzt mit dem Bären?«, rief ihr Uli hinterher.

Im Kleinen Wirtshaus musste das Essen vorbereitet werden, auch wenn vielleicht nicht allzu viele Gäste kamen. Uli ging in seine Küche. Kurze Zeit später hielt das Taxi vor dem Lokal. Eine zierliche Blondine stieg aus. Sie trug zu einem schwarzen Wintermantel eine große runde Fuchskappe, die fast das Gesicht verdeckte, aber ein langer blonder Zopf lag über ihrer Schulter. Sie half einem kleinen Mädchen beim Aussteigen, das mit einem dunkelblauen Mäntelchen mit weißem Kragen und Lackschuhen äußerst adrett aussah. Auch die Kleine trug eine Fellmütze, unter welcher hier zwei kurze dünne Zöpfchen herausragten. Es gab keinen Zweifel, dass Alina und Sissi zu ihm zurückgekehrt waren. Uli tränten die Augen nicht nur vom Zwiebelschneiden. Er stürzte auf seine wiedergefundene Köchin zu, hob sie hoch und drückte sie an sich. »Wir haben doch lieber ein Taxi genommen. Wir werden dir noch genug zur Last fallen«, erklärte Alina ihr unerwartetes Auftauchen. »Kommt rein und legt ab, ihr seid doch ziemlich warm angezogen.« Uli wollte Alina den Mantel abnehmen. »In Kiew ist es schon kalt«, erklärte die Heimkehrerin. »Vielen Dank, dass du zurückgekommen bist, Alina«, sagte jetzt endlich der Wirt und hatte dabei ein Tremolo in der Stimme. Er legte dem zierlichen Persönchen schwer die Hand auf die Schulter. »Ihr schlaft im Wohnzimmer, dort steht auch ein Bettchen für die Kleine. Der Dachboden ist zwar leer, aber ich mag es, wenn ihr in meiner Nähe seid.«

Alina sah sich um. »Ist alles wie immer, nur schön renoviert«, stellte sie fest. »Heute Abend kann ich kochen«, sagte sie. »Wo ist eigentlich Siggi?« Ulis Fassade brach zusammen. Er begann hemmungslos zu schluchzen. »Weg«, stieß er von Weinkrämpfen geschüttelt hervor. Angstvoll presste sich die kleine Sissi an ihre Mama. Der verstörte Wirt bemerkte es und riss sich zusammen. »Er ist untergetaucht. Es hat hier einen Mord gegeben. Er gehört zu den Verdächtigen.« Als Alina Ulis Worte realisierte, presste sie entsetzt die Hand vor den Mund. »Wer und warum?«, fragte sie erschüttert. »Die Kellnerin von der dicken Anna, es war eine Beziehungstat.« »Dann war es nicht Siggi.« Alina stellte den Sachverhalt richtig. »So gesehen hast du recht, aber die beiden konnten sich nicht leiden«, gab Uli zu bedenken. »Ich kann viele Menschen nicht leiden und bringe sie nicht um.« Damit stand für sie Siggis Unschuld eindeutig fest. Die kleine Familie begab sich nun in den ersten Stock. »Barbie«, rief Sissi hocherfreut. Sie hatte das Spielzeug sofort entdeckt. »Wo Kleider?«, fragte die Kleine aufgeregt. Uli nahm sie vorsichtig an der Hand und zeigte ihr die zwei Sets, die in einem Regal lagen, in dem sich auch sonst allerlei Nippes und nostalgischer Kitsch befand, wie zum Beispiel ein rosafarbener Porzellanelefant. »Auch Barbie«, krähte Sissi und griff nach dem Tier, was dabei auf den Boden fiel und in tausend Teile zerschmetterte. Uli wollte schon aufbrausen, besann sich aber. »Ist nicht schlimm«, sagte er. »Papa findet anderen Barbiefant.« »Du nicht Papa«, klärte ihn Sissi auf. »Aber Sissi will neuen Barbiefant.« »Doch, im Moment ich Papa, ich jedenfalls Chef«, beendete Uli die Diskussion über seinen Status. Er musste Anna stoppen. Das Projekt Kuschelbär musste in einen rosa Elefant geändert werden. Uli stürmte die Treppe nach unten und rannte die Tür offen lassend zum Apfelwein-Walther. Zum Glück war der Hintereingang nicht verschlossen. In der noch unbeleuchteten Gaststube fand er Anna, die auf dem Schoß des neuen

Wirts saß. Ihr Kopf ruhte an dessen Schulter. »Keinen Teddybär. Es muss ein rosa Elefant sein«, stieß Uli hervor. »Warst du schon in der Stadt?«, fragte er aufgeregt. »Wann, bitte, soll das gewesen sein?« Anna stand jetzt wieder und richtete ihren Rock, welcher ihr fülliges Hinterteil gut zur Geltung brachte. »Ist er jetzt völlig übergeschnappt?«, echauffierte sich Heinrich Walther mit einem Blick der Verachtung, denn Uli torpedierte das Schäferstündchen. Der frischgebackene Vater strafte den alten Gockel seinerseits mit einem abfälligen Augenrollen. »Deine Hilfe hat sich erledigt«, adressierte er nun in einem noch verächtlicheren Ton an die dicke Anna. »Verbrannte Erde«, murmelte er im Gehen und wusste selbst nicht so genau, was er damit meinte.

22

Als er wieder im Kleinen Wirtshaus angekommen war, erklärte er Alina wahrheitsgemäß die Sache mit dem Teddybären, denn vor einigen Tagen beschlich Uli das Verlangen danach, nur noch mit der reinen Wahrheit zu leben und hoffte, dass es lange so blieb. Er schlug dann vor, morgen gemeinsam mit Alina und Sissi in die Stadt zu gehen, um den Barbiefant zu besorgen. Sissi sollte ihn selbst aussuchen dürfen. »Sissi auch Teddy.« Die Kleine hatte aufmerksam zugehört. »Sissi heute Teddy und Barbiefant«, ergänzte sie freudig. Das Kind jedenfalls zeigte offenbar keine Ermüdungserscheinungen. »Nein, nein, das geht leider nicht, Schätzchen«, sagte Uli mit einem Blick auf die Uhr. »Deine Mama ist jetzt sehr müde von der langen Reise.« »Mama nicht müde«, wusste es das Mädchen besser. »Nur anderer Papa immer müde.« Dem raubeinigen Gastronomen ging das Herz auf. So schnell war er als Zweitvater akzeptiert worden. Siggis Begeisterung für die Kleine konnte Uli jetzt nachvollziehen. Er sah noch einmal auf die Uhr. »Ich bestelle ein Taxi mit Kindersitz und fahre schnell mit ihr in die Stadt. In einer Stunde sind wir wieder hier. Du kommst doch alleine klar mit der Lokalöffnung?« Alina war erstaunt über den Sinneswandel ihres ruppigen Chefs. »Es ist alles wie immer, nur so schön renoviert. Ich komme klar. Pass aber nur gut auf meine Kleine auf. Sissi muss immer an der Hand bleiben.« Uli war sowieso nicht gewillt, jemals wieder die kleine Patschhand loszulassen.

Staunend betraten die beiden Einkäufer die Galeria Kaufhof. Leider musste Sissi dort zuerst Pipi. Uli unterzog sich der Peinlichkeit, mit ihr die Damentoilette aufzusuchen. Mit hochrotem Kopf und dem Gezeter der anwesenden WC-Benutzerinnen schloss er sich mit Sissi in einer Kabine ein, zog der kleinen die Strumpfhose und das geblümte Unterhöschen nach unten, bevor sie abhielt und abwischte. Es war das erste Mal, dass Uli einen nackten Kinderpopo sah. Er fühlte sich in dieser Situation äußerst unwohl. Gebeugten Hauptes zerrte er die kleine Sissi in den Vorraum des Damen-WCs, in dem sich die Waschbecken befanden. Allenthalben hörte er Bemerkungen wie: »Dass der sich nicht schämt, man sollte die Polizei rufen.« Als Uli sich wieder auf der Verkaufsfläche befand, atmete er erleichtert auf und suchte so schnell wie möglich die Spielwarenabteilung auf, die zum Glück auf derselben Etage angesiedelt war. Sissi erspähte ihr Paradies schneller als ihr väterlicher Freund. Sie betrat ein Wunderland. Reich bepackt verließen sie eine Stunde später das Warenhaus an der Hauptwache. Uli steuerte zielstrebig auf ein Taxi zu. Er war mindestens ebenso glücklich wie das Kind.

Als sie das kleine Wirtshaus betraten, schon auf der Straße war lautes Stimmengewirr zu hören, herrschte dort Hochbetrieb. Zur Lokalöffnungszeit stand Alina in der geöffneten Kneipentür. Die Nachricht, dass die Ukrainerin wieder zurück oder nach Frankfurt geflüchtet war, machte in Windeseile die Runde. Stammgäste und Gelegenheitsbesucher fanden auf einmal Ulis Schänke interessanter als den Apfelwein-Walther, wo es keine Neuigkeiten mehr gab. »Wie hast du das alles geschafft?«, fragte der Wirt bewundernd. »Ich habe nur zwei Gerichte angeboten, die ich fertig machen konnte. Die Gäste haben das akzeptiert und sie bestellt. Es handelt sich dabei um Hacksteak mit Bratkartoffeln wahlweise mit grüner Sauce oder Salat.« Uli nickte begeistert, während er damit beschäftigt war, die Einkaufstüten hinter dem Tresen abzustellen. Er beschaffte ein Kissen, worauf er Sissi platzierte. »Sissi auch Hunger«, krähte die Kleine. Während Uli Alina im Service entlastete und Getränke fertig machte, nahm sein neues Töchterchen die Tüten auseinander. Alina stellte ihr Pommes und Ketchup hin. »Jetzt Sissi Durst«, ertönte schließlich der mit Ketchup umrandete Mund der Prinzessin. »Was darf sie trinken?«, fragte Uli eilfertig. Er war glücklich. So musste sich Weihnachten mit Kindern anfühlen. Er dachte an Heiligabend, sah Alina, Sissi und Siggi im Geschenketaumel unter dem strahlenden Weihnachtsbaum. Siggi kam zu ihm zurück. Er wusste es. Mittlerweile konnte er Siggi und seine Passion für Alinas Töchterchen so gut verstehen. Es würde schon kein Gerangel um die Gunst der Kleinen geben. Uli wollte gern zurückstecken, wenn nur Siggi erst wieder da wäre. Er seufzte, während er liebevoll und sehr zart den Mund der Kleinen abtupfte.

23

Unterwegs sah Siggi mit Vergnügen die jungen Männer auf dem Weg zur Arbeit, die in engen Anzügen steckten und dazu bunte Socken trugen. Er lief die Bockenheimer Landstraße entlang und schlenkerte seine Brötchentüte beim Laufen hin und her. Zurückgekehrt bemerkte er sofort eine leichte Parfümspur, die im Hausflur lag. Siggi wollte nicht darüber nachdenken, was das bedeutete, er freute sich auf ein gemütliches Frühstück. Nachmittags konnte man den Botanischen Garten aufsuchen. Dort fühlte er sich sicher. Vielleicht konnte Adam ihn begleiten. Das frühherbstliche Wetter mit seiner milden dunstigen Sonne war einfach zu schön, um zu Hause zu bleiben. Er riskierte doch nichts.

Siggi beschloss, Adam sofort zu fragen, ob er mit ihm in den Botanischen Garten ging. Das Parfüm blendete er aus. Er klopfte an die Tür des Mitbewohners, wartete und lauschte. Nichts war zu hören. Langsam zählte er bis drei und riss die Tür auf. Abrupt richtete sich Annalene auf. Sie war fast nackt und riss die Bettdecke hoch. »Es ist nicht das, wonach es aussieht, ich erkläre es dir«, sagte sie zu Siggi und senkte den Blick. Dessen Augen suchten nach Adam. Er sah ihn nicht. »Ich habe ihn weggeschickt und mich hier mit Wolfgang getroffen, ein pikanter Kulissenwechsel für unsere Ehe.« Annalene versuchte ein Kleidungsstück zu erwischen, während ihr noch die Decke Schutz gab. »Wo ist denn Wolfgang, wenn du dich hier mit ihm getroffen hast?«, fragte Siggi. Dabei machte er keine Anstalten, sich diskret zurückzuziehen. »Wolfgang ist im Bad«, erklärte Annalene nachdrücklich. »Du wirst doch nicht etwa nachsehen wollen?«, fragte sie besorgt und sprang aus dem Bett. Die Peinlichkeit musste beendet werden. Allein die Nacktheit der Polizeipräsidentin erschreckte Siggi so sehr, dass er zurückwich, wobei seine Augen sich an die Schönheit der Nackten klammerten. »Entschuldige bitte, Annalene, ich wollte dich nicht stören.« Rückwärts stolperte Siggi zur Tür hinaus. Er kam sich vor wie ein gedemütigter Tölpel und bemühte sich, an sein gemütliches Frühstück zu denken. Zurück in seinem Zimmer entledigte Siggi sich seines leichten grauen Pullis, kochte Kaffee. Er stellte sein bunt gefärbtes hartgekochtes Ei auf den Tisch. Während der Kaffee sich geräuschvoll in die Tasse senkte, öffnete er seine Tür einen Spalt breit. Er wollte doch zu gern hören, ob eine oder zwei Personen das Haus verließen. Eigentlich war es merkwürdig, dass die Waldaus Eheprobleme hatten, überlegte Siggi, während er sich noch einmal den Körper der obersten Frankfurter Polizistin vor Augen rief. Als er nach dem ersten Schluck seines zweiten Kaffees, den ersten hatte ihm ein Automat im Supermarkt serviert, in ein knuspriges Brötchen biss, das er mit Salami belegt hatte, erlahmte seine Aufmerksamkeit. Was er hoffte, war nur, dass Annalene Waldau seine beste Freundin blieb, denn das war sie schließlich. Sollte Annalene doch ihren Mann betrügen, so viel und so oft sie wollte. Es würde nicht an dieser Freundschaft kratzen. Er stand schließlich nicht zur Verfügung als homosexueller und verheirateter Mann. Siggi weidete sich an seiner eigenen moralischen Integrität. Er hatte sich ausnahmsweise einmal nichts vorzuwerfen. Allerdings ertappte er sich doch bei der Frage, was Annalene in ihm sah, nachdem er sie nun durchaus als Frau wahrnahm. Schon wieder stand ihm ihr nackter Körper vor Augen. Breite Schultern, runde, nicht zu große Brüste, die nicht durchhingen, ein flacher Bauch und Hüften, die schmaler erschienen als der Schultergürtel, lange gerade Beine, die durchtrainiert wirkten. Ein dunkles Dreieck zierte den Intimbereich und besaß eine sehr geometrische Form. Siggi begann sich auszuziehen. Er wollte sich im Spiegel betrachten, um zu sehen, wie er auf sie hätte wirken können.

Es klopfte und sogleich öffnete sich die Tür. Siggi machte wiederum einen Schritt rückwärts, aber schon stand nun Annalene vor ihm. Die Situation wiederholte sich mit umgedrehten Vorzeichen. »Ich, ich wollte gerade duschen«, stammelte Siggi und versuchte mit den Händen zu bedecken, was kaum zu bedecken war. Annalene lächelte. »Jetzt sind wir quitt«, sagte sie erfreut und streckte die Hand aus, die Siggi wohl oder übel ergreifen musste. Die Augen der Polizeipräsidentin wanderten wohlgefällig nach unten. »Wir bleiben doch Freunde?«, fragte Siggi peinlichst berührt. Keine von den beiden sich gegenüberstehenden Personen bewegte sich. »Selbstverständlich bleiben wir Freunde, es wäre bestenfalls Freundschaft plus. Ich bin hier, um dir alles zu erklären, damit kein Schatten auf unsere Freundschaft fällt«, ließ die Weiblichkeit, die ihm so offen gegenüberstand, weiter verlauten. »Setz dich doch.« Siggi wies mit der Hand, die Annalene nicht erfasste, auf den kleinen Sessel. Er verdeckte nichts mehr. »Ich ziehe mich nur eben wieder an und dusche später«, fügte Siggi hinzu, obwohl er sich nicht mehr ob seiner Nacktheit schämte. »Bleib doch, wie du bist. Ich sehe dich gerne so. Du bist ein schöner Mann, wer hätte das gedacht.« Diese Bemerkung seiner Freundin ging Siggi runter wie Öl. Er setzte sich nackt auf die Kante des ungemachten Bettes.

»Weißt du Siggi, Wolfgang ist jetzt wieder so oft bei Maria. Sie ist einfach wie eine Mutter zu ihm, nur eben jünger. Sie verhält sich wie die Frauen in unserer Elterngeneration, tritt schlicht und bieder auf, ist ihm treu ergeben, kann nichts, benötigt seine Hilfe an allen Enden. Sie wirkt schüchtern und unbeholfen. Das alles findet er sehr anziehend, auch dass er die totale Macht über sie besitzt. Neulich ist er nachts einfach nicht nach Hause gekommen, weil sie plötzlich solche Angst im Dunkeln empfand. Überdies habe sie sehr traurig gewirkt, sodass er geblieben sei, obwohl sie nicht danach gefragt hatte. Wolfgang beteuert, dass es nichts mit uns zu tun hat, wenn es jetzt eine Freundschaft plus geworden ist.« Annalene sah betreten zu Boden, ihr Blick glitt schließlich von Siggis Füßen wieder nach oben. Sie sah, dass er seine Schienbeine rasierte. Ihre Augen wanderten weiter und blieben ganz ungeniert in der Lebensmitte hängen. »Also dachte ich, dass es mir besser gehen würde, wenn ich mit Adam eine Beziehung eingehe. Insofern hat es etwas mit Wolfgang zu tun. Er war in meinem Kopf und meinem Herzen immer anwesend, während ich ihn betrogen habe. Auf diese Weise ist es mit dem attraktiven jungen Mann keine Beziehung geworden und auch keine Freundschaft. Es funktionierte nicht mit dem Gleichziehen. Mit dir wäre es etwas anderes, wenn es eine Freundschaft plus würde, weil wir uns schon so lange kennen, aber du hast Uli.« Nachdem diese Worte aus ihr herausgebrochen waren, schwieg Annalene.

Siggis Kopf glühte. Mit dieser Eröffnung seiner Freundin war nicht zu rechnen gewesen. Er konnte ihr schlechterdings nicht anbieten, für sie zur Verfügung zu stehen, denn das wäre zu billig gewesen und wäre eher einer Zerstörung ihrer Verbindung gleichgekommen, als dass es eine Intensivierung bedeutet hätte. Außerdem wusste er überhaupt nicht, ob er es schaffen würde, so weit zu gehen, auch wenn es im Moment ganz danach aussah. Die Frage war, wie er zu einem anderen Zeitpunkt reagieren würde. Hauptsächlich aber gehörte er zu Uli, ungeachtet all der Schandtaten, die er ihm in der letzten Zeit angetan hatte. Siggi sah Annalene in die Augen. »Du solltest auch weiterhin Adam treffen und nichts darüber zu deinem Mann sagen, denn vielleicht ist auch er in Gedanken bei dir geblieben, wenn sein Körper Maria besucht.« Annalene sah Siggi misstrauisch an. Dieser ließ sich nicht beirren. »Du musst Adam besser kennenlernen. Er verhindert jedenfalls, dass du deine Zeit verlierst, indem du auf Wolfgang wartest.« Siggi gab sich trotz seiner Nacktheit sehr souverän. »Gibt es eigentlich eine neue Entwicklung in dem Mordfall?«, fragte er noch. Annalene stand auf und zog ihre blütenweiße Bluse glatt. »Ich rede jetzt gleich mit Müller, ich bin ohnehin schon zu spät dran, aber dir danke ich für dein offenes Ohr und deinen guten Rat. Ich komme demnächst wieder.« Die Tür fiel hinter der Polizeipräsidentin ins Schloss. Siggi ergriff seine Hosen und zog sich wieder an. Er musste sich jetzt nicht mehr im Spiegel betrachten, um sich schön zu finden und seine Wirkung zu erahnen. Sehr gut gelaunt setzte er endlich sein Frühstück fort. Es war nicht mehr so, dass er in der Freundschaft mit Annalene Waldau nur der nehmende Teil war, er hatte ihr auch etwas zu geben. Dass sein Rat, sie möge sich weiter mit Adam treffen, gut war, stand außer Frage.

24

Uli beschloss, nach Siggi zu suchen. Jetzt, nachdem Alina wieder da war und den Laden schmiss, fühlte er sich dazu berufen. Er erklärte ihr die Lage, und sie bestätigte ihn in seinem Unterfangen. Sein Dazutun an Siggis Verschwinden beschönigte er nur ganz leicht.

Am Tag nach dem Großeinkauf in Sachen Spielzeug waren Uli, Alina und Sissi noch einmal aufgebrochen, um einen Kindersitz und einen Hochstuhl zu kaufen. Dabei saß Sissi auf Alinas Schoß. Uli schnallte die beiden zusammen an, bevor sie aufbrachen. Das Ziel war der Babyausstatter in Bornheim. Sissi jammerte ein wenig, weil sie nicht auf dem Schoß ihrer Mutter sitzen wollte. »Sissi alleine sitzen«, piepte sie kläglich. »Bald sitzt Sissi allein«, antwortete Uli begütigend. Die Kleine lächelte ihn vertrauensvoll an und gab Ruhe.

Jetzt saßen sie wieder beim Frühstück in Ulis Wohnung. Vor drei Tagen erst war Alina angekommen, und alles fühlte sich schon so vertraut an. Uli schnitt hingebungsvoll ein Nutellabrötchen in winzige Würfel und platzierte den Teller vor Sissis Nase. Binnen kürzester Zeit waren das Kind und seine nähere Umgebung mit Schokolade dekoriert. Begeistert verlangte die Kleine nach mehr. Uli lächelte amüsiert und erinnerte sich, dass er Siggi bei den geringsten Marmeladespuren jeweils streng zur Ordnung rief. Der Gedanke an Siggi ließ ihn zum Thema zurückkehren. Über das von Siggi angeschleppte Messer, die Tatwaffe, berichtete er lieber nichts, denn er wollte Alina nicht erschrecken. Sie sollte sich keine Sorgen um die Sicherheit ihrer Tochter machen müssen und nicht ihr Vertrauen in Siggi verlieren. Es reichte, wenn er so misstrauisch war. Jedenfalls klärte Uli Alina wortreich darüber auf, dass Siggi von dem Täter gesehen worden war und sich somit für dessen nächstes Opfer hielt, was Uli selbst aber für völlig abwegig befand. Jedenfalls sei das der

Grund, warum sich Siggi versteckte. Nachdem nun die zeitliche Möglichkeit bestand, wollte Uli nach Siggi suchen. »Wie willst du das machen?«, fragte Alina. Uli äußerte seine Überlegungen. »Ich werde zunächst nachsehen, über welche freien Immobilienangebote er verfügt und schauen, ob es dazu die Schlüssel gibt. Dass es in diesem Fall zwei Schlüssel geben musste, bedachte er nicht. Vielleicht hält er sich in einer dieser Wohnungen auf. Ich hoffe es jedenfalls sehr.« Uli seufzte kummervoll, flankiert von einer Leidensmiene. »Papa nicht traurig«, forderte ihn Sissi auf. Die Worte der Kleinen zauberten wieder die Sonne in Ulis kantiges Männergesicht und zeichneten ihn weich. »Die Gäste lieben dich und seit du wieder da bist, brummt der Laden. Halt dich aber von der dicken Anna fern, sie ist missgünstig geworden«, forderte Uli Alina auf in dem Bestreben zu verhindern, dass Alina Dinge hörte, die besser ungesagt geblieben wären. »Am besten gehe ich gleich los, wenn Sissi zu Ende gefrühstückt hat und ihr süßes Gesicht wieder blank geputzt ist.« »Sissi mitkommen.« Uli dachte einen Moment über den verlockenden Vorschlag nach, bevor er mit den Worten ablehnte, dass Papa schnell wieder zurück wäre und Sissi das nächste Mal mitkommen könnte. Sissi steckte den Daumen in den Mund und betrachtete ihren Ersatzvater nachdenklich. Dieser schnappte sich einen dunkelblauen Pullover und seine Umhängetasche, eine Art Herrenhandtasche, bevor er loszog. »Du kannst mich jederzeit anrufen, Alina«, sagte er, während er seine Schlappen gegen feste Treter eintauschte. Man wusste doch nie, in welches unwegsame Gelände man geriet. »Sissi auch mit Papa telefonieren«, hörte er noch. Er drehte sich um, schwenkte die Kleine im Kreis und stellte sie wieder ab. »Klar, Sissi, machen wir.« Bevor er endlich gehen konnte, wollte Alina noch wissen, warum nicht die Polizei nach Siggi anhand seiner Maklerkartei suchte. Der Wirt zuckte die Schultern und meinte abwiegelnd, dass sie Siggi nicht für verdächtig hielten. »Aber sie müssen ihn doch beschützen«, forderte Alina. »Das stimmt«, sagte Uli. »Aber sie können nicht jeden beschützen.«

Mit leichten Schritten und Tim an der Leine ging der Wirt zu seinem Transporter. »Tim hier«, kreischte es hinter ihm. Uli wusste instinktiv, dass er nicht reagieren durfte, sonst käme er nie weg.

In dem verwaisten Maklerbüro kamen dem verlassenen Ehemann zuerst die Tränen. Er ließ ihnen freien Lauf. Niemand sah zu. Als er sich beruhigt hatte, entdeckte er eine benutzte Kaffeetasse, die ihm nicht aufgefallen war, als er Tim abholte. Seine Gedanken lesend begann der Hund die Hände seines Herrchens abzulecken. Uli tätschelte dem Tier den Kopf und suchte in seiner Jackentasche nach einem Leckerli. Schließlich begann er die Kartei der zu vermietenden Objekte anzusehen. Er war erschüttert, wie wenige Karteikarten ihm in die Hände fielen. Die meisten davon lagen Siggi schon lange vor. Eigentlich gab es nur einen Neuzugang. Auf jeder Karte klebte rückseitig der Schlüssel. Siggi schrieb ordentlich auf, wann er wem welche Immobilie zeigte. Die letzten Besichtigungstermine lagen schon eine längere Zeit zurück. Uli wollte mit dem zuletzt eingegangenen Vermietungsgesuch beginnen. Die Wohnung lag ziemlich in der Nähe. Der Auftrag war von einer Person namens M. Kofler erteilt worden. Uli ging das kurze Stück bis zur Schwanthalerstraße zu Fuß. Tim folgte ihm schwanzwedelnd. Die Zweizimmerwohnung lag im zweiten Obergeschoss und präsentierte sich komplett leer geräumt und besenrein. Nur weiße Vorhänge, die sich in der Zugluft bauschten, und eine Einbauküche waren zurückgelassen worden. Die Räumlichkeiten wirkten sogar frisch geputzt. Bestimmt war die Vormieterin eine Frau, überlegte Uli. Von Siggi fehlte jede Spur. Hier war er nicht gewesen. Uli roch es förmlich, wenn sich sein Partner an einem Ort befunden hatte, den er selbst früher oder später aufsuchte. Vielleicht war es auch dieses eine spezifische auf Siggi gerichtete Beziehungsgen, was ihm eine solche Fähigkeit ermöglichte. Mit hängenden Köpfen gingen Herr und Hund zurück, nachdem Uli sorgfältig abschloss. Keinesfalls durfte er Siggis geschäftliche Aktivitäten beschädigen. Als sie vor dem gepflegten Altbau auf die Straße traten, setzte ein leichter, aber durchdringender Nieselregen ein. Wieder zurück in der Makleragentur fühlten sich Uli und Tim wie zwei begossene Pudel. Unterwegs kam Uli der Gedanke, dass die Wohnung sehr geeignet für Alina und Sissi war, zumindest für die Zeit, die es dauern würde, das Dachgeschoss auszubauen.

Er dachte wieder daran, wie Siggi als Bauherr aufgetreten war und diesem blonden Hünen, Inhaber eines Fliesenlegergeschäftes, dabei schöne Augen machte. Glücklicherweise brachte der Hüne dann zu guter Letzt seine Angestellte zur abschließenden Feier mit. Auch wenn es aus Ulis Sicht gut ausgegangen war, konnte es immer noch der latente Ärger über diese angedachte Untreue sein, die ihn dazu führte, Siggi gnadenlos ans Messer liefern zu wollen. Uli lächelte über sein Gedankenspiel. Trotz seines Kummers war er erstaunlicherweise dazu in der Lage. Auch wenn die Wohnung in der Schwanthalerstraße für Alina und Sissi gut geeignet und quasi bezugsfähig war, musste Alina in jedem Fall noch bei ihm wohnen bleiben, denn er hielt es alleine nicht aus. Auf dem Rückweg sollte er noch ein Babyfon mit Kamera besorgen. Das schuldete er der jungen Mutter, die immer wieder den Dienst unterbrach, um nach ihrem Töchterchen zu sehen, auch wenn Uli ihr gar zu gern ein paar Mal den Weg abnahm. Man konnte die Kleine nicht hinter dem Tresen parken. Das ging nicht. Die Luft war ungesund, der Schlaf ständig gestört. Es konnte das Jugendamt jederzeit darüber informiert werden, was in seinem sauberen Betrieb ablief. Das durfte nicht sein.

Bevor es galt, die nächste Wohnung aufzusuchen, wollte Uli sich erst einmal einen Kaffee kochen. Tim bekam natürlich nur einen Napf mit Wasser und könnte ihm schwanzwedelnd zuprosten. Nachdem Uli die nassen Fußspuren beseitigt hatte, kochte er endlich den Kaffee, wobei er versehentlich doch zwei große Tassen zubereitete, denn er hatte kurzfristig wieder vergessen, dass Tim gar keinen Kaffee trank. Na gut, dann würden eben beide Becher in ihn hineinwandern. Schaden konnte es nicht, denn viel hilft viel.

Kaum standen die die Tassen vor Uli, legte dieser ganz nach Siggis Art die Beine auf den Schreibtisch. »Siggi, wo bist du, wo versteckst du dich?«, rief er laut in das leere Ladenlokal. Gerade in dem Moment wurde die Tür schwungvoll geöffnet. »Endlich ist hier jemand anzutreffen. Ich war schon so oft hier.« Eine Frau mit langen grauen Haaren in einem Flatterkleid, über dem sie eine Häkelweste trug, stand im Türrahmen. Eine Menge Armbänder klimperten an ihrer Hand. Uli nahm die Beine vom Tisch. »Was kann ich für Sie tun, Signora?«, fragte er förmlich. Er wollte weder den Begriff »Madame« benutzen noch die Anrede »meine Dame«. »Signora« erschien ihm passender, so würde er auch eine Kellnerin ansprechen, nur nicht die dicke Anna. Sie wäre für ihn »Frau Wirtin«.

Uli sah die potenzielle Kundin fragend an. »Ihr gut aussehender Kollege ist nicht da?«, fragte die Dame. Jetzt war Siggi zu allem Überfluss auch noch gut aussehend. Nun ja, verunstaltet war er wirklich nicht, auch wenn die verstorbene Mareike kein gutes Haar an ihm gelassen hatte. »Sie müssen mit mir Vorlieb nehmen, Signora. Mein Partner ist verreist. Also, worum geht es bitte?« Uli schaute auf die Uhr. Die restlichen Karteikarten mussten abgearbeitet, das Babyfon besorgt und die Gaststätte versorgt werden. Er verfügte wirklich nicht über alle Zeit der Welt. »Ich möchte eine Wohnung zur Vermietung anbieten. Ihr gut aussehender Partner hat mir gesagt, dass dies in dieser Gegend problemlos und kurzfristig möglich sei. Die Wohnung liegt hier gleich um die Ecke in einem diesen Sechziger-Jahre-Bauten. Es kann nicht immer Stilaltbau sein. Dafür vermiete ich sie günstig.« Uli wurde hellhörig. »Sie suchen einen Nachmieter oder Untermieter?«, fragte er. »Nein, ich habe dort selbst gewohnt, bin aber die Eigentümerin und möchte jetzt auf einen Bauernhof in die Wetterau umsiedeln.« Dort würde sie zweifellos besser hinpassen, dachte Uli. »An welchen Mietpreis hatten Sie gedacht, wie viele Zimmer hat das Objekt, was muss renovierungstechnisch laufen?« Der Makler im Zweitberuf sah die Vermieterin durchdringend an. Es sind zwei Zimmer. Wissen Sie, mein Bedarf an Wohnraum ist nicht so groß, weil ich mich viel draußen aufhalte. Die Miete beträgt siebenhundert Euro warm. Ich möchte niemand finanziell ausnehmen. Im Übrigen muss nichts renoviert werden.« Uli war entzückt, das wäre doch die viel passendere Bleibe für Alina. Die Schwanthalerstraße war um einiges teurer. Uli begann Fakten zu schaffen. »Ich hätte bereits eine Mieterin für Sie. Es geht um meine Köchin. Im Hauptberuf bin ich nämlich Gastronom und betreibe mein eigenes Lokal hier in Sachsenhausen. Warum habe ich Sie eigentlich noch nie in meinem Laden gesehen, gnädige Frau?« Uli wartete nicht auf eine Antwort und redete weiter. »Also meine Mitarbeiterin ist Ukrainerin, und ich kenne die junge Frau sehr gut. Sie war bereits vor ihrem längeren Heimaturlaub bei mir für viele Jahre tätig. In ihrem Vaterland ist sie Mutter geworden. Dort hat sie ihre eigene Mutter, die ihr als Großmutter mit Rat und Tat zur Seite stehen konnte.« Diese Bemerkungen gingen Uli federleicht über die Lippen. »Im Übrigen bürge ich für die junge Mutter.« Ulis Mandantin wiegte sich ein wenig hin und her. Sie schien nachzudenken. Hoffentlich schaukelt sie sich nicht in Trance, dachte er. Schließlich streckte sie ihm die Hand hin. »Ich heiße Kristina Maier und bin einverstanden. Sie können den Mietvertrag vorbereiten. Ihre Köchin kann sofort einziehen.« Uli wusste erst einmal nicht, wie ihm geschah. Wie sollte er einen Mietvertrag vorbereiten? Außerdem wollte er Alina doch noch ein wenig bei sich behalten. In seine Überlegungen platzte Kristina Maier mit der Ankündigung, dass sie am besten selbst den Vertrag vorbereitete. Er, der Maklervertreter, solle ihr nur genau Name, Vorname, Geburtsdatum und Nationalität nennen. Später benötige sie dann die Kaution in Höhe von zwei Monatsmieten und eine Aufenthaltserlaubnis. Uli begann zu schwitzen, doch dann fiel ihm ein, dass Ukraineflüchtlinge derzeit keine Aufenthaltsbescheinigung benötigten. Er wies die Hippiefrau darauf hin, die ihre Uninformiertheit damit entschuldigte, dass sie sich eben lieber in der freien Natur aufhalte, ohne allzu viel fernzusehen. Uli nickte, obwohl er den Ansatz nicht teilte.

Schließlich klapperte er die restlichen fünf Wohnungen ab, nahm alle Schlüssel mit und hoffte, dass er sie nicht durcheinanderbrachte. Er schloss auf und hielt Tim jeweils ein altes Söckchen des Verschwundenen hin. Er sagte »such«, seine Bemühungen blieben erfolglos.

25

Siggi frühstückte immer noch, denn er verfügte über alle Zeit der Welt. Er kaute langsam, genussvoll und bewusst. Es klopfte erneut. Das kann jetzt nur Adam sein, dachte Siggi. Er behielt recht. »Ich war im Bad und habe gehört, dass du im Zimmer bist. Ich möchte reden. Du magst sie, ich fühle das.« Siggi stand auf und zeigte auf den Sessel. Er nahm seinen Teller und setzte sich auf die Bettkante. »Möchtest du noch etwas frühstücken?« Adam nickte. Auf der Flucht lernte man, dass man nie ein Angebot zum Essen ablehnen durfte, denn es war nicht sicher, wann und ob es eine nächste Mahlzeit geben würde. Außerdem verlangte ihm dieser Morgen schon viel Kraft ab. Also biss auch Adam in ein Salamibrötchen, welches ihm Siggi reichte. Der Muslim musterte die Wurst misstrauisch und wusste, dass es Schweinefleisch war, welches er zu sich nahm. Er konnte im Moment keine Rücksicht darauf nehmen. Wenn Deutschland erst eine islamische Republik war, würde er wieder zu den Grundfesten seiner Religion zurückkehren. Derzeit musste er sie mit anderen Mitteln verteidigen, zum Beispiel damit, dass er trotz der Ausweisung blieb und so den Anteil der islamischen Bevölkerung erhöhte.

»Woher du kennen die Frau?«, fragte Adam. Siggi überlegte kurz und erzählte dann, dass er Annalene über ihren Onkel und der Beziehung zu seiner Mutter nahegekommen war. Dass die beiden älteren Liebenden bei einem tragischen Autounfall ihr Leben verloren hatten, kam gut an bei dem jungen Iraker. Es war schon ein Uhr mittags, als die beiden Männer ihr Frühstück beendeten. Während sie aßen, erfuhr Siggi, warum Adam geflohen war. Alle machten das. Es lockte die westliche Welt mit all ihren Vergnügungen und der Wohlstand der Europäer. Nicht dass er zu Hause hätte hungern müssen oder sein Leben auf eine andere Art bedroht gewesen wäre, es fehlte der Glamour, die tausend Zerstreuungen, das leicht verdiente Geld und außerdem lockte der Westen mit seiner fehlenden Sittenstrenge, auch wenn er das niemals hätte zugeben dürfen. Eine islamische Frau war nicht so leicht zu haben wie Annalene. Das war einer der Gründe, warum er sie nicht lieben konnte. Diese Leichtigkeit machte sie ihm schon langweilig, aber er durfte es nicht zugeben. Solange er abgeschoben werden sollte, weil kein eigentlicher Fluchtgrund und damit ein besonderes Schutzbedürfnis vorlag, musste sie ihm helfen. Sie war eine schöne und mächtige Frau, aber sie war langweilig. Außerdem fühlte er sich von ihr ganz leicht missbraucht. All das würde sich ändern, wenn der Islam Deutschland übernahm. Im Moment fühlte es sich für ihn sogar interessanter an, sich mit einem Mann einzulassen, der ihn hart rannahm und leiden ließ. Sein Gegenüber gehörte nicht in diese Kategorie, das spürte Adam. Er war wahrscheinlich auch zu leicht zu haben. Der leichte Sex war eine der Verlockungen der westlichen Welt, aber es war auch eine Falle, die man ihm gestellt hatte, denn niemand hatte ihm vorhergesagt, wie langweilig das bequeme Leben dort war. Nervenkitzel verursachte allein die Überfahrt. Schaffte man es oder blieb man im Meer zurück? Es war ein sportlicher Ehrgeiz, die Überfahrt zu versuchen. Wer es nicht tat, galt zu Hause als Schlappschwanz.

Adam fand seinen Mitbewohner nett. Deshalb ging er gern mit dem anderen Gast spazieren. Wie meistens steuerten sie die Leipziger Straße an, denn dort fielen sie unter den anderen Migranten am wenigsten auf. Adam hoffte auf Begegnungen mit seinen Landsleuten, die ihm von der Heimat erzählten, die er mittlerweile auch schmerzlich vermisste. Es war ein Gedanke, den er nicht denken durfte. Es war sein Dilemma. Außerdem machte ihn die Nichtbeschäftigung wahnsinnig, aber er musste sich weiter versteckt halten. Siggi seinerseits hielt ihm gerade einen Vortrag über die Vorteile des Dolce-far-niente. Sie standen an der Ampel, die über die Adalbertstraße führte. »Gehen wir«, sagte Adam, denn er sah einen vermeintlichen Landsmann am anderen Ufer. Siggi folgte widerwillig. Er hasste das Überqueren roter Ampeln. Die

Straßenbahnlinie 16 kam von rechts, links war alles frei gewesen. Adam machte einen Hechtsprung, doch Siggi war nicht so sportlich. Ihn holte die Bahn von den Beinen. Seine Schulter geriet unter den Triebwagen. Die Schmerzen waren unerträglich. Eine gnädige Ohnmacht nahm sie ihm ab.

Im Markuskrankenhaus kam Siggi wieder zu sich. »Deine Schulter ist gebrochen durch den Aufprall auf den Asphalt. Zusätzlich hast du eine schwere Gehirnerschütterung«, sagte Annalene. Er fühlte ihre schmale kühle Hand in seiner. »Wie lange bin ich schon hier?«, fragte der Patient. »Seit drei Tagen«, antwortete die Polizeipräsidentin. »Adam hat mich informiert. Er hat meine Handynummer. Du bist von der Straßenbahn angefahren und in die Luft geschleudert worden. Hat dir niemand gesagt, dass man an einer roten Ampel stehen bleiben soll?«, fragte Annalene mit einem kalten Gesichtsausdruck. »Ich werde Müller und Uli informieren. Die Sprachregelung ist die, dass du untergetaucht bist in einem Hotel. Über meine Mithilfe muss niemand etwas wissen. Im Umfeld der Herberge kam es zu diesem Unfall. Jetzt bist du also raus aus dieser persönlichen Schutzmaßnahme, aber im Krankenhaus bist du erst einmal sicher.« Annalene war wütend. Sie wusste selbst nicht, was sie so in Rage versetzte. »Was ist mit Adam?«, fragte Siggi. »Geht es ihm gut? Ist er auch schwer verletzt?« »Ihm ist nichts passiert. Er hat es noch vor der Trambahn geschafft.« Letztendlich wusste Annalene, warum sie so wütend war. Der Unfall zerstörte ihr Konzept. Sie hasste es, wenn sie auf nutzlose Aktivitäten zurückblicken musste.

Uli besucht Siggi im Krankenhaus. Die Nachricht über den Unfall, der fast tödlich ausgegangen war, traf ihn zutiefst. Siggi lag blass im Bett. Ein weißer Verband umwickelte seinen Oberkörper und die rechte Schulter, die dadurch fixiert wurde. Er rührte sich nicht. An eine Umarmung war nicht zu denken. Uli blieb erschreckt stehen. Es war nicht nur der Verband, sondern auch der fehlende Blickkontakt. Endlich hatte er seinen Mann wiedergefunden, doch er schien von ihm weiter als jemals zuvor entfernt zu sein. »Du musst ganz schnell wieder gesund werden«, sagte er lapidar. Der Patient reagierte noch immer nicht, das freudige Wiedererkennen fehlte in seinen matten Augen. In dieser weißen Bettwäsche in seinem weißen Hemd und dem weißen Verband schien Siggi sonst wo zu sein, nur nicht bei ihm. Uli fühlte sich schuldig und hoffnungslos traurig, aber er gab nicht auf. »Weißt du, wer da ist?«, fragte er bedeutungsvoll und drehte seine Augen nach hinten. Siggi reagierte nicht. »Nein, woher sollst du das auch wissen, du warst doch weg vom Fenster.« Uli seufzte tief. »Du hast mir so gefehlt, Siggi, aber du bist auch schuld gewesen. Das Messer und dieser Italiener.« Trotz dieser Vorwürfe verkörperte Uli die personifizierte Reue. Siggi war wieder bei ihm, doch gleichzeitig schien er ihn verlassen zu haben. »Ich wollte es wiedergutmachen. Deshalb gibt es jetzt die eine besondere Überraschung«, sagte er mit verzweifelter Miene und ging zur Tür, riss sie auf. Es entging ihm, dass Siggi leicht den Kopf in Richtung Tür drehte. Im Türrahmen standen Alina und ein kleines blondlockiges Mädchen, die sich an den Händen hielten. Tränen, die er nicht abwischen konnte, liefen über das Gesicht des Versehrten. Alina trat zu dem Schwerverletzten. »Siggi, wir sind wieder da. Alles wird gut.« Und Siggi lächelte. Uli beugte sich zu Sissi. »Das ist dein Onkel, kleine Sissi. Bald wird er wieder gesund, dann spielt er mit dir.« In diesem Moment glitt die Sonne über Siggis Gesicht. »Hallo Sissi«, sagte er. »Du kannst schon gut reden, erkennst du mich?« Sissi klammerte sich an Ulis Hand, denn der Verband machte ihr Angst. »Sissi will gehen, Papa«, erklärte das kleine Mädchen laut und vernehmlich, während sie an Uli hochsah. Siggi erlebte den zweiten schweren Unfall in seinem Leben, wenn man von dem Armbruch im letzten Jahr absah. Immer waren es seine Arme und seine Welt, die zusammenbrachen.

26

Nach dem denkwürdigen Besuch im Krankenhaus war Annalene nicht mehr im Präsidium gewesen. Sie rief Müller an und erklärte, dass sie zu Hause erreichbar sei und dass der Gesuchte derzeit nicht zur Vernehmung zur Verfügung stand. Nach seinem schweren Unfall mit einer Straßenbahn der Linie 16 stehe er unter Schock und starken Medikamenten. Es werde noch dauern, bis er vernehmungsfähig sei und er befinde sich zudem unter polizeilicher Bewachung. Annalene saß zu Hause an ihrem Schreibtisch und studierte einige Ermittlungsakten, die an die Staatsanwaltschaft weitergegeben werden sollten. Sie streifte ihre hochhackigen Schuhe ab. Schließlich stand sie auf, um sich etwas zu trinken zu nehmen. Sie lief barfuß in die Küche. Wer hatte die Kellnerin des Apfelwein-Walthers getötet? Siggi besaß die Tatwaffe und machte sich damit verdächtig. Er war zuvor von der Toten herabgewürdigt worden, aber Siggi zeigte kein rachsüchtiges Verhalten. Das passte schon eher zu seinem Partner, dem Grobian von einem Wirt. Ob man hier einmal nachbohren sollte? Das könnte eine Erklärung dafür sein, warum der Gastronom seinen Partner so leichtfertig dem Müller hinhängte. Blieb noch die Frage nach dem Motiv. Auch in diesem Fall käme die Herabwürdigung durch die Kellnerin ins Spiel. Mit Sicherheit ließ sich der Mann nicht gerne sagen, dass er den falschen Partner sein Eigen nannte. Der Mord war nach Lokalschluss passiert. Uli Reinhold hatte den Hintereingang des Apfelwein-Walthers im Blick. Siggi Reinhold und der Hund schienen von der Bildfläche verschwunden zu sein. Mareike Reimers stand allein am Hinterausgang und rauchte. Ein Griff nach dem Messer, ein Sprung aus der Deckung genügte. In diesem Moment bogen Siggi und der Hund um die Ecke. Der Schock war so groß, dass Siggi gar nicht auf die

Idee kam, dass er in diesem Augenblick seinen Partner dabei beobachtete, wie er zustach. Das würde auch die fantasievolle Täterbeschreibung erklären, es war die völlige Ausblendung einer Realität, die es nicht geben durfte. So könnte es gelaufen sein, überlegte die Ermittlerin in Annalene Waldau. Müller sollte den Wirt befragen und auch noch einmal diesem Bucher auf den Zahn fühlen.

Sie streckte sich und fühlte sich einen Schritt weiter. In dem Moment kam Wolfgang nach Hause. Was bedeutete sein frühes Erscheinen? Beide Ehepartner starrten sich an, keiner hatte mit dem anderen gerechnet. »Du kommst schon nach Hause?«, fragte Annalene und machte einen Schritt auf ihren Mann zu, um ihn zu umarmen. Dabei zuckte sie jedoch zurück. »Du riechst so merkwürdig, hast du mein Deo benutzt?« Doch dann verstand sie. Es war nicht ihr Deo, denn das roch eher herb, sondern es war das Deo oder billige Parfüm der Maria Kofler. »Du warst nicht bei Gericht, du hast Maria besucht und du riechst nach ihrem Parfüm.« Die betrogene Ehefrau erstarrte zur Salzsäule. Ihr Mann stand noch immer, den leichten Trenchcoat über den Arm gelegt, vor ihr. Annalene fiel auf, dass er nur ein langärmeliges dunkelgraues T-Shirt trug. So hatte sie ihn noch nie gesehen. Ihr Wolfgang war immer korrekt gekleidet. Seine Haltung verriet ihr, dass sie ins Schwarze getroffen hatte. Er fuhr sich schließlich durch sein angegrautes Haar, das er länger trug als gewöhnlich. »Wir waren bei Ikea und haben ein Bücherregal zusammengebaut. Maria hat dann in die leeren Abteilungen ihre ganzen Grünpflanzen und den Nippes gestellt. Ich habe geholfen. Jetzt sieht es bei ihr richtig schön aus. Nächste Woche wollen wir noch zwei neue Sofas kaufen und die alte Couchgarnitur rausstellen.« »Ach was«, stellte Annalene fest. »Das freut mich aber, dass ihr es euch so schön macht. Willst du wieder bei ihr einziehen?«, fragte sie gerade heraus, ohne sich klug zurückzuhalten. »Nein, was, wieso denn? Ich will doch nur, dass sie es schön hat, nachdem ich sie verlassen habe«, seufzte der Richter und zeigte zwei steile Falten über der Nasenwurzel. Das Gespräch passte ihm ganz offensichtlich nicht. »Eines noch. Wie bist du denn mit ihrem Parfüm in Kontakt gekommen? Stand es auch in dem neuen Ikearegal und es ist dir aus der Hand gefallen?« Die Betrogene konnte sich nicht bremsen. »Annalene, ich bitte dich. Komm, lass uns nicht streiten. Sie hat mich dankbar umarmt und einen Moment festgehalten. Machst du uns etwas zu trinken? Vielleicht ein kleines Glas Weißwein zur Feier des Tages?« »Sie hält dich nicht nur einen Moment fest, sie hat dich fest im Griff, das merkst du nur nicht, weil du es nicht merken willst. Abgesehen davon würde es mich interessieren, was es zu feiern gibt. Doch wohl nicht den gelungenen Aufbau eines Bücherregals, das solltest du eher mit ihr zelebrieren.«

Wolfgang Waldau hielt an sich. Die Situation sollte nicht eskalieren. Es ging ihm durch den Kopf, dass ein solches Gespräch von Maria niemals angezettelt worden wäre. Er ging ins Schlafzimmer und hängte seinen Mantel in den Schrank. Annalene war ihm gefolgt. »Ich warte noch auf eine Antwort«, sagte sie im Türrahmen lehnend. »Wir könnten es feiern, dass wir beide einen freien Nachmittag haben.« Er zog sie zu sich heran und wollte sie in das gemeinsame Bett ziehen. Annalene taumelte nach hinten. »Nicht bevor du geduscht hast, denn sonst habe ich das Gefühl, dass sie mit uns im Bett liegt.«

Mit ihren Sticheleien war sie war zu weit gegangen. Wolfgang Waldau verlor jetzt doch die Beherrschung. »Fick dich«, sagte er leise und stürmte an ihr vorbei. Die Wohnungstür fiel krachend ins Schloss. Hatte er wirklich »Fick dich« zu ihr gesagt? Annalene ließ sich auf einen Wohnzimmerstuhl fallen. Dort saß sie wie betäubt. Nach einer Weile fing ihr Gehirn wieder an zu funktionieren. Sie durfte jetzt nicht ausrasten. Zuerst überlegte sie, Adam zu besuchen, verschob es aber auf den nächsten Morgen, denn bisher war sie immer morgens in der Pension vorstellig geworden. Eine weitere unangenehme Überraschung wollte sie sich ersparen. Sie ging ins Schlafzimmer und zog ihre Sportsachen an. Die Mittvierzigerin würde eine große Runde am Main laufen. Mindestens zwei Stunden wollte sie unterwegs sein. Sie lief los, nutzte nach einer Weile die alte Niederräder Brücke, um den Main zu überqueren. Auf der südlichen Mainseite, dem Sachsenhäuser Ufer, lief sie bis zur Osthafenbrücke, um wieder auf die Frankfurter Seite zu gelangen. Auf Höhe der Untermainbrücke war sie gestartet. Als sie dort angekommen war, beschloss sie, die Runde in entgegengesetzter Richtung zu wiederholen. Die letzten Meter der zweiten Runde musste Annalene gehen. Sie war fix und fertig. Dabei erinnerte sie sich daran, wie Adam bei einer dieser Runden in sie hineingelaufen war. Adam, ein Lächeln gilt über ihr Gesicht. Er würde sie trösten. Endlich war sie wieder zu Hause eingetroffen. Sie fühlte sich schachmatt. Noch im Hausflur streifte sie ihre Laufschuhe ab. Danach war eine Dusche angesagt. Von Wolfgang gab es keine Spur. Frischgeduscht in einem cremefarbenen Bademantel und mit einem weißen Handtuch um den Kopf fing sie an, sich etwas zu kochen. Anschließend machte sie es sich mit einer Decke, Tee und Macarons vor dem Fernsehen gemütlich. Sie wusste genau, dass Wolfgang bei Maria übernachtete.

Am nächsten Morgen stattete sie Adam in einer hellblauen engen Jeans und einer voluminösen hellblauen Bluse, ergänzt von einem dunkelblauen Blazer einen Besuch ab. Es war das Alternativprogramm zu schwarzen, grauen und dunkelblauen Hosenanzügen. Erfreulicherweise war der Araber tatsächlich anzutreffen. »Ich nicht schuld an Unfall von anderem Mann«, sagte er bedrückt. »Ja, ich weiß. Er hat nicht aufgepasst. Du bist nicht sein Kindermädchen«, stellte Annalene beschwichtigend fest. »Kindermädchen ist was?«, fragte Adam. »Das ist eine junge Frau, die auf Kinder, die noch unvorsichtig sind, aufpasst«, erklärte Annalene. »Ich nix Frau«, erklärte Adam. »Deinem Mitbewohner geht es schon wieder ganz gut. Er wird dann aber nicht mehr hierher zurückkommen. Wir müssen jetzt genau überlegen, wie es für dich weitergeht.« Annalene überreichte Adam sodann die Visitenkarte eines Anwalts. »Mein Mann und ich sind mit ihm befreundet. Er soll deinen Fall übernehmen und gegen die Abschiebung vorgehen. Ich rufe ihn heute an, wenn du einverstanden bist, ihn zu kontaktieren. Ich werde ihm erklären, dass ich die Kosten übernehme und für dich bürge. Du kannst ihm alles sagen. Dass wir uns beim Joggen kennengelernt haben und ich dir helfen will. Nur das eine lässt du bitte aus.« Annalene zog Adam zu sich heran. »Das meine ich.« Adam nickte, er hatte verstanden, was er nicht sagen sollte.

27

Anwalt Konstantin Kronstetten blickte den jungen Mann eindringlich an. »Frau Polizeipräsidentin hat mir erklärt, dass sie durch einen kleinen Unfall auf Sie aufmerksam geworden ist. Sie hat den Eindruck gewonnen, dass Sie für den deutschen Arbeitsmarkt unbedingt ein Gewinn sind und mich deshalb gebeten, gegen Ihre Ausweisung zu klagen und für Sie das Recht auf Bleiben zu erwirken. Bitte legen Sie mir jetzt Ihre Gründe, die Sie zur Flucht bewogen haben, ausführlich dar.« Kronstetten befürchtete, dass der junge Mann ihn nicht ganz verstand und wurde deutlich, um ein Ergebnis zu erzielen. »Also, warum bist du abgehauen?« Kronstetten blickte auf ein Blatt, das vor ihm lag. »Die Zentralregierung in Bagdad, die von Schiiten dominiert und vom benachbarten schiitischen Iran maßgeblich beeinflusst wurde, band die Sunniten nicht in die Regierung mit ein. Eine Folge davon war der Siegeszug des ›Islamischen Staates‹ ab dem Sommer 2015 in den sunnitischen Gebieten. Der militärische Erfolg des IS stand außerdem in engem Zusammenhang mit der Eskalation des Krieges in Syrien. Dort konnte der IS ebenfalls weite Gebiete erobern und kontrollieren. Im Jahr 2017 endete mit der extrem blutigen Rückeroberung der nordirakischen Millionenstadt Mosul, die als zeitweilige Hauptstadt des IS gedient hatte, die Kontrolle der IS-Kämpfer über größere irakische Territorien. Diese anhaltenden Konflikte und Gewalterfahrungen bewirken, dass Irakerinnen und Iraker seit Jahrzehnten ihr Land verlassen.« Der Anwalt ließ das Blatt sinken, das er während des Vorlesens in der Hand hielt. »War das bei dir auch so?«, fragte er streng. »Ja, ich immer Angst, viel Gewalt. Ich guter Arbeiter, kann viel«, fügte der Geflüchtete noch hinzu, um ein weiteres Argument für seinen Verbleib zu finden. »Ich Elektrotechnik.«

»Haben Sie das studiert?« Kronstetten wurde wieder sachlich, nachdem er es offenbar mit einem Universitätsabsolventen zu tun hatte. Sein Blick fiel auf die eleganten roten Markenturnschuhe seines Klienten. »Geschenk von Frau Annalene«, erklärte dieser. »Sie ist Freundin.« Adam behauptete es nicht ohne Stolz. »Aha. Ist sie eine sehr enge Freundin?«, fragte Kronstetten und deutete mit wedelnden Armen eine Umarmung der ihn umgebenden Luft an. Adam nickte begeistert. »Ja, ja, so ist zwischen uns.« Er lächelte erfreut, dass ihn der Anwalt so gut verstand, ohne dass er etwas genauer erklären musste. Kronstetten überlegte, dass er bei Gelegenheit mit seinem Freund Wolfgang Waldau reden musste.

Drei Tage später wurde Siggi aus dem Krankenhaus entlassen. Uli holte ihn ab. Er lud Siggis Reisetasche in den Kofferraum. Annalene sorgte dafür, dass sein Pensionszimmer geräumt wurde. Sie verband es mit einem Besuch bei Adam.

Zuerst verhielten sich die beiden Ehemänner sehr unterkühlt im Umgang. »Du hast mir gefehlt«, überwand sich Uli zu sagen. »Das sagtest du schon«, antwortete Siggi und sah geradeaus. »Ich möchte mich bei dir auch nochmal entschuldigen. Es war nicht so toll von mir, dich bei der Polizei anzuschwärzen.« Mit dieser Entschuldigung setzte Uli seinem Kniefall die Krone auf. Siggi war versucht, mit der linken Hand nach der Hand seines Mannes zu greifen. Er zog sie jedoch gleich zurück, denn es fiel ihm wieder ein, dass Sissi Uli als Papa bezeichnete. »Ich habe dich ebenfalls sehr vermisst. Es war so einsam in der Pension. Ohne den jungen Flüchtling und Annalene wäre ich bestimmt durchgedreht.« Siggi befleißigte sich bei seiner Bemerkung zu seinem Vermissen jedoch eines distanzierten Tonfalls. Uli hörte interessiert zu. Zu dem Flüchtling würde er später ein paar Fragen stellen. Dafür erklärte er Siggi bereits unterwegs, dass er nach ihm in seinen Mietobjekten gesucht und dabei einen Vermietungsauftrag angenommen hatte, wobei ihm spontan Mutter und Tochter in den Sinn kamen. »Alina und Sissi sollen nicht bei uns wohnen?«, fragte Siggi enttäuscht, denn er hätte gern die Chance gehabt, Nähe zu dem Kind aufzubauen. »Jetzt, wo du wieder da bist, brauchen wir den Platz. Ein Ausbau des Dachgeschosses wäre zu teuer und zu langwierig. Außerdem besteht die Gefahr, dass du dich wieder in einen Handwerker verguckst. Ich erinnere mich nur sehr ungern an den blonden Hünen von einem Italiener.« Uli konterte. Siggi senkte die Augen. »Ein paar Tage werden die beiden Damen schon noch bei uns bleiben. Die Schlüsselübergabe muss stattfinden. Wir müssen schauen, dass die Wohnung kindgerecht ausgestattet wird und Sissis Bettchen muss dort aufgebaut werden. Das wird wohl meine Aufgabe werden, denn wegen deiner Schulter bist du nicht voll einsatzfähig. Was bist du doch für ein Hans-Guck-in-die-Luft.« Die letzte Bemerkung konnte sich Uli beim besten Willen nicht verkneifen. »Außerdem muss geklärt werden, wie Sissi abends während Alinas Dienstzeit betreut wird. Vielleicht wird dies dann deine Aufgabe. Das geht auch mit einer gebrochenen Schulter.« Siggis Herz schlug einen Takt schneller. Das war sie, die Nähe, die er gesucht hatte. Sie war greifbar nahe.

Alina umarmte Siggi und Sissi machte es ihrer Mutter nach. Sie versuchte ihre kleinen Ärmchen um Siggis Beine zu schlingen. »Onkel spielen«, piepste sie mit einem Blick nach oben. Das ließ sich Siggi nicht zweimal sagen. »Sissi Onkel suchen.« Sprachlich begab sich Siggi auf das Niveau der Dreijährigen und hielt nach einem geeigneten Versteck Ausschau. Er zeigte Sissi, dass sie sich die Augen zuhalten sollte, während er sich ganz einfach in dem Flur, der um die Ecke zur Toilette führte, platt an die Wand stellte. Die Kleine sollte es nicht zu schwer haben. »Jetzt kann Sissi suchen«, rief Siggi. Alsbald fand die Kleine das Versteck und brüllte begeistert. »Na toll, da haben wir doch den reinsten Kindergarten hier«, dachte Uli mit einem Stich der Eifersucht.

Der Abend bescherte dem Kleinen Wirtshaus einen Besucherrekord, denn in den Tagen zuvor ließ Alina durchblicken, dass der unter Mordverdacht stehende Siggi, sie hatte endlich die ganze Geschichte erfahren, zurück bei seinem Partner sei und dass er sich auf der Flucht einen Schulterbruch zugezogen hatte. Sissi ließ sich nur schwer zu Bett bringen. Allein die Tatsache, dass ihr Onkel alle fünf Minuten bei ihr vorbeischaute, hielt sie davon ab, in lautes Geschrei auszubrechen. Schon während Siggi wieder seinen Sitz an der Theke erklomm, prasselten neue Fragen nach seiner Flucht und dem Tathergang auf ihn ein. Siggi erklärte zum wiederholten Mal, was er gesehen zu haben meinte, wobei er mittlerweile selbst nicht mehr ganz genau wusste, was er in der Tatnacht beobachtet hatte. Also erzählte er diese und jene Variante, wie es ihm gerade in den Sinn kam. Bald war es wieder Zeit, um nach Sissi zu schauen. In seiner Abwesenheit klärte Uli die anwesenden Gäste über Siggis schwere Gehirnerschütterung auf, die in seinem Kopf offenbar noch nachwirkte. Siggi nahm wieder Platz am Tresen und das Kreuzverhör wurde fortgesetzt. Der untergetauchte ehemalige Verdächtige sollte nun Auskunft über seinen Aufenthaltsort geben, was dieser jedoch zunächst verweigerte, denn er durfte Annalene keinesfalls in die Pfanne hauen, so viel Grips besaß er noch. Doch dann erfand er die abenteuerlichsten Verstecke. Er begann mit einer Übernachtung im Palmengarten in einem Gewächshaus, wo er es darauf anlegte, eingeschlossen zu werden. Dann ersann er Aufenthalte in Treppenhäusern von Bürogebäuden sowie auf einer Bank im Hauptbahnhof als Obdachloser getarnt, von wo er schließlich in die Bahnhofsmission eingeladen worden sei.

Auch Adam musste herhalten. Diesem dichtete er eine Flüchtlingsunterkunft an, in die er mitgenommen worden sei. Siggi wurde allmählich müde. Das Treppensteigen setzte seiner Kraft zu wie auch das viele Reden, aber er war glücklich, wieder zu Hause zu sein. Er warf Uli einen tiefen Blick zu, denn sein Leben schien an der Seite seines liebevollen Partners und mit Sissi als Zugabe in schönster Ordnung zu sein. »Ich gehe jetzt doch schon einmal ins Bett. Vielleicht wache ich auf, wenn du kommst«, meinte er vielsagend. Uli nahm die Ansage wohlwollend zur Kenntnis. »Ich werde jetzt erst einmal eine Runde für alle ausgeben und ein wenig deine Geschichten fortsetzen.«

28

Am nächsten Abend zwei Minuten nach Lokalöffnung tauchte Horst Müller im Kleinen Wirtshaus auf. Siggi fädelte gerade Sissi, das Federgewicht, mit einem Arm in das Hochstühlchen ein, um seine Schulter zu schonen. Ein wohlmeinender Gast hatte am Vorabend den Kinderthron leihweise zur Verfügung gestellt. Bei der Aktion drehte sich Siggi um und starrte direkt in das Gesicht des eintretenden Ermittlers. Ihm fiel die Kinnlade nach unten, was sollte er jetzt nur sagen? Verdrücken konnte er sich nicht, denn er wollte Sissi füttern oder vielmehr zum selbständigen Essen anleiten. »Bleiben Sie nur hier, Herr Reinhold.« Müller schien Siggis Fluchtgedanken zu erraten. Als Uli unbemerkt in die Küche verschwinden wollte, wurde auch er zum Bleiben verdonnert. »An Sie, Herr Reinhold, habe ich auch ein paar Fragen und wäre Ihnen daher dankbar, wenn Sie ebenfalls hierblieben. Setzen wir uns doch.« Müller gab den Hausherrn. Uli deutete missmutig auf den Tisch, der dem Hochstühlchen der Kleinen am nächsten gelegen war. »Was gibt's?«, fragte er unfreundlich. »Zuerst möchte ich mit Herrn Siegbert Reinhold reden.« Müller lehnte sich in neuer Gelassenheit zurück. Bald war Kollege Khalil Saleh wieder am Platz, dann würde er Urlaub nehmen.

Er sah Siggi durchdringend an. »Schildern Sie doch bitte noch einmal den Tathergang, das, was Sie gesehen haben.« Siggi war irritiert. »Das haben mich doch alle Gäste schon gestern in einer Tour gefragt. Ich habe es wiederholt erklärt. Warum soll ich es jetzt noch einmal erzählen?«, echauffierte sich Siggi. »Ich war gestern Abend leider nicht anwesend«, erläuterte Müller sein Anliegen. »Wie sah der Täter aus? Beschreiben Sie doch noch einmal, was Ihnen in Erinnerung geblieben ist«, präzisierte er. Siggi rieb sich die

Augen. Er sah so viele Gesichter von Männern, die sich über eine Frau beugten, dass er wirklich niemand mehr genau beschreiben konnte. »Sie haben doch die Beschreibung, die ich kurz nach der Tat abgegeben habe. Das war mein erster Eindruck und der muss die Wahrheit gewesen sein.« »Das stimmt, was Sie sagen, Herr Reinhold«, sagte Müller. »Nur hat dieses Fahndungsbild keine Resonanz hervorgerufen. Es gab niemand, der sich daraufhin bei uns meldete. Kennen Sie Claudius Bucher, den Bauunternehmer, der seit einiger Zeit Stammgast bei Frau Wolff ist?« Siggi verneinte, er sei doch nur maximal dreimal im Apfelwein-Walther eingesprungen. Da seien ihm keine Stammgäste in Erinnerung geblieben. »Genauso wenig wie das Gesicht des Mörders«, brummte Müller. In diesem Moment öffnete sich die Tür zur Küche. Es roch unfassbar lecker nach Schweinebraten. Alina trat strahlend heraus, knuffte Siggi, begrüßte freundlich den Hauptkommissar und redete ein paar Worte auf Ukrainisch mit ihrer Tochter, der sie liebevoll über das kleine blonde Köpfchen strich. »Sie soll zweisprachig aufwachsen«, erläuterte sie. »Sissi schon gut Deutsch reden«, ergänzte das Kind. Zum Erstaunen von Uli und Alina benutzte sie sogar ein Verb. »Wo Sie nun gerade hier sind, Frau Alina, wen halten Sie für den Täter nach allem, was Sie gehört haben?«, fragte Müller, dem laut und vernehmlich der Magen knurrte. »Darf ich Ihnen etwas zu essen bringen?«, fragte Alina zuvorkommend. »Oh, da sage ich nicht nein. Mein Mittagessen ist ausgefallen.« Uli nickte beifällig, denn es konnte nicht von Schaden sein, sich Müller ein wenig gewogen zu machen. Bevor Alina in der Küche verschwand, drehte sie sich noch einmal um und Uli zeigte mit seinen Händen hinter Müllers Rücken, dass die Portion eher klein sein sollte.

Der Hauptkommissar schien die Geste zu spüren. »Wo waren Sie eigentlich zur Tatzeit?«, fragte er Uli mit einem Blick über die Schulter. »Ich?« Uli blieb fast das Wort in der Kehle stecken. »Ich war hier und habe aufgeräumt, mich ein wenig gesammelt und die Einnahmen verwahrt.« »Gibt es dafür Zeugen?«, fragte Müller überflüssigerweise. »Nein, ich war allein hier, weil Siggi doch mit dem Hund unterwegs war.« Uli klang jetzt sehr ungehalten.

»Möglicherweise könnte noch ein Gast sitzen geblieben sein«, rechtfertigte Müller seine Frage. »Ist aber keiner, tut mir leid«, meinte Uli leichthin. »Haben Sie Ihren Partner am Tatort gesehen?«, wandte Müller sich jetzt an Siggi. Bevor dieser antworten konnte, erschien Alina mit einer mittleren Portion Schweinebraten, zwei Klößen und einem kleinen Salat. Uli stellte sich im September bereits mental auf das bevorstehende Oktoberfest ein. »Vielen Dank, Frau Alina«, sagte Müller. Nachdem ihm ein Besteck gereicht wurde, fing er sofort an zu essen. »Ganz ausgezeichnet«, sagte er begeistert, bevor er kauend Siggi einen auffordernden Blick zuwarf, welcher diesem die Beantwortung seiner letzten Frage nahelegen sollte. »Nein, habe ich nicht. Ich habe einen Mann gesehen, der sich über die Kellnerin beugte und aufblickte, genau mir ins Gesicht, als er mit großen Schritten flüchtete und ein Messer fallen ließ.« Siggi gab eine sachliche Auskunft. »Haben Sie gesehen, wie der große Unbekannte auf das Opfer eingestochen hat?«, hakte Müller genussvoll kauend und nun doch mit vollem Mund redend nach. »Nein, habe ich nicht. Es sah eher so aus, als wäre er bereits fertig.« »Es könnte also gut sein, dass Ihr Unbekannter das Werk eines anderen, sagen wir das einmal so, begutachtet hat.« Müller stellte diese Behauptung in den Raum, bevor er sich mit einer Papierserviette den Mund abwischte. »Ja, genau so könnte es gewesen sein. Das würde auch erklären, warum er das Messer wegwarf.« Siggi schloss sich Müllers Schlussfolgerungen an. »Dann ist also diese Person, die Ihnen ins Gesicht geschaut hat, gar nicht der Täter. Das würde auch erklären, warum er bisher nicht versucht hat, Sie auszuschalten.« Unter Müllers Worten zuckte der Zeuge sichtbar zusammen.

»Wenn aber bereits vorher eine Person zur Tat schritt, käme wieder Ihr Partner ins Gespräch. Es würde erklären, warum er Ihnen die Tat in die Schuhe schieben wollte, um damit nämlich von sich abzulenken.« »Das wäre aber ziemlich mies.« Siggi wurde sehr nachdenklich. Sein Blick erfüllte Uli mit Sorge. Siggi konnte doch nicht wirklich den Gedankenspielereien des Kommissars einen Wahrheitsgehalt beimessen. »Herr Reinhold, als Sie aufgeregt nach der Tat hier ankamen, verhielt sich Ihr Partner wie immer oder schien er erst kurz vor Ihnen durch die Tür getreten zu sein? Umgab ihn vielleicht noch die kühle Abendluft?«, setzte Müller nach. »Das, das kann ich wirklich nicht beantworten«, sagte Siggi verunsichert und betrachtete Uli misstrauisch. Müller straffte sich. »Denken Sie beide bitte nicht an Flucht. Sie stehen unter polizeilicher Beobachtung. Ein Streifenwagen wird für die nächste Zeit hier postiert.« Damit erhob er sich. »Hat es Ihnen geschmeckt, Herr Kommissar?«, fragte Alina, die von der Küche aus die Bewegung wahrgenommen hatte. »Es war ganz ausgezeichnet. Vielleicht komme ich demnächst mit meiner Frau. Ach, und wen halten Sie nun für den Täter?«, hakte Müller noch einmal interessiert nach. »Ich denke, dass es ein eifersüchtiger Liebhaber war. Da sollten Sie einmal forschen«, sagte Alina. »Das werde ich gern tun und Sie behalten bitte die beiden Herren hier im Auge. Tschüss Kleine.« Müller verabschiedete sich auch von Sissi, die daraufhin sein Tschüss nachahmte und ein Echo erklingen ließ.

Während Müller sich in seinen Wagen klemmte, überlegte er, dass er den Bucher noch einmal befragen musste. Jetzt freute er sich aber auf sein gemütliches Zuhause und war durchaus bereit, eine weitere warme Mahlzeit zu sich zu nehmen. Als er aus der Klappergasse in die Elisabethenstraße einbiegen wollte, bemerkte er doch tatsächlich Claudius Bucher, der offenbar auf den Haupteingang des Apfelwein-Walthers zustrebte. Obwohl sein Hunger bereits etwas gestillt war, wollte Müller nicht noch eine weitere Befragung durchführen.

29

»Schatz, ich bin zu Hause«, rief er beim Betreten des Hauseingangs, erhielt aber keine Antwort. Bernadette musste anwesend sein, denn Horst Müller bemerkte bei der Anfahrt einen schwachen Lichtschein, der die beginnende Dämmerung im rückwärtigen Bereich ihres Reihenhauses erhellte. Seit einiger Zeit hatte Bernadette die Terrasse, die als Wintergarten ausgebaut worden war, in ein Bildhaueratelier verwandelt. »Schatz, hier bin ich«, wiederholte der etwas besorgte Ehemann, als er den Wintergarten betrat. Bernadette saß auf einem Hocker neben einer angefangenen Figur, die sie aus unterschiedlich großen Lehmklumpen zusammensetzte, denen sie dann noch die entsprechende Form gab. Sie trug einen grauen Kittel über einer Jeans und einem T-Shirt. Ihr Gesicht war ungeschminkt und wirkte farblos unter den braunen Haaren, in denen erste graue Fäden eingewirkt waren. Müller fand, dass seine Frau verhärmt aussah. In der Hand hielt sie ein Glas Rotwein. Er trat zu ihr heran. »Was wird das?«, fragte er mit Blick auf die Skulptur. »Wonach sieht es denn aus?«, gab Bernadette leicht aggressiv zurück. Jetzt sah Müller genauer hin. »Es könnte ein Frauenkörper sein«, schlug er vor. »Der Kandidat hat hundert Punkte.« Die Künstlerin nahm einen großen Schluck Rotwein. Sie zeigte auf ihr Werk. »Da siehst du meinen geschundenen Körper.« Müller reagierte schockiert. »Was fehlt dir denn, mein Liebling? Du musst auf alle Fälle mehr essen«, sagte er sanft und strich ihr über das Haar. »Konntest du uns etwas kochen?« »Ich hatte keine Lust«, antwortete Bernadette. »In letzter Zeit bist du oft spät gekommen und hast nach Kneipe gestunken. Warum sollte ich unter diesen Umständen für dich kochen wollen. Auch heute warst du wieder in einem Lokal. Das rieche ich.« »Bernadette Liebling, habe ich dir nicht erzählt, dass ich in dem Fall der ermordeten Kellnerin ermittle? Ich versuche in Zukunft früher zu Hause zu sein. Nur kann ich erst nach der Öffnung am Spätnachmittag in dem Lokal sein. Manchmal muss man auch warten, bis die Gäste, die als Zeugen anzusehen sind, eintreffen. Soll ich uns etwas zu essen besorgen?« Müller verspürte nicht die geringste Lust, noch einmal wegzugehen, schlug die Essensbesorgung jedoch trotzdem vor. Seufzend erhob sich Bernadette und streifte den grauen Kittel achtlos ab. Er glitt zu Boden. Sodann griff sie nach ihrem Glas. »Ich mache uns ein Omelette. Das geht schnell.« Sie sah wirklich sehr abgemagert aus. Der Hauptkommissar umarmte seine Frau zärtlich. »Ich muss unbedingt besser auf dich aufpassen, nicht dass du mir völlig vom Fleisch fällst.« Das Omelette mit Schinken, Käse und Tomaten stand unter Müllers Mithilfe nach fünfzehn Minuten auf dem Tisch. Dazu gab es Toast und Butter.

Bernadette genehmigte sich zuerst ein weiteres Glas Rotwein. »Schön, dass du heute Abend einmal zu Hause bist. Auf dein Wohl, Horst.« Sie prostete ihm zu. »Eigentlich hätte ich schon wieder nicht hier sein sollen, denn als ich gerade das gegenüberliegende Gasthaus nach einer Befragung verlassen habe, sah ich einen wichtigen Zeugen die Wirkungsstätte des Mordopfers betreten. Ich wollte dich nicht wieder versetzen.« Horst sagte die Wahrheit. »Kann ich nicht vielleicht einmal mitkommen, quasi unbeteiligt und nicht als deine Frau? So könnte ich wieder einmal auswärts essen«, schlug Bernadette spontan vor. Müller betrachtete die dünnen Arme seiner Frau und stimmte zu. »Kein schlechter Gedanke. Du könntest dabei die Ohren offen halten und hören, was man sich in der Gästeschaft so erzählt. Du musst nur von mir Abstand halten.« »Nichts leichter als das. Ich ermittle sozusagen verdeckt.« Bernadette lächelte selig. Müller überlegte kurz und sagte, dass man es so sehen könnte. »Weißt du, Horst, vor lauter Langweile habe ich schon Fliesen ausgesucht, die demnächst geliefert werden, weil ich die Terrasse, also den Wintergarten, neu fliesen will. Die Fliesen sind im Retrostil und sehr bunt.« Die Müllers beschlossen seinerzeit, auf Kinder zu verzichten. Nachdem Bernadette aus dem Arbeitsleben ausgeschieden war, um Hausfrau zu sein, galt es, dem Tag neue Inhalte zu geben.

Müller nahm sich auch einen zweiten Wein. »Ab jetzt bist du mit von der Partie, wenn ich abends in der Gastroszene ermittle.« Das wäre in jedem Fall besser als die Verwandlung seines Hauses in eine Dauerbaustelle. Und wer weiß, vielleicht entfaltete Bernadette ungeahnte Qualitäten. Jetzt tat es dem Hauptkommissar direkt ein wenig leid, dass der Kollege Saleh demnächst wieder übernehmen würde. An diesem Abend teilten sie sich eine Betthälfte.

Müller entschloss sich am nächsten Morgen, als er im Präsidium einen Kaffee trank und die Beine dabei hochlegte, doch entgegen aller Logik, abends im Apfelwein-Walther vorstellig zu werden. Bucher würde mit hoher Wahrscheinlichkeit das Lokal nicht an zwei aufeinanderfolgenden Abenden besuchen, aber man sollte das Eisen schmieden, solange es heiß war. Er rief Bernadette an und behauptete, dass er in jedem Fall neue Informationen erhalten würde. Sie sollten sich ab 17.30 Uhr dort treffen. Bernadette freute sich über die unverhoffte Nachricht. Jetzt musste sie erst einmal überlegen, was sie anziehen sollte und was es anschließend zu Hause noch zu essen geben könnte. Der Vormittag ging wie im Flug ins Land. Sie unternahm auch einen kleinen Spaziergang, um einen klaren Kopf zu bekommen. Schließlich räumte sie noch das Atelier auf und begann sich umzuziehen, während sie zwei Espressi trank. Eine eng anliegende dunkelblaue Stoffhose schien ihr geeignet wie auch ein leichter grauer Pullover mit V-Ausschnitt. Sie trug eine Perlenkette statt einer weißen Bluse. Schließlich schlüpfte sie in schwarze Pumps und nahm ihre Handtasche. Sie betrat das Lokal etwas vor der vereinbarten Uhrzeit und setzte sich an das Ende eines der langen noch leeren Tische. Sie sah sich suchend um, aber Horst war nicht zu sehen. Dafür fing sie den Blick eines gut aussehend Mannes auf, der durch seine Körpergröße und breiten Schultern auf sich aufmerksam machte. Mit drei Schritten war er bei ihr. Bernadette bemerkte die lange Kellnerschürze. »Guten Abend, die Dame. Darf ich Ihnen die Karte geben oder warten Sie noch?«, fragte er. »Ja, vielen Dank, die Karte nehme ich gerne.« Bernadette vertiefte sich in die Speisekarte und vergaß ganz, nach ihrem Mann Ausschau zu halten. Das Lokal füllte sich schlagartig und auch Müller war unter den Neuankömmlingen. Bevor Ansgar sich dem Gästeschwall widmete, nahm er die Bestellung der ihm völlig unbekannten geschmackvoll gekleideten Dame auf. Bestimmt war sie nicht aus Frankfurt und hatte geschäftlich hier zu tun. Als sie ihm die Karte zurückgab, bemerkte Müller, der seine Frau fest im Blick hatte, dass der Ehering fehlte. Während er noch darüber nachdachte, was dies bedeutete, setzte sich Bucher auf den freien Platz gegenüber von Bernadette. »Einen schönen guten Abend«, eröffnete dieser das Gespräch. Müller schob sich ein wenig in die entsprechende Richtung, um zu überlegen, wo er sich setzen konnte oder ob er sofort zur Befragung schreiten sollte. Er entschied sich dafür, in der Nähe stehen zu bleiben, um zunächst ein paar Gesprächsfetzen aufzuschnappen. Dabei tat er so, als würde er die Unterhaltung nicht stören wollen.

In dem Moment trat die Wirtin Anna hinzu. Sie begrüßte die Unbekannte mit einem Kopfnicken, dann den Kommissar mit der Frage, ob er mit Herrn Bucher reden wollte, den sie nun ebenfalls kurz mit »guten Abend« begrüßte. Bucher wedelte mit der Hand. »Nicht weggehen, Frau Wolff. Gestatten Sie mir eine Überlegung. Gestern beim Verlassen des Lokals fiel mir ein, dass man am Hintereingang eine Gedenktafel für die ermordete Mareike aufstellen könnte und eine immer brennende Laterne.« Bevor Anna etwas dazu sagen konnte, kam Ansgar mit der Bestellung für die unbekannte Dame und hörte die letzten Worte Buchers mit. »Wenn schon eine Gedenktafel, dann aber bitte am Haupteingang vorne. Ich verwahre mich dagegen, dass Mareike mit dem Hintereingang in Verbindung gebracht wird.« Ansgar echauffierte sich derart, dass er vergaß, die Bestellung auf den Tisch zu stellen. Erst Bernadettes erwartungsvoller Blick erinnerte ihn daran. »Entschuldigung, ich weiß nicht, ob Sie von der grausigen Tat gehört haben. Vielleicht sind Sie nicht aus Frankfurt.« »Doch bin ich. Nur wie viele Frankfurter habe ich Altsachsenhausen als eine Touristenattraktion begriffen. Erst der Bericht über den Mord hat mich auf die Idee gebracht, diesem Winkel meiner Stadt einmal Beachtung zu schenken.« Bernadette nahm einen großen Schluck Apfelwein, ohne das

Gesicht zu verziehen. »Ansgar, bitte, der Herr Kommissar will mit Herrn Bucher sprechen und die anderen Gäste warten.« Die dicke Anna war dazwischengegrätscht und zog Ansgar am Ärmel weg von Bernadette, obwohl er gern weitergeredet hätte.

Bevor Müller das Gespräch mit Bucher eröffnen konnte, wandte sich dieser nun an seine Tischdame. »So ähnlich ging es mir auch. Ich habe Geschäftspartner hierhergebracht, die unbedingt Sachsenhausen erleben wollten. Danach kam ich alleine. Vielleicht lag es an der Kellnerin, der schönen Toten. Sie sehen ihr übrigens ähnlich.« Bernadette zuckte zusammen. »Keine Angst, Ihnen passiert nichts.« Horst Müller konnte nicht länger an sich halten. »Herr Bucher, Sie gestehen mit dieser letzten Bemerkung die Tat, das ist Ihnen schon klar. Sie sagen, dass es ein anderes Geschehen gegeben hat, das ein schlechtes Ende genommen hat, dass jetzt aber nichts passieren wird. Sie können die Geschehnisse offenbar lenken.« Claudius Bucher erschrak sichtbar über die Logik und die sprachliche Beweisführung. Solche Schlussfolgerungen waren einem Kriminalhauptkommissar, der seinerzeit bestenfalls die Polizeiakademie besuchte, eigentlich nicht zuzutrauen. »So gesehen, haben Sie natürlich vollkommen recht, ich werde mich um einen Anwalt bemühen. Allerdings schlage ich vor, dass Sie den Aushilfskellner von Frau Wolff auch einmal zum Tod von Mareike befragen. Er war schließlich auch hinter ihr her wie der Teufel hinter der armen Seele. Sie ließ ihn abblitzen.« Über die verräterische Bemerkung Buchers geriet sein neuer Verdacht ins Hintertreffen. Überhaupt sollte er die Spitzfindigkeiten besser unterlassen. Diese Methode lieferte ihm zwar beständig einen Tatverdächtigen, von dem er jeweils im Grunde seines Herzens wusste, dass er unschuldig war. Er musste aufhören, um die Ecke zu denken. »Sie halten sich bitte zu unserer Verfügung. Das wissen Sie bereits. Jetzt dürfen Sie weiterplaudern. Ihr Gegenüber scheint schon darauf zu warten.« Diese Spitze in Richtung seiner Frau konnte sich Müller wirklich nicht verkneifen. Anna Wolff schien Ohren wie ein Luchs zu haben. Als sich Müller in Richtung Tresen aufmachte, um mit dem Aushilfskellner zu reden, trat sie schon auf Müller zu. »Er ist mein Patensohn. Er war es nicht und am Tatabend war er nicht hier. Das wäre mir aufgefallen. Ich kenne ihn besser, ich lese in ihm besser, als seiner Mutter es je gelang, das heißt, dass sie es erst gar nicht versucht hat. Ansgar hat keine einfache Kindheit gehabt. Machen Sie ihm jetzt bitte nicht auch noch sein gegenwärtiges Leben schwer.« Anna stützte die Hände in die Hüfte und sah Müller aus Hundeaugen treuherzig an. »Ich bitte Sie, Frau Wolff. Ihr Ansgar ist kein Kind mehr. Ein paar Fragen wird er schon noch beantworten können, ohne Schaden zu nehmen.« Müller überlegte in Sekunden, dass der Neffe oder Patensohn vielleicht ein Motiv hatte, das in Zusammenhang mit seiner Mutter stand. Er konnte sie nicht töten und ermordete deshalb andere Frauen, die ihn an seine Mutter erinnerten. »Ach, noch eine Frage, Frau Wolff. Was war denn die Mutter für ein Typ? Ich meine, wie muss ich sie mir in etwa vorstellen?«

Anna wirkte überrascht, bevor sie antwortete. »Lassen Sie mich kurz überlegen? Also … Jedenfalls hat Ansgar sowieso ein Alibi für die Tatzeit.« Die Wirtin vermied eine genaue Antwort und überlegte fieberhaft, was sie dem lästigen Fragensteller anbieten konnte. »Wie Sie wissen, haben wir ein besonderes Vertrauensverhältnis, Ansgar und ich. Er erzählt mir alles. Von daher weiß ich, dass er an diesem Abend mit einer ihm noch unbekannten Dame aus dem Internet verabredet war«, erklärte die Wirtin. »Ah, ich verstehe. Diese Unbekannte war Ihre Kellnerin, die jetzt tot ist. Was sage ich, da passt doch alles.« Müller rieb sich zufrieden die Hände. In den letzten Minuten schien der Fall doch lösbar geworden zu sein, ohne dass er naheliegende Theorien als Fakten ausgeben musste. Die ermordete Kellnerin sah der Mutter des Verdächtigen ähnlich und behandelte ihn auch ebenso schäbig. Während Müller gerade zu der entsprechenden Befragung ansetzte, trat die Wirtin wieder zu ihm und streckte ihm ein Tablett mit zwei Mispelchen entgegen. »Zur Stärkung«, sagte sie. »Auf einem Bein steht es sich schlecht.« »Ich danke, Frau Wolff, aber tun Sie mir doch den Gefallen und schicken Ihren Patensohn zu mir.« Die dicke Anna fügte sich in ihr Schicksal.

»Sie wollen mit mir über Mareike Reimers reden? Gern stehe ich zu Ihrer Verfügung. Ansgar Wagner«, stellte er sich vor. »Sie heißen nicht Wolff?«, fragte Horst Müller irritiert. »Nein, meine Mutter, die Halbschwester von Frau Wolff, war mit einem Arnd Wagner verheiratet, meinem Vater.« »Und was macht Ihr Vater jetzt?«, wollte Müller routinemäßig wissen. »Er verließ meine Mutter und mich eines schönen Tages. Wir haben nie wieder etwas von ihm gehört.« Ansgar zog bedauernd die Schultern hoch und steckte die Hände in die Taschen, zog sie aber sogleich zurück. »Meine Mutter, Agatha Wagner, ist bereits verstorben. Ich erwähne das, weil Sie sowieso nun nach ihr fragen würden.« Der Kellner befleißigte sich einer Geste des Bedauerns, indem er für einen Moment die Handflächen himmelwärts drehte. »Wir sollten uns in Ruhe im Präsidium über Ihr Verhältnis zu der ebenfalls verstorben Frau Reimers unterhalten. Kommen Sie einfach morgen nach der Mittagspause zu mir ins Büro. Am Empfang wird man Ihnen die Zimmernummer sagen. Guten Abend.« Horst Müller ging am Tisch seiner Frau vorbei, die amüsiert mit Claudius Bucher plauderte. »Auf Wiedersehen, Herr Bucher. Man sieht sich. Der Dame einen schönen Abend.« Damit verließ der Hauptkommissar das Lokal und wies den wartenden Streifenwagen an, ihn nach Hause zu fahren. »Sie sind erlöst, mein Freund«, sagte er zum Abschied und hieb dem Beamten auf die Schulter. Hoffentlich musste er nicht zu lange auf Bernadette warten. Seine Frau übertrieb ihre verdeckten Recherchen eindeutig. Er goss sich ein Glas Rotwein ein, um die Wartezeit zu überbrücken. Nicht umsonst sollte sich der Wagner erst um 14.00 Uhr einfinden.

30

Horst Müller erhielt von seiner Frau, die erfreulicherweise kurz nach ihm eintraf, bei einem weiteren Glas Auskunft über ihre Gespräche mit Claudius Bucher. »Ich glaube, dass der Kellner ein Auge auf mich geworfen hat«, erklärte sie zuerst. »Kann es sein, dass ich der Verstorbenen ähnlich sehe?« Horst Müller beruhigte Bernadette dahingehend, dass sie viel besser aussehe. Weiche braune Wellen, eine gewisse Größe und eine sehr gute Figur erzeugten seiner Meinung nach keine Ähnlichkeit.

»Mit Claudius Bucher bin ich ins Gespräch gekommen, weil er eigentlich auch nicht zu der Sachsenhäuser Apfelweinszene passt, obwohl ich mich dort eingewöhnen könnte.« Müller drohte Bernadette lächelnd mit dem Finger. »Jedenfalls hat mir Bucher seine Lebensgeschichte aufgetischt, woraus ich ersehen sollte, wes Geistes Kind er ist. Willst du sie hören? Na klar willst du das. Also aufgewachsen ist er in Hanau bei seiner Mutter. Sein Vater ist früh verstorben. Er war Richter. Jedenfalls verehrt die Mutter den Sohn und er sie. Sie hat ihn auf die Hola, die Hohe Landesschule geschickt. Hier hat er auch seine Liebe zu Latein entdeckt, das hatte er als erste Fremdsprache. Trotzdem hat er dann einen Brotberuf erlernt, wie er sagt, und ist Bauunternehmer geworden. Nach einem Studium im Fach Bauingenieurwesen hat er sich selbstständig gemacht. Die Liebe zu schönen Dingen ist ihm dabei nicht abhandengekommen.«
»Interessanter Lebenslauf«, meinte Müller. »Und wie kommt die Kellnerin ins Spiel?«, fragte er weiter. »Seiner Mutter war keine gut genug. Er mochte die Kellnerin, weil sie, wie er sagte, eine gewisse Eleganz zeigte, was hier und heute selten geworden wäre. Natürlich hat er auch meinen Auftritt gewürdigt. Das sei nur nebenbei erwähnt. Selbstverständlich konnte er Mareike seiner Mutter nicht

vorstellen, aber für eine Beziehung, die sich unbeobachtet abspielte, schien sie ihm sehr geeignet zu sein. Als er bemerkte, dass sie auch mit anderen Männern eine Beziehung zu unterhalten schien, war er tief verletzt. Sie ging sogar so weit, dass sie seine Ferienwohnung auf Sardinien in anderer Begleitung aufsuchen wollte. Letzten Endes hat er ihr aber verziehen. Dummerweise war sie dann tot.« Bernadette bekam rote Wangen vor Aufregung und Freude über ihre Kenntnisse. Der Rotwein tat das Übrige dazu. In dieser Nacht schlief Müller sehr gut und hielt seine Frau noch lange im Arm.

Ansgar Wagner erschien rechtzeitig zu seiner Einvernahme. Müller war gut aufgelegt. »Erzählen Sie doch einmal, wie Sie an die Kellnerin geraten sind, die Sie nun ersetzen. Sie haben sich doch so vehement für den Vordereingang ausgesprochen. Dafür gibt es doch einen Grund.« Ansgar Wagner seufzte und erzählte wahrheitsgemäß, dass er sie über das Internet kennengelernt habe. Müller sah ihn an und stutzte. »Geht es Ihnen nicht gut? Sie sind so blass. Möchten Sie ein Glas Wasser?« Bei diesen Worten sprang der Zeuge auf und wollte sich auf ihn stürzen. Müller erschrak fürchterlich. »Jetzt aber mal halblang.« Der Beamte hechtete hinter seinem Schreibtisch hervor, er war über seine Behändigkeit selbst erstaunt, und drehte dem Wagner gekonnt die Hände auf den Rücken und drückte den Alarmknopf. Sofort tauchten zwei uniformierte Kollegen auf. »Bitte die Handschellen und den Zeugen festhalten. Gegebenenfalls wird er in Gewahrsam genommen.« Müller zog ein blaues Taschentuch aus der Hosentasche und wischte über seine Stirn. Die Aktion brachte ihn ins Schwitzen. »Es tut mir sehr leid. Ich wollte Sie nicht angreifen. Mir sind die Nerven durchgegangen.« Ansgar gab sich kleinlaut. »Ich entschuldige mich kniefällig für meine Unbeherrschtheit.« »Wieso gehen Ihnen die Nerven durch, wenn man Sie nach Ihrem Befinden fragt? Das ist doch irgendwie seltsam.« Ansgar seufzte traurig, bevor er seine Erklärung abgab. Er schilderte die Sonnenallergie und dass Mareike Reimers ihn deswegen abserviert hatte. »Zum Zeitpunkt ihres Todes gab es allerdings eine neue vielversprechende Kandidatin, mit der ich gerade verabredet war, als die furchtbare Tat geschah.« Müller nickte.

»Name und Adresse bitte, wir werden Ihr Alibi überprüfen. Eine Sache interessiert mich aber doch noch. Wie kommt es, dass Sie über das Internet eine Kellnerin aus dem Lokal Ihrer Tante daten?« Die erwartungsvollen Augen des Ermittlers hielten sein Opfer fest im Blick, damit nicht die kleineste Regung unbeobachtet blieb. »Ehrlich gesagt, habe ich mich auch gefragt, ob es Zufall ist. Vielleicht hat meine Tante ihr Fotos gezeigt und sie hat mich im Netz wiedererkannt. Ich bin mit einem klar erkennbaren Bild dort vertreten. So groß ist die Auswahl an seriösen großen Datingportalen nun auch nicht. Meines Wissens gibt es nur die zwei bekannten Marktführer.« Müller nickte zustimmend und konnte der Idee etwas abgewinnen, dass man jemand, den man treffen wollte, im Internet auf die Spur kommen konnte, wenn derjenige auch auf der Suche war. »Sie können jetzt gehen. Sie halten sich zu meiner Verfügung und verlassen Frankfurt nicht. Ihr Alibi wird überprüft. Gegebenenfalls reden wir weiter.« Der Hauptkommissar stand auf. Die beiden Beamten, die Ansgar bewacht hatten, nahmen ihm die Handschellen ab und begleiteten ihn zum Ausgang.

Der Aushilfskellner beeilte sich, in den Apfelwein-Walther zu kommen. Er traf eine Stunde zu früh dort ein und hoffte auf die Anwesenheit seiner Tante. Schon unterwegs schickte er ihr eine Nachricht. Anna erwartete ihn bereits. »Ich brauche ein Alibi. Carla muss bestätigen, dass wir an diesem Tag zu später Stunde verabredet waren. Du könntest sie doch jetzt hierher einladen, was ich ihr im Übrigen schon anbot, als ich hörte, dass ihr bei unserem Treffen im Nizza das Portemonnaie gestohlen wurde. Bei der Gelegenheit erklären wir ihr, dass die Polizei mir niemals glauben würde, dass ich an dem fraglichen Abend allein zu Hause war. Was meinst du?« Anna legte die Stirn in Falten, aber der Plan klang ganz gut, denn sie hatte ohnehin eine Verabredung Ansgars erwähnt, als es um die Tatzeit ging. Sie wusste, dass sie über ihren Schatten springen musste. Zu dumm, dass der Bauunternehmer Ansgar in die Sache hineingezogen hatte. Dass Ansgar selbst mit der Bemerkung zur Gedenktafel am Haupteingang das Seine zu diesem Verdachtsfall beitrug, ignorierte sie. Sie signalisierte ihrem Patenkind, dass es ihr die Nummer wählen sollte. »Anna Wolff hier, die Wirtin. Einen schönen guten Tag, störe ich? Gut. Wie ich höre, wurden Sie bei unserem Zusammentreffen am Mainufer bestohlen. Ich möchte Sie gern in den Apfelwein-Walther einladen. Also ich würde Sie hier gerne einige Male kostenfrei bewirten. Schließlich haben wir Sie in die missliche Situation gebracht und auch nicht aufgepasst. Wollen Sie schon heute Abend vorbeischauen? Mein Neffe, also Ihr glühender Verehrer, der hier, wie Sie wissen, aushilft, würde Sie bei der Gelegenheit auch gern um einen kleinen Gefallen bitten.« Anna erhielt erschöpft inne. Währenddessen setzte Carla zu einer Gegenrede an. »Ja, ich weiß, wie es aussieht. Dass wir nur auf die Einladung zurückkommen, weil wir eine Gefälligkeit erbitten wollen. Bedenken Sie aber, dass, wenn Sie hier mehrfach umsonst essen und trinken können, für Sie die Möglichkeit besteht, Ihre Lebenshaltungskosten temporär zu senken.« Anna wusste, dass sie die Zeche für Carla übernehmen musste, damit Heinrich nicht um sein Geld gebracht würde. Carla sagte wieder etwas. Ansgar bemerkte, dass sich Annas Gesicht aufhellte. »Schön, dann sehen wir uns in ein bis zwei Stunden.« Anna strahlte Ansgar an. »Sie kommt«, stellte sie erleichtert fest.

Als sich nach eineinhalb Stunden die Tür öffnete und Carla das Lokal betrat, fielen Ansgar fast die Augen aus dem Kopf. Die Dame trug ein Dirndl. Offenbar nahm sie an, dass sich die Oktoberfestbewegung auch auf die Apfelweinwirtschaften erstreckte. Er nahm sich zusammen, strahlte sie an. »Gut siehst du aus. Das Warten hat sich gelohnt. Wo magst du sitzen?« Carla entschied sich für einen Platz in der Lokalmitte. Dort würde sie Gesellschaft finden. Ansgar musste schnell zur Sache kommen. Gut, dann lag das peinliche Gespräch wenigstens hinter ihm. Mit zwei Gläsern Apfelwein setzte er sich zu ihr. »Anna kommt auch gleich. Sie hat noch in der Küche zu tun. Ich sage dir schon einmal, worum es geht. Wir haben doch ständig hier im Lokal die Polizei wegen des Mordes an der Kellnerin. Davon hast du bestimmt gehört. Jetzt wollen die auch mein Alibi überprüfen, weil sie nicht weiterkommen. Ich habe aber keines. Ich war zu Hause ohne Zeugen, ohne Handybenutzung. Können wir vielleicht unser erstes Treffen um drei Tage verlegen? Dann wäre ich nicht mehr von Interesse.« Ansgar war erleichtert, dass ihm die Sache so leicht über die Lippen gegangen war. »Von Interesse bist du sowieso nicht. Aber gut ich mache es. Mit ein paar Essen hier in der Kaschemme ist meine Aussage aber nicht aufgewogen. Da müsste schon ein wenig Bargeld fließen, wie du weißt, wurde ich durch deine Schuld beraubt, wenn du es nicht doch selbst gewesen bist. Im Übrigen hatte ich ziemlich viel Bargeld dabei. Außerdem sollte die Summe auch noch für einen Urlaub in der Sonne reichen beziehungsweise für einen Anwalt, falls du doch etwas mit der Sache zu tun hast.« Sie grinste ihn unverschämt an. Ansgar erblasste noch etwas mehr.

Unbemerkt trat Claudius Bucher an den Tisch. Er grüßte und setzte sich zu Carla mit der Frage, ob er störe. Den neben Carla stehenden Ansgar bat er, ihm doch die Wirtin zu schicken wegen des Entwurfes für die Gedenktafel. »Welche Gedenktafel?«, fragte Carla interessiert. »Die Tafel soll an die hier ermordete Kellnerin erinnern.« »Gute Idee. Kennen Sie die Frau? Was mich allerdings noch mehr interessieren würde, wäre, woher der Aushilfskellner die Bedienung kennt? War er schon zu diesem Zeitpunkt hier beschäftigt?« Carla war jetzt äußerst hellhörig. Schließlich sollte sie Ansgar ein Alibi für die Tatzeit geben. »Ob er schon gelegentlich vor der Tat hier ausgeholfen hat, weiß ich nicht. Sie sind übrigens perfekt gekleidet für das Ambiente. Zuerst dachte ich, nanu, sind wir hier in Bayern? Doch dann haben Sie mir die Augen dafür geöffnet, dass Alt-Sachs auch nichts anderes ist wie ein erweitertes Hofbräuhaus. Außerdem haben Sie die perfekte Figur für das Kleidungsstück.« Carla empörte sich zum Schein und bat, Claudius Bucher die Fleischbeschau zu unterlassen. »Ich mag eben Frauen, die stilsicher sind in ihrem Auftreten. Die Ermordete war es auch.«

Als die Wirtin mit Ansgar im Schlepptau die Tafel betrachtete, traten Ansgar die Tränen in die Augen, sie liefen über. Ein Tropfen landete auf der Messingplatte. »Was heulst du?«, herrschte Carla ihn an. »Sag mal. Willst du mich komplett verarschen, war sie etwa dein Schätzchen? Ich glaube, dass ich mir die Sache mit dem Alibi noch einmal überlegen muss.« Damit stand sie auf und wollte gehen. »So bleiben Sie doch noch ein bisschen. Ohne Sie wäre es hier viel langweiliger. Außerdem müssen Sie mir noch erzählen, was der gute Ansgar, so heißt er doch, von Ihnen wollte.« Carla war so in Rage, dass sie gar nicht mehr nachdachte. »Kaufen wollte er mich. Ich sollte ihm ein Alibi verschaffen und dafür hat er mir Geld angeboten.« Sie sprang mit wogender Brust auf und griff nach ihrer Tasche, um aus dem Lokal zu stürmen. »Jetzt müssen Sie aber doch bezahlen«, rief ihr die dicke Anna hinterher. »Sie können mich mal.« Carla rauschte ab. Anna und Ansgar sahen sich betreten an.

31

Siggi langweilte sich. Zuerst verspürte er jeweils ein tiefes Glücksgefühl dabei, den Abend mit der kleinen Sissi zu verbringen. Er fütterte sie, tanzte nach ihrer Pfeife, ging abends noch einmal mit ihr an der Hand um den Block, damit sie müde wurde. Sang mit ihr, redete mit ihr in Kindersprache, die er bald besser beherrschte als die Kleine, las ihr immer wieder die gleiche Geschichte vor, trug sie durch die Wohnung, wenn sie weinte und tat so, als wäre es der Teddybär, der mit ihr redete. Nach einigen Abenden schwand sein Enthusiasmus. Er fragte sich, ob er als Kindermädchen enden würde, während Uli und Alina sich im Kleinen Wirtshaus mit den anderen Gästen amüsierten. Da war das Leben in der Westendpension direkt interessanter gewesen. Dort gab es Adam und Annalene. Er vermisste beide. Was Adam wohl so machte? Wenn Alina vom Dienst zurückkam, war sie müde und fragte nur kurz, wie es Sissi ergangen sei. Siggi schlurfte nach einem kurzen »Gut« todmüde nach Hause und fand Uli meist schon schlafend vor. Am nächsten Morgen, wenn sie zusammen frühstückten, zog Uli über die Gäste her und erzählte die eine oder andere Anekdote. Siggi fühlte sich ausgeschlossen, tat aber so, als er wäre es sein lange erhofftes Glück, seine Zeit mit dem Kleinkind zu verbringen. »Es ist doch toll, dass du diese Vaterrolle hast. Ich wäre gern wieder länger mit der Kleinen zusammen. Es war wohl keine so gute Idee von mir, für Alina diese Wohnung zu mieten. Wir hätten auch hier alle zusammen wohnen können als Patchworkfamilie.« Uli war ganz stolz, dass ihm dieser Begriff eingefallen war, wohingegen Siggi einen Stich verspürte, dass Uli nicht gern mehr Zeit mit ihm verbringen wollte. »Vielleicht können wir die Wohnung wieder kündigen?«, fragte er etwas lahm, denn er konnte sich nur allzu gut an das

Schleppen der Einrichtung erinnern. Er musste fast alles ohne Hilfe bewerkstelligen und wenn er ganz ehrlich zu sich selbst war, dann tat ihm das Kreuz immer noch weh. Er benutzte Tapes und Wärmepflaster. Wobei Uli ihm nicht bei ihrem Anbringen helfen wollte, denn er vertrat die Meinung, dass sich Siggi nicht so anstellen sollte. Dass er zehn Kilo Sissi herumtragen musste, machte die Sache auch nicht besser. »Vielleicht können wir den Dachgeschossausbau doch kurzfristig noch realisieren?«, fragte er dennoch. »Denkst du dabei an einen bestimmten Handwerker?«, entgegnete Uli und zog die Augenbrauen hoch. Siggi sagte nichts mehr.

Am nächsten Abend, als er mit Sissi gerade aufbrechen wollte, um sie zu Hause in ihr Bettchen zu legen und davor das allabendliche Ritual durchführte, was das Einschlafen hinauszögern beziehungsweise befördern sollte, betrat zur Überraschung aller Annalene Waldau das Lokal. Sie bestellte sofort einen Weißwein, erklärte, dass sie nicht lange bleiben wolle. »Die Vaterrolle steht dir sehr gut«, teilte sie Siggi mit einem vielsagenden Lächeln mit. Dieser hielt die bereits ausgehfertig angekleidete Sissi auf dem Arm. Annalene nahm an der Bar Platz und begutachtete auch Uli. »Wie ich höre, gibt es nichts, was Sie beide entlasten kann. Das finde ich irgendwie schade, was nebenbei bemerkt eine äußerst unsachliche Äußerung von mir ist. Der Wein ist auch unsachlich, aber ich bin auch halbprivat hier.« Die Polizeipräsidentin war jetzt ganz in ihrem Element und fokussierte die beiden Reinholds, während sie an ihrem Wein nippte, teils aus privatem Interesse, teils aus beruflichem Instinkt. »Mein Kommissar Müller hat sich auf die Ermittlungen im Apfelwein-Walther festgelegt. Sollte er dort ein Geständnis erhalten oder erdrückende Indizien sicherstellen, wären Sie beide aus dem Schneider. Leider sieht es nicht danach aus. Ich habe Müller zugesagt, dass ich meinerseits hier noch einmal nachforsche.«

Siggi, der die kleine Sissi wiegte, machte einen Schritt auf Annalene zu. »Ich weiß nicht, ob ich es damals so deutlich gesagt habe, aber der Täter war außergewöhnlich groß.« Seine Verwirrung über den Tathergang hatte sich wieder gelegt. Annalenes Blick verharrte einen langen Augenblick auf Siggi. »Ich habe die Ermittlungsakte nicht komplett im Kopf, aber der Hinweis auf eine außergewöhnliche Größe des Täters hätte sich bei mir sicher festgesetzt. Findest du, Siggi, deinen Partner außergewöhnlich groß?« Annalene taxierte Uli. »Groß schon, ich mag doch große Männer, aber außergewöhnlich, hm?« »Kennen Sie beide einen Mann, den Sie als sehr groß bezeichnen würden?« Uli und Siggi sahen sich ratlos an. »Wir sehen uns«, sagte Annalene zu den beiden Männern und stand auf, während in der Ecke vorne lautes Gelächter ertönte. Es war ihr gar nicht aufgefallen, dass weitere Gäste eingetrudelt waren. Sie schalt sich ob ihrer Unaufmerksamkeit und machte sich Sorgen um ihren Geisteszustand.

Schräge Sonnenstrahlen landeten in dem südwestlichen Fenster des kleinen Wirtshauses. An dem Ecktisch in der Nähe der Sonne wurde noch immer gelacht. Kein Wunder, dachte Annalene. Die jungen Leute haben nicht meine Sorgen. Sie kramte fünf Euro aus ihrer Tasche, legte sie mit der Bemerkung »Stimmt so« auf den Tresen. Uli schluckte, denn seine Erhöhung der Weinpreise wurde völlig ignoriert. »Deine Freundin, die Polizeipräsidentin ist irgendwo schon eine blöde Tussi«, sagte er ungehalten zu Siggi. »Ich gehe jetzt«, erklärte dieser.

Kaum hatten Siggi und sein Ziehtöchterchen das Lokal verlassen, öffnete sich die Tür wieder. Eine große männliche Gestalt stürmte herein. »Hallo, guten Abend. Wir kennen uns doch. Ich arbeite jetzt vorübergehend bei meiner Tante Anna im Lokal schräg gegenüber.« Uli nicke. Was sollte er auch groß sagen? Sollte doch der andere seine Wünsche äußern, was dieser auch umgehend und einleitungslos tat. »Am Tatabend war ich hier. Ich trug damals eine Sonnenbrille und eine Schirmkappe, weil ich nicht wollte, dass meine Tante mich erkennt, aber ich war es.« »Sie können mir lange erzählen, dass Sie Sie gewesen sind. Ich kenne Sie nicht«, antwortete Uli. »Ich habe Weißwein getrunken und saß dort am Fenster. Ich war Ihr letzter Gast. Ihr Partner ging kurz vor mir mit dem Hund weg. Ich trank noch in Ruhe aus und bezahlte. Können Sie sich an die Uhrzeit meines Gehens erinnern?« Alina war zu Uli getreten und hörte mit. Die lärmenden Jugendlichen nahmen von der Thekendiskussion keinerlei Notiz. Sie waren mit sich selbst beschäftigt.

»Darf ich mich einmischen?«, fragte die Köchin. »Sie geben sich gegenseitig ein Alibi«, schlug sie vor, ohne auf eine Antwort zu warten. Ansgar und Uli sahen sich an. »Einverstanden«, sagte Uli. »Prima Idee, Alina. Wissen Sie die genaue Tatzeit, da müssten Sie noch hier gewesen sein und eine Minute, bevor Siggi hereinstürzte, sind Sie gegangen«, ordnete Uli an. »Ich habe Sie rausgeschmissen, weil Sie ziemlich betrunken waren und ich endlich schließen wollte. Sie erklären einfach, dass ich Sie darauf hingewiesen habe, dass Sie am Tatabend hier waren. Sie haben die Daten durcheinandergebracht und bei Ihrem Abgang sowieso nichts mehr mitbekommen. Erklären Sie dem Müller, dass Sie sich bei mir ausgeheult hätten, wenn er wieder nachbohrt. Wir tun so, als hätten wir gar nicht daran gedacht, dass ich damit auch ein Alibi habe.« Uli machte eine Pause und klopfte Alina auf die Schulter. »Also wirklich, Alina, das war eine fantastische Idee. Hoffentlich beehrt Sie der Müller bald wieder. So, jetzt muss ich mich um meine Gäste kümmern.«

Ansgar verließ das kleine Wirtshaus. Jetzt musste er sich nur noch mit seiner Tante abstimmen, dann sollte er aus dem Schneider sein. Ein Lächeln, das keiner sah, glitt über sein blasses Gesicht. Diese Carla konnte ihm gestohlen bleiben. Nach ihrem Abgang am Vorabend hatte sich die Erkenntnis eines Alibis in seinem Kopf festgesetzt. Er war doch tatsächlich bei dem Wirt Uli gewesen. In drei großen Schritten hatte er den Hintereingang des Apfelwein-Walthers erreicht. »Wo kommst du denn her?«, fragte Anna erstaunt, als Ansgar hereinstürmte. Ansgar seufzte. »Der Wirt vom Kleinen Wirtshaus und ich geben uns gegenseitig ein Alibi.« Anna umarmte daraufhin seinen Brustkorb und er spürte ihre Wärme und ihren weichen Busen. Wann endlich würde er eine Frau finden, damit ihm nicht schon Umarmungen einer Tante angenehm waren? In letzter Zeit war er so beschäftigt, dass er gar nicht mehr dazu kam, seine Internetsuche fortzusetzen. »Ich müsste jetzt allerdings noch drei Stunden freinehmen für einen Versicherungsabschluss«, bat er Anna. »Ich komme so schnell, wie ich kann, zurück«, versicherte er. »Dein liebes Patenkind kommt und geht scheinbar, wie es will«, murrte Heinrich Walther im Hintergrund, wobei er nicht unfrohüber dessen Abwesenheit war. Annas Affenliebe missfiel ihm außerordentlich.

32

Bucher sprang über seinen Schatten und besuchte den Apfelwein-Walther zum dritten Mal in Folge mit nur einem Tag Pause. Er kam in weiblicher Begleitung. Bei seinem täglichen Telefonat mit seiner Mutter konnte er ihr schmackhaft machen, ihn nach Alt-Sachs zu begleiten. Sie habe doch seinerzeit der Wirtin versprochen, als er nachts nach der Schlägerei mit dem Kellner von ihr nach Hause gebracht worden war, einmal in dem Lokal vorbeizuschauen. Also stimmte Frau Bucher dem heutigen Abend zu, nachdem ihr Claudius darüber hinaus glaubhaft versicherte, dass es für sie wichtig sei, andere Orte und die sie frequentierenden Personen zu erleben. Es würde ihren Horizont erweitern. »Was zieht man denn da an?«, fragte sie schließlich. »Alle Teile deiner Garderobe sind perfekt. Nimm einfach irgendetwas.« Claudius vertrat tatsächlich die Ansicht, dass seine achtzigjährige Mutter elegant aussah, da sie über eine gute Figur verfügte und auf Chaneljäckchen sowie weiße Schleifenblusen setzte.

»Herr Bucher, Sie beehren uns schon wieder. Wie nett und noch dazu mit solch einer eleganten Dame.« Anna legte zwei Karten auf den Tisch. Bucher verzichtete darauf, seine Mutter sofort vorzustellen. Offenbar erinnerte sich die Wirtin nicht mehr an das nächtliche Zusammentreffen. Stattdessen fragte er nach Ansgar. »Ich sehe Ihren Patensohn gar nicht. Wurde er schon in Untersuchungshaft genommen? Aus meiner Sicht hat nur er ein Motiv. Mir jedenfalls mangelt es nicht an qualitativen weiblichen Kontakten, nicht wahr, Mama?« Anna schien erstaunt, aber sie realisierte, dass sie Buchers Mutter vor sich sah. »Mein Neffe hat ein hieb- und stichfestes Alibi. Das Gerede von vorgestern Abend, welches diese Person in dem Dirndl aufgebracht hat, sollten Sie nicht ernst nehmen, denn es war schließlich die Idee dieser Person, für Geld irgendwelche Behauptungen zu bestätigen. Mein Neffe hat heute einen Termin. Er kommt später.« Anna wandte sich jetzt direkt an Buchers Begleiterin. »Ich finde es sehr schön, dass Sie uns beehren. Ich habe Sie leider nicht sofort erkannt. Sie müssen bitte den Umgangston entschuldigen, gnädige Frau, so rustikal geht es bei uns normalerweise nicht zu. Dieser unglückselige Todesfall bringt unser beschauliches Dasein durcheinander. Ich hoffe, dass Ihnen diese schweren Tage in unserem Haus nicht die Laune verderben.« Die Wirtin holte tief Luft, bevor sie sich aufmachte, um eine Gruppe chinesischer Touristen zu bedienen. Die Aufnahme der Bestellung erwies sich jedes Mal als äußerst schwierig, denn ihre Karte war nur auf Deutsch abgefasst und sie musste erklären, worum es ging. Die Gruppe war bis auf einige schwarze Anzugträger sehr bunt gekleidet, gut gelaunt und lärmend. Claudius Bucher klärte seine Mutter noch einmal über die ganze Mordsache en détail auf, weil sie sich nicht mehr so genau erinnern konnte und weil es schließlich neue Wendungen in dem Fall gegeben hatte.

Ansgar machte sich auf den Weg zu einer Kundin, die berufstätig war und nur am frühen Abend Zeit für den Termin fand. Was ihm früher lieb war, empfand er jetzt als hinderlich, aber die Zahl seiner Abschlüsse war etwas zurückgegangen, sodass er den Termin dringend wahrnehmen musste. Schon für seine Stippvisite bei Anna hatte er einen schwarzen Anzug mit weißem Hemd getragen, was dieser aber nicht auffiel. Nachdem er bei der Kundin vorstellig geworden war, die ihm den Abschluss einer Lebensversicherung zusagte und auch ihr Interesse an seiner Person erkennen ließ, war er kurz entschlossen in das Telecafé nahe seiner Wohnung gegangen. Nur eine halbe Stunde räumte er sich für die Recherche bei »Zweizeit« ein. Carla hatte sich von ihm verabschiedet. Jedoch war er immer noch im Besitz ihrer Telefonnummer. Ansgar kniff die Augen zusammen und ließ den Cursor über seine Partnervorschläge wandern. Er wollte die Profile nicht sehen. Plötzlich hielt er an. Er klickte auf das Profil der entsprechenden Dame und schaute es sich nicht an. Ohne etwas wahrzunehmen, ging er auf die Schaltfläche für eine persönliche Nachricht. Er schrieb einer Unbekannten, über die er nichts wusste, noch nicht einmal das Bild betrachtete er. Ansgar spielte sozusagen Russisches Roulette. »Einen schönen guten Abend, liebe Unbekannte. Eigentlich wollte ich nach vielen Enttäuschungen nicht mehr bei Zweizeit aktiv sein, doch dann bin ich im wahrsten Sinne des Wortes an deinem Profil hängen geblieben. Ich habe deinen Eintrag nicht gelesen und möchte dich trotzdem gern kennenlernen. Bei diesem unbewussten Anhalten auf dem Weg zu deiner Seite verspüre ich positive Signale. Sollen wir uns in zwei Tagen mittags um 14.00 Uhr im Frankfurter Dom treffen und dann in eines der Cafés gehen? Liebe Grüße Dein noch unbekannter neuer Partner.« Ansgar wäre vom U-Bahn-Ausgang Dom/Römer in zwei oder drei Schritten im Dom und von dort genauso schnell oder noch schneller in der Goldenen Waage oder der Cuccina della Grazie gelandet. Den Schutz der Kirche fand er sehr günstig für eine neue Beziehung, außerdem war die Ecke schattig.

Ansgar verließ eilig das Telecafé, nahm die U6 bis zur Konstabler Wache und dort den Bus M36 bis zur Elisabethenstraße.

»Oh, der Herr Patensohn«, sagte Bucher laut, als er Ansgar erblickte. In seinem Magen befanden sich bereits drei große Apfelwein und ein Mispelchen. »Sagen Sie, Herr Ansgar, wann darf man denn hier wieder die nette Dame im Dirndl begrüßen?«, fügte er eilig an, bevor der Kellner entschwand. »Das kann ich Ihnen leider nicht sagen.« In diesem Augenblick öffnete sich die Tür und Carla trat ein, wieder im Dirndl, aber es war ein schwarzes Modell mit grüner Schürze, in dem sie attraktiv und sehr seriös wirkte. Der Bauunternehmer klatschte begeistert in die Hände. »Setzen Sie sich doch zu uns, meine Liebe«, sagte er breit lächelnd. Seiner Mutter war die Situation hochnotpeinlich. Carla setzte sich zu Mutter und Sohn Bucher. Ansgar ließ sie warten. Als er ihr endlich die Speisekarte brachte, gab er ihr leise zu verstehen, dass sie heute bezahlen müsse. »Es sei denn, Sie werden eingeladen.« Bei dieser Bemerkung fixierte er Claudius Bucher. »Dein Alibi kannst du übrigens vergessen. Ich werde morgen den Kommissar aufsuchen, der die Sache bearbeitet, und ihm erklären, dass du mich aufgefordert hast, falsche Angaben zu machen.« Carla sagte es laut und vernehmlich, sodass es alle Umsitzenden hören konnten. »Das kannst du dir sparen. Ich brauche dein Alibi nicht. Ich bin mit den Daten durcheinandergekommen. Am Tatabend war ich sowieso beschäftigt«, erklärte er ruhig. »So, womit denn? Ach natürlich, du warst mit einer Messerstecherei beschäftigt und hattest einen Zeugen.« Ansgar brauchte sehr viel Kraft, um an sich zu halten. Claudius Bucher schien sich sehr gut zu amüsieren. Selbst seine Mutter gab ihre distinguierte Haltung auf und folgte gespannt dem Dialog. »Ich denke, die Dame kommt der Wahrheit sehr nahe«, sagte Bucher hämisch. »Sie vergessen die Verdachtsmomente, die auf Ihnen ruhen«, gab Ansgar immer noch äußerlich ruhig zurück. »Carla, nachher mache ich eine kleine Pause, wollen wir uns draußen am Hintereingang aussprechen?«, fragte er die Metzgereiverkäuferin im eleganten Dirndl. Carla nickte gottergeben und verzog ein wenig das Gesicht. Die chinesische Touristengruppe wurde immer lauter. Anna und Heinrich Walther beratschlagten, wie sie die Asiaten loswerden konnten.

33

Annalene vermisste ihren Mann. Seit über einer Woche hörte sie nichts mehr von ihm. Sie fing an, sich gehen zu lassen und zum Alkohol zu greifen. So konnte es nicht weitergehen. Zuerst ging sie ins Bad, duschte und wusch gründlich ihre Haare. Während sie diese in einem um den Kopf geschlungenen Handtuch trocknen ließ, räumte sie auf. Als die Wohnung wieder einigermaßen präsentabel war, griff sie zum Telefon und rief ihn an. Ihre Stimme klang unnatürlich klein und zaghaft, als sie sich mit »Hallo Wolfgang« meldete. Auch klopfte ihr Herz zum Zerspringen. »Kannst du bitte nach Hause kommen?«, fragte sie mit ihrer neuen flachen Stimme. »Ich vermisse dich so sehr.« Auf der anderen Seite entstand ein längeres Schweigen. »Gib mir noch ein paar Tage. Ich muss noch überlegen«, sagte er dann. »Allerdings freut es mich, dass du dich gemeldet hast.« »Kommst du einfach, wenn du so weit bist?«, fragte Annalene. »Oder soll ich nachfragen, wenn meine Sehnsucht zu groß wird?« Annalene spürte förmlich, dass Wolfgang das Telefon anlächelte. Es ging ihr schon besser. »Ich komme oder melde mich«, sagte er.

Nach dem Gespräch ging sie in die Küche. Sie musste sich etwas zu essen kochen, denn in letzter Zeit ernährte sie sich ausschließlich von belegten Brötchen, die sie beim Bäcker mitnahm. Ihr letzter Einkauf in einem Supermarkt lag schon länger zurück. Er fiel in die Zeit, als sie noch Siggi und Adam versorgte. Letzterem gab sie schließlich Geld, damit er nicht ganz auf dem Trocknen saß. Zum Glück verfügte sie über genügend Weinvorräte. Sie ließen sich regelmäßig beliefern. Annalene öffnete die Küchenschränke. Immerhin fand sie eine ungeöffnete Packung Spaghetti. Auch eine Dose mit Tomaten stand in der Nähe der Nudeln. Mit Olivenöl gelang ihr eine akzeptable Sauce. Sie ließ das halbe Päckchen Nudeln in das kochende Wasser gleiten. Eigentlich lud sie Wolfgang immer in Restaurants zum Essen ein, wenn es etwas zu feiern gab. Natürlich gab es auch diverse Restaurants, von denen sie sich beliefern ließen. Wenn einer kochte, war es immer Wolfgangs Initiative gewesen. Er kaufte auch ein. Bei Maria würde es bestimmt anders zugehen, überlegte sie. Bestimmt kochte ihre Konkurrentin täglich und betrieb auch eine Vorratshaltung. Wolfgang konnte währenddessen im Sessel sitzen und Zeitung lesen. Oder er brütete ungestört an seinem Schreibtisch über den Akten, die er gelegentlich mit nach Hause nahm, um nicht so lange abwesend zu sein. Die verlassene Ehefrau wurde sehr traurig bei dieser Vorstellung. Wenn er wieder zu ihr zurückkam, würde sie auch kochen.

Die Nudeln kochten mittlerweile. Annalene hatte vergessen, auf die Uhr zu sehen. Sie angelte eine Nudel aus dem kochenden Wasser, befand sie für gar. Sie ärgerte sich, dass es ihr noch nicht einmal gelang, Nudeln zu kochen. Sollte sie einen Kochkurs belegen? Das stand sie nervlich sicher nicht durch. Nachdem sie die Tomaten in der Pfanne erhitzt und Olivenöl eingerührt hatte, konnte sie essen. Sie setzte sich an den Küchentisch, bediente sich eines Küchenhandtuchs als Serviette. Dem Glas Rotwein widerstand sie. Die Nudeln schmeckten ihr, sie bemühte sich, wenigstens die Hälfte zu essen. Nachdem sie den Abwasch vertagt hatte, überlegte sie, ob sie es sich wie jeden Abend vor dem Fernseher gemütlich machen sollte, was unweigerlich Weinkonsum bedeutete. Sie wollte es schaffen, wenigstens einen Abend in der Woche auf den Alkohol zu verzichten. Um nicht ständig über dieses Thema nachdenken zu müssen, entschied sie sich, Adam einen Besuch in der Westendpension abzustatten. Schnell schlüpfte sie in eine enge schwarze Jeans und einen schwarzen Rollkragenpullover. Sie war noch nie abends bei ihm gewesen und war nervös, als sie sich auf den Weg machte. Nachdem sie ihre Wohnung in der Untermainanlage verlassen hatte, fiel ihr Blick auf die vielen Menschen, die der Oper zustrebten. Sie musste an die zahlreichen Auftritte ihrer Mutter denken, die sie auf dieser Bühne hingelegt hatte. Annalene bezog deren Wohnung nahe der Oper, denn das Alter zwang die Diva zum Aufhören. Nun verbrachte sie die meiste Zeit des Jahres zusammen mit Annalenes Vater in ihrem Haus in Spanien. Bei Annalenes letztem Aufenthalt dort war auch Wolfgang mit von der Partie gewesen und ihre Wiederversöhnung bahnte sich an. Damals war sie zuvor von Wolfgang für Maria verlassen worden. Wie sich doch die Ereignisse wiederholten. Ihre Eltern hatte sie schon viel zu lange nicht gesehen, überlegte Annalene. Das galt übrigens auch für Wolfgang, den hatte sie auch schon viel zu lange nicht gesehen. Die relativ kurze Strecke ins Westend legte sie zu Fuß zurück. Da es noch hell war, konnte sie durch die Taunusanlage laufen. Sie ließ sich Zeit, der goldene Oktober stand ins Haus. Nach dem Sonnenuntergang war es kühl, aber nicht kalt. Sie trug über dem leichten Rollkragenpullover ein Jackett. Auch viele andere Personen spazierten an diesem Freitagabend durch die Anlage. Über den belebten Opernplatz schlendernd bog sie in die Bockenheimer Landstraße ein. Fünf Minuten später erreichte sie die Abzweigung Mendelssohnstraße. Jetzt trennten sie nur noch wenige Meter von der Pension. Was würde Adam sagen, wenn sie an einem Freitagabend auftauchte? In der letzten Zeit sahen sie sich nicht mehr so oft, weil Annalene ständig über Maria und Wolfgang nachdachte und nicht mehr so viele Gedanken an den Flüchtling verschwendete. Sie wollte außerdem nicht mit Wolfgang gleichziehen. Ihr heutiger Besuch sollte eine Ausnahme bleiben. Sie war zu betrübt und benötigte einen positiven Impuls. Ausnahmsweise wollte sie sich nicht die Welt mit einem oder zwei Gläsern Wein schön träumen, sondern sie wollte wissen und vor allem spüren, dass sie noch begehrenswert war.

Sie stieß die Eingangstür der Pension auf und erreichte schnell über die Treppe, die von einem leicht verschlissenen Läufer bedeckt war, das Stockwerk mit Adams Zimmer. Auf ihr zaghaftes Klopfen erfolgte keine Reaktion. Sie hämmerte etwas heftiger gegen die Tür. Noch immer lag eine Totenstille in dem Gebäude. Annalene legte ihr Ohr an die Tür. Sie hörte absolut nichts. Kein Atmen, kein Rascheln, kein Fernsehen. Der Raum war leer. Enttäuscht trat sie den Rückweg an. Wo war Adam? Als sie die Eingangstür aufzog, standen sie sich gegenüber. Nach dem kurzen Moment des Erkennens strahlte er sie an. »Ich war spazieren. Kommst du wieder mit nach oben?«, fragte er bittend. Nur zu gerne leistete Annalene seinem Wunsch Folge. Sie verlebte einen zauberhaften Abend mit dem jungen Mann und war sich danach sicher, dass sie noch immer eine begehrenswerte Frau darstellte. Adam fragte sie, ob sie sich von ihrem Mann trennen würde. Es ging ihm darum zu sehen, ob er nur ausgenutzt wurde. Er wollte sie nach Hause begleiten und ein Stück hinter ihr gehen, um auf sie aufzupassen, so dass sie nicht mit ihm gesehen wurde. Annalene ließ es zu, dass sie scheinbar zufällig nebeneinanderher gingen. »Jetzt warst du heute zweimal spazieren«, stellte sie zum Abschied fest. »Wir sehen uns wieder«, fügte sie lächelnd hinzu. »Bitte schnell«, antwortete Adam, denn das Gefühl der leichten Beute hatte sich verflüchtigt. Zu selten war sie in letzter Zeit bei ihm gewesen.

Bevor sie einschlief, dachte sie darüber nach, wie es seinerzeit zu der Trennung von Wolfgang gekommen war.

34

Schließlich bestellten Claudius Bucher und seine Mutter ein Taxi. Carla blieb noch sitzen. Bucher gab ihr zum Abschied einen Handkuss und überreichte ihr die Visitenkarte. Danach war es Ansgar gelungen, den Chinesen klarzumachen, dass sie bald schließen würden. Er empfahl ihnen die Umgebung des Hauptbahnhofes, wo sie weiter Spaß haben konnten und wo die Lokale noch bis zum nächsten Morgen geöffnet waren. Fairerweise setzte er hinzu, dass sie dort allerdings auch »Houses with red lights and drugs« vorfinden würden. Dieser Umstand schien die Touristengruppe eher zu belustigen als zu erschrecken. Ansgar und Anna räumten den Tisch ab und wischten sehr gründlich über die Tischplatte, während Carla melancholisch in ihren Apfelwein blickte. Der Apfelwein-Walther schloss noch nicht direkt, aber mit neuen Gästen war nicht mehr unbedingt zu rechnen. Im Vorbeigehen erklärte Ansgar der allein an dem großen Tisch sitzenden Carla, dass er sich gern mit ihr draußen am Hintereingang treffen wollte. Leicht schwankend stand sie auf und fragte nach der Toilette. Ansgar zeigte sie ihr. Es dauerte eine geraume Weile, bis sich die Metzgereiverkäuferin durch die Hintertür schob.

»Was willst du noch von mir?«, herrschte sie den verdutzten Ansgar an. »Wenn du mich davon überzeugen willst, deinen Wunsch nach einem falschen Alibi nicht der Polizei zu melden, bist du auf dem falschen Dampfer.« »Nein, Carla bitte, im Gegenteil möchte ich mich für mein Ansinnen entschuldigen. Wir wollen doch Freunde bleiben.« Carla lachte hämisch. »Was bist du nur für ein bleiches Jammerlaken. Na, reden wir morgen weiter. Ich komme nämlich wieder, um mich gut zu unterhalten und auf Kosten des Hauses maximal mittelgut zu essen. Ach, die gute Unterhaltung bezieht sich auf Herrn Bucher, keinesfalls auf dich, du Vieh. Ich meine Mistvieh.« Ansgar konnte nicht mehr. Er sprang auf Carla zu und legte ihr die Hände um den Hals. Er drückte zu. Mit letzter Kraft gelang es der Frau, sich zu befreien. Sie stürzte die Klappergasse hinunter, laut um Hilfe schreiend.

Ulis Gäste hörten die Schreie. »Hey, Uli, bist du taub? Da schreit eine um Hilfe«, ließ sich einer der Stammgäste, der Tür am nächsten sitzend, vernehmen. »Dann geh doch gucken. Muss man alles selbst machen?« Uli ließ unwirsch das Küchentuch auf den Tresen fallen und stürmte durch die Tür. Dort wäre er beinahe in Carla hineingelaufen, die gerade Kurs auf seine Tür genommen hat. »Rufen Sie die Polizei, bitte schnell, ich bin überfallen worden«, japste sie völlig außer Atem. »Einen doppelten Klaren für die Dame«, rief Uli, während er Carla stützte und sie zu einem freien Stuhl führte. »Setzen Sie sich. Was ist passiert?«, fragte Uli, während er Carla den Puls fühlte. »Ich sollte erwürgt werden und konnte mich gerade noch befreien. Hier sehen Sie die Würgemale.« In der Tat konnte Uli heftige roteblaue Stellen an Carlas Hals feststellen. »Was ist passiert, wem sind Sie auf die Füße getretenen?«, fragte er irritiert. Gewalt in seinem Umfeld gefiel ihm überhaupt nicht. »Sie kennen doch auch den neuen Kellner im Apfelwein-Walther. Der war es. Meiner Meinung zufolge hat der auch die Kellnerin auf dem Gewissen. Ich wollte seine Anfrage nach einem Alibi melden, das war es.« Uli dachte daran, dass er auch in dem Bestreben, seine Anwesenheit zu bestätigen, von Anna Wolffs Patensohn aufgesucht worden war. Allerdings hielt sich der vermeintliche Täter zur Tatzeit tatsächlich in Ulis Etablissement auf. »Ich rufe Kommissar Müller an. Er muss sofort kommen. Ich habe die Mobilnummer. Alina soll Ihnen einen Kaffee bringen und eine Decke. Uli bat die Köchin, die Küche zu verlassen und das Lokal im Auge zu behalten, während er telefonierte.

»Reinhold hier. Ich vermute, am Hinterausgang des Apfelwein-Walther hat es gerade einen weiteren Mordversuch gegeben. Das Opfer, ein weiblicher Gast des Lokals, konnte sich befreien und hat bei mir Schutz gesucht. Ihr Hals weist starke Würgemale auf.«

Müller seufzte. Der gemütliche Abend mit seiner Bernadette war futsch. »Ich bin gleich da«, beschied er Uli. »Passen Sie auf die Dame auf.« »Musst du noch einmal weg?«, fragte Bernadette überflüssigerweise. »Ja, der unsägliche Apfelwein-Walther ist wieder zum Tatort geworden.« Müller war schlecht gelaunt. »Wenn du morgen dort zur Befragung hingehst, bin ich dort wieder Gast, ja?« Bernadette war etwas weniger unfroh über die Wendung, die der Abend genommen hatte, als ihr Mann. Müller war schon weg. Unterwegs forderte er eine Streife an.

»Sie sind also das Opfer«, stellte er einigermaßen überrascht fest, als er Carlas Dirndl ansichtig wurde. Müller fing sich. »Wir kennen uns noch nicht. Verraten Sie mir doch bitte zunächst Ihren Namen. Sie waren also tatsächlich im Apfelwein-Walther zu Gast? Was ist passiert?«, begann er die Befragung, nach der Vorstellung als »Horst Müller, Kriminalhauptkommissar im Dezernat für Gewaltverbrechen«. »Warum sollte ich nicht dort gewesen sein?«, fragte Carla patzig, denn sie bemerkte, wie Müllers Blick auf ihrem Dirndlausschnitt ruhte. Sie bequemte sich aber dann zu der Erklärung, dass das Dirndl in dieser Jahreszeit salonfähig sei, mittlerweile überall getragen würde und man ihr in ebendiesem Apfelweinlokal zu ihrer Garderobe gratuliert habe. Wir finden auch, dass das Kleidungsstück sehr gut aussieht«, sagte einer von Ulis Stammtrinkern, die mit den Gläsern in der Hand eine dichte Traube um den Verhörtisch bildeten. »Hey, Alina, das würde dir auch gut stehen«, trompetete ein zweiter. Müller sah sich genervt um, schritt aber nicht ein. Er wollte zurück nach Hause. Dort würde er Bernadette zu der bayrischen Nationaltracht befragen.

Carla zeigte auf ihren immer noch geröteten Hals. »Er hat mich gewürgt. Wenn ich nicht so kräftig wäre, hätte er mich umgebracht. Bestimmt hat er auch die Kellnerin auf dem Gewissen. Sie ist nämlich an dieser Stelle gestorben.« »Das brauchen Sie mir nicht zu erklären. Ich kenne den Tatort« bemerkte Müller mit einem weiteren Blick auf die Uhr. »Die Würgemale müssen ärztlich dokumentiert werden. Die Kollegen von der Streife sollen Sie gleich in die Klinik fahren. Ich benötige nur zuerst Ihre sachdienliche Aussage.« Müller rückte seine Krawatte gerade. Carla war die Ungeduld des Ermittlers nicht entgangen. »Ich kann es ganz kurz machen. Er wollte, dass ich ihm ein Alibi für die Tatzeit gebe. Dafür hat er mir Geld geboten. Natürlich wollte ich mich nicht darauf einlassen. Deshalb hat er wütend zugedrückt.«

Jetzt schaltete sich Uli in die Vernehmung ein. »Das kann doch so nicht stimmen«, herrschte er die Dame im Trachtenlook an. »Die Person, um die es hier geht, war doch zur Tatzeit hier und hat am Fenster gesessen, auch noch als Siggi und Tim schon unterwegs waren. Er wollte doch hier sehen, ob er die Mareike abpassen kann.« Müller stutzte und überlegte kurz. »Moment, dann haben Sie doch auch einen Nachweis für die Tatzeit. Warum sagen Sie das erst jetzt?« Uli zog die Schultern hoch. »Weil ich nicht daran gedacht habe«, sagt er etwas beschämt. »Freibier, Freibier«, johlten die umstehenden Gäste. Müller bestellte Carla für den nächsten späteren Vormittag zur weiteren Befragung ins Präsidium. »Bis dahin können Sie noch einmal Ihre Aussage überdenken«, sagte er, bevor er die Kollegen zur Fahrt in die Uniklinik anwies. »Aber ich muss doch arbeiten«, maulte die Zeugin, bevor sie zur Tür begleitet wurde. »Danke, Herr Reinhold, Sie haben sich gerade noch rechtzeitig erinnert. Ihren Partner müsste ich allerdings auch noch einmal befragen. Vielleicht kann er morgen gegen 17.00 Uhr hier anwesend sein. Wenn ich die medizinischen Untersuchungsergebnisse habe, werde ich danach auch mit dem übergriffigen Kellner von gegenüber sprechen.«

35

Wolfgang Waldau und Konstantin Kronstetten trafen sich in der Margarete am Rande der neuen Frankfurter Altstadt. Zuerst schlug Kronstetten ein Bistro im Westend vor. Waldau fand es aber zu gehoben und viel zu teuer. Für ihn sollte es zwanglos, bodenständig und trotzdem angesagt sein. So kamen sie zum Besuch der Margarete überein und bestellten beide das aktuelle Wochenmenü. Der Richter erschien in einem anthrazitgrauen T-Shirt unter einem gleichfarbigen Wolljackett zu Jeans. Dazu trug er schwarze Slipper ohne Socken, während der Anwalt sich korrekt gekleidet präsentierte. Sie konnten an der langen Tafel, die den Raum quer durchzog, Randplätze ergattern. »Ich muss mit dir reden.« Waldau eröffnete überflüssigerweise das Gespräch mit der Floskel, die der Anlass für ihr Treffen war. »Du weißt doch, Maria. Ich habe mich wegen ihr von Annalene getrennt, obwohl ich meine Frau immer geliebt habe. Dann kam es zu einer Versöhnung zwischen Annalene und mir. Trotzdem bin ich immer wieder zu Maria gegangen, um ihr zu helfen. Schließlich wurde es auch eine Freundschaft plus.« Kronstetten unterbrach seinen Freund an dieser Stelle. »Du musst dir keine Sorgen machen. Annalene hat auch einen Liebhaber.« Wolfgang Waldau sprang auf, wobei er fast sämtliche Gläser zu Fall gebracht hätte. »Woher weißt du das? Bist du etwa der Kandidat?« Waldau musterte seinen Freund scharf. Dieser winkte nur beschwichtigend ab. »Keine Sorge. Ich wäre deiner Frau wahrscheinlich viel zu alt.« Der Richter setzte sich wieder und trank einen Schluck. »Du bist doch nicht wesentlich älter als ich, wir haben doch zusammen studiert. Soll das heißen, dass ich Annalene zu alt bin?« Konstantin winkte ab. »Es ist ein Junge, noch unter dreißig. Sie hat ihn zu mir geschickt, damit ich seine Abschiebung verhindere. Du siehst, dass es sich um einen Migranten handelt. Er hat sich dummerweise versprochen.« Wolfgang Waldau wurde ganz blass und griff sich an sein Herz. »Wieso macht Annalene so etwas? Hast du eine Idee? Das ist doch total unter ihrem Niveau.«

Kronstetten probierte den soeben servierten Gruß des Hauses und war begeistert. Er wollte das unangenehme Thema möglichst schnell beenden, um sich ungetrübten Essensfreuden hinzugeben. »Vielleicht ist es eine Reaktion auf deinen Umgang mit dieser Maria«, schlug er vor. »Ja, genau, ich wollte mit dir über Maria reden. Ich überlege, ob ich Annalene verlasse und wieder bei Maria einziehe, aber Annalene liebe ich noch immer und sie will, dass ich zurückkomme. Im Grunde hast du mir mit dem Bericht über ihr Verhältnis die Entscheidung abgenommen. Ich werde dauerhaft bei Maria bleiben und die Scheidung beantragen.« Waldau verhielt sich wie ein trotziges Kleinkind. »Wenn der Migrant für Annalene wichtig wäre, hätte sie wohl kaum darauf gedrängt, dass du zu ihr zurückkommst. Denk noch einmal darüber nach. Wenn du meinen Rat hören willst, dann unternimmst du gar nichts. Du bleibst erst einmal bei Maria, ohne irgendeine Dauer zu prognostizieren und wartest ab, wie sich die Verhältnisse entwickeln. Bevor Wolfgang Waldau seine Zustimmung zu dem Vorschlag des Freundes zum Ausdruck bringen konnte, wurde die Vorspeise gebracht. Er dachte noch, dass es wirklich am einfachsten sei, nichts anzustoßen und den Dingen ihren Lauf zu lassen. Dann gab er sich der Kartoffelsuppe mit geräuchertem Feta und Petersilienöl hin. »Das nächste Mal, wenn wir uns zum Essen treffen, bringe ich Maria mit«, schlug er vor, während sie auf den Hauptgang und den dazugehörigen Wein warteten.

Der Höhepunkt des Essens gestaltete sich mit Roastbeef vom Weiderind, Brokkoli, Feldsalat und blauen Kartoffelchips. »Was gefällt dir eigentlich an dieser Maria so gut?«, wollte Kronstetten wissen. »Alles«, erwiderte Waldau spontan. »Geht es vielleicht ein bisschen genauer«, hakte der Anwalt nach. Waldau ließ die Gabel sinken und überlegte. »Sie ist schlicht in ihrem Auftreten, aber nicht ohne Geschmack. Sie schminkt sich fast gar nicht. Sie ist liebevoll und warmherzig, will nicht im Mittelpunkt stehen. In jedem einzelnen Moment ist sie voll auf mich konzentriert. Sich selbst nimmt sie nicht wichtig. Und schließlich hat sie etwas Mütterliches. So, jetzt weißt du es.« Konstantin Kronstetten nickte. »So etwas in der Art hatte ich schon vermutet. Sie ist ein Spiegel für dich, der dir zeigt, dass du der Schönste im ganzen Land bist.« In der Margarethe wurde es immer voller und der Geräuschpegel stieg an. Beide Männer mussten die Köpfe zusammenstecken, um sich zu verstehen. Jedenfalls nahm auf diese Weise niemand Notiz von ihnen oder hörte mit. »Sag mir aber bitte eines«, forderte Waldau. »Ist der junge Mann eine ernstzunehmende Konkurrenz für mich? Könnte es passieren, dass sich eine ernsthafte Beziehung entwickelt, dass sie sich mit ihm öffentlich zeigt? Ja, schließlich vielleicht sogar heiratet? Dass sie ihn mit nach Spanien zu ihren Eltern nimmt? Dass er bei offiziellen Anlässen einen Schritt hinter ihr steht? Ich habe das immer gehasst, wenn die gut aussehende Frau Polizeipräsidentin umschwärmt wurde und man selbst ein Niemand ist. Vielleicht gefällt es ihm aber, wenn er in ihrem Glanz steht? Als viel zu jungem und noch fremdländisch aussehendem Mann wird ihm vielleicht die Aufmerksamkeit zuteil, die ich an ihrer Seite nie hatte. So, jetzt kennst du meine Defizite. Was ist eigentlich mit dir? Komm, lass uns noch eine Flasche bestellen. Die Kellnerin ist gerade in der Nähe.« Waldau war jetzt ganz der betrogene Ehemann und legte mit seinem Bekenntnis auch die Probleme in der Ehe offen auf den Tisch.

Konstantin räusperte sich, bevor er antwortete. »Du erklärst es selbst, was möglich und denkbar ist. Wenn du die definitive Trennung von ihr jetzt aussprichst, treibst du sie in seine Arme. Also bewege dich besser nicht. Das hatten wir aber schon. Zu meinen Herzensangelegenheiten kann ich leider nichts sagen, denn es gibt keine. Abgesehen davon könnte mir deine Frau auch gefallen.« »Wer jetzt, Annalene oder Maria?« Der Wein hatte seine Spuren in Wolfgang Waldaus Kopf hinterlassen. Schließlich bezahlten sie und ließen sich per Taxi nach Hause fahren. Maria Kofler freute sich, als ihr Wolfgang auftauchte. Sie spürte seine Zweifel und seine Zerrissenheit. Als er sich vergeblich bemühte, den Schlüssel in das

Schloss zu stecken, öffnete sie die Tür für ihn, stützte ihn und führte ihn ins Schlafzimmer, wo sie ihm half, die Schuhe und Socken sowie die Hose auszuziehen. »Musst du noch ins Bad?«, fragte sie. Wolfgang schüttelt den Kopf und griff nach ihrer Hand. Sie deckte ihn zu. »Ich komme gleich«, flüsterte sie, bevor sie ins Bad verschwand. Anschließend schmiegte sie sich an seinen Rücken und legte den Arm um ihn. Dass er schnarchen würde, war ihr egal. Sie konnte auch unter diesen Umständen gut schlafen.

Am Morgen wachte er kurz vor seiner üblichen Zeit auf, ging leicht schwankend ins Bad und fand bei seiner Rückkehr einen wunderbar duftenden heißen Kaffee und eine gutgelaunte Maria an seinem Bett vor. Sie stellte keine Fragen und erklärte, nachdem sie erneut für einen kurzen Augenblick den Arm um ihn gelegt hatte, dass sie das Frühstück fast fertig vorbereitet habe. Währenddessen ging sie selbst ins Bad. Waldau war dankbar, dass er nicht reden oder lächeln musste. Er schnappte sich zwei Scheiben Brot, packte mehrere Scheiben Schinken und Käse dazwischen, bevor er seine Tasche griff, kurz im Bad die rundliche nackte Maria begutachtete und ihr jetzt doch ein spontanes Lächeln schenkte. »Bis heute Abend, Schatz.« In der Küche blieb das Chaos zurück.

36

Carla tauchte bereits um 10.30 Uhr im Präsidium auf. »Ich muss auch gleich wieder weg. Das Mittagsgeschäft wartet nicht auf Ihre idiotische Befragung.« Sie funkelte den ermittelnden Beamten zornig an. »Außerdem bin ich müde, nachdem ich mir so lange die Zeit in der Notaufnahme vertreiben musste. Ich hätte gern einen Kaffee.« Die Zeugin klang jetzt noch ungehaltener. »Einen Moment bitte, ich werde für Sie zu unserem Kaffeeautomaten gehen. Bleiben Sie bitte sitzen.« Müller ließ die Tür offen und beeilte sich, mit der einfachsten Variante zurückzukommen. »Bitte sehr, die Dame.« »Ironisch müssen Sie nicht werden, sonst sage ich gar nichts.« »Sie wollten doch eine Aussage machen«, erklärte Horst Müller, der mittlerweile wieder hinter seinem Schreibtisch saß, in betont sachlichem Tonfall. Er verzichtete darauf, das »Sie« besonders zu betonen. »Wie uns die Uniklinik mitteilte, sind aufgrund des Luftabdrückens keine Schäden entstanden, jedenfalls keine, die sofort feststellbar waren. Man konnte jedoch noch feststellen, dass sich tatsächlich Hände um Ihren Hals geschlossen haben.« Müller gab sich Mühe, dass ihm die Sache nicht entglitt und seufzte teilnehmend. »Bitte erzählen Sie noch einmal der Reihe nach.« Carla endete erneut mit der Feststellung, dass Ansgar Wagner die ermordete Mareike Reimers kannte. Das habe ihr ein anderer Gast erzählt, es handele sich um Claudius Bucher. Carla klang überzeugend. Müller ließ sie weiterreden, ohne zu unterbrechen. »Meiner Meinung nach liefert Ihnen Ansgar mit seinem tätlichen Angriff auf mich seine Täterschaft. Im Übrigen möchte ich ihn wegen schwerer Körperverletzung anzeigen.« Müller machte sich eine weitere Notiz und erklärte, dass es in der Angelegenheit mit Sicherheit zu einem Verfahren gegen Ansgar Wagner kommen würde, wahrscheinlich auch unter Hinzuziehung eines psychiatrischen Gutachters. Carla nickte zufrieden und erhob sich spontan. Sie hatte erreicht, was sie wollte. »So, jetzt möchte ich bitte mit Höchstgeschwindigkeit in meine Metzgerei fahren dürfen. »Ja, geht klar, der Mittagstisch wartete nicht«, stellte Müller fest. »Ach, eine Frage hätte ich doch noch. Sie können sie beantworten, während ich Sie nach unten bringe. Gehen wir. Woher kennen Sie eigentlich den Herrn Wagner?«, wollte er die Treppe herunterlaufend wissen. Carla kam kaum hinterher. »Na, aus dem Internet doch. Da lernt man sich heutzutage kennen«, meinte sie kurzatmig. »Und wie heißt die Partnervermittlung?« Müller ging jetzt langsamer. Das Thema wurde interessant. »Zweizeit. Das kennt doch jeder aus der Werbung.« Müller nickte wissend, obwohl er diese Bezeichnung noch nie gelesen oder gehört hatte. »Nochmals vielen Dank, ich treffe Sie doch mit Sicherheit wieder im Apfelwein-Walther? Wenn Sie dort gratis essen und trinken können, sollten Sie den Laden weiter frequentieren.« Des Kommissars letzte Einlassung erfolgte nicht ohne eine gewisse Boshaftigkeit. Sie hatten das Foyer erreicht und Müller verabschiedete sich. »Gegebenenfalls muss ich Sie wieder hierher einladen, ich meine vorladen. Sie verlassen bitte Frankfurt vorerst nicht«, konstatierte er, während er ihr die Hand hinhielt, was eine weitere vertrauensbildende Maßnahme sein sollte. Er sah ihr nach, wie sie in einem etwas zu kurz geratenen blauweißgestreiften Kleid durch die Drehtür in Richtung des U-Bahneingangs entschwand. Er wartete noch einen Moment, bevor er abdrehte.

Versuchsweise vor sich hin pfeifend, schlenderte er durch das Meer an großen Topfpflanzen in Richtung Kantine. Er war früh dran, aber er wollte auch frühzeitig das Haus verlassen, um die Befragungen vor Ort fortzusetzen. Ansgar Wagner schien ihm der perfekte Täter zu sein. Er würde dem Kollegen Saleh bei seiner baldigen Rückkehr einen aufgeklärten Fall präsentieren können und nicht um seine Mitarbeit bitten müssen. Nach seinem Mittagessen schlug Müller seiner Frau vor, sich doch wieder inkognito in der Wirtschaft einzufinden, sie sollte ihr Augenmerk auf den Kellner richten. Zu seiner vermuteten Täterschaft sagte er nichts. Die Polizeipräsidentin wollte er erst nach den Gesprächen am heutigen Abend auf den aktuellen Sachstand bringen. Schlafende Hunde sollte man nicht wecken. Müller entschied sich für ein Mittagsschläfchen an seinem Schreibtisch.

Bernadette überlegte erneut, was sie anziehen könnte und entschied sich dieses Mal für ein dunkelrotes Strickkleid mit Knöpfen auf der Schulter. Horst Müller erklärte ihr während des Anrufes, dass sie allerdings erst später mit ihm rechnen konnte, denn er sei zuerst mit unbestimmter Dauer in der Spelunke, so hatte er sich ausgedrückt, gegenüber zugange. Diese Zeit wollte Bernadette nutzen, um sich ein wenig mit den anwesenden Herren beziehungsweise ihren zufälligen Tischnachbarn zu unterhalten. Sie hoffte, dass sie wieder eine schlichte Eleganz mitbrachte und ihr kein anbiederndes Verhalten anhaftete.

Siggi hielt die kleine Sissi im Arm und ging vor dem Tresen auf und ab, das Kind wiegend. Das Mädel war nicht so gut gelaunt wie sonst und musste davon abgehalten werden zu quengeln. Vielleicht sah sie eine ungute Wendung voraus. »Guten Abend die Herrschaften.« Müller riss die Tür des Kleinen Wirtshauses auf und Sissi fing spontan an zu weinen. »Sissi Angst«, erklärte sie schniefend. Uli sah Müller unfreundlich an. »Müssen Sie meinen Laden so aufmischen?«, fuhr er den Kriminalen an, anstatt ihn zu begrüßen. Dann wies er auf den Tisch in der hintersten Ecke. Er befand sich direkt neben den Toiletten und war beim Publikum nicht besonders beliebt. »Siggi, gib mir die Kleine, du kannst dich mit dem Aufklärer des Verbrechens unterhalten. Schließlich wollte er dich sprechen.« Siggi war wenig erfreut darüber, dass er seine Last abgeben sollte. Die Kleine kuschelte gerade an seiner Schulter und war wie ein Schutzschild für ihn. Auch befürchtete er ein Frösteln bei der Abgabe der Wärme- und Kraftquelle. »Wie willst du servieren?«, fragte er vorsichtshalber. »Na, habe ich nur eine Hand, etwa so wie du?«, gab sein Partner leicht giftig zurück. Uli mochte es nicht, wenn seine Entscheidungen, auch wenn es nur um Details ging, hinterfragt wurden. »Wann ist eigentlich die nächste Nachuntersuchung deiner Schulter?«, fragte er noch mit erhobenen Augenbrauen. Der

Ermittler schaltete sich ein. Für seinen Geschmack war er schon viel zu lange im Kleinen Wirtshaus. »Ihr Partner hat Ihnen bestimmt schon erzählt, was vorgefallen ist und was ich von Ihnen möchte.« »Er hat mir von dem Angriff des Kellners auf die Frau erzählt. Warum Sie mich befragen wollen, ist mir noch nicht klar«, antwortete Siggi wahrheitsgemäß. »Herr Reinhold, dann wissen Sie sicher auch, dass die angegriffene Person die Meinung vertritt, dass der Kellner, Ansgar Wagner, Mareike Reimers erstochen hat. Haben Sie ihn erkannt?« »Was, nein, auf gar keinen Fall war er das. Daran würde ich mich doch erinnern.« Siggi war bei dieser Frage merklich zusammengezuckt. Er überlegte. »Wenn er der Täter wäre, schwebe ich doch in Gefahr. Es wäre doch tolldreist, sich am Tatort niederzulassen und auch noch auf die gleiche Weise erneut tätlich zu werden.« Müller sah ein, dass er seinem Zeugen rechtgeben musste. Ganz so naiv, wie er sich immer gab, war dieser Siegbert Reinhold doch nicht. »Irgendwie kommt es mir so vor, dass Sie ein Phantom gesehen haben«, sagte Müller. »Deshalb musste ich doch ein Phantombild erstellen«, meinte Siggi lächelnd. »Herr Reinhold, zu Scherzen bin ich nicht aufgelegt. Ich frage mich, ob Sie überhaupt Zeuge der Tat waren oder sich die ganze Geschichte nur ausdachten, um sich interessant zu machen. Siggi sah den Kommissar nun ernst an. Den Vorwurf der Geltungssucht wollte er nicht auf sich sitzen lassen. »Sie vergessen, dass ich die Tatwaffe an mich nahm und mich gezwungen sah, mich vor dem Zugriff der Polizei zu verstecken. Allerdings gibt es mir auch zu denken, dass meine Täterbeschreibung so eine Art Idealbild ist, sagen wir es einmal so.« Worauf wollte dieser Reinhold hinaus? Müller fixierte ihn scharf. »In der Zeit meines Untertauchens gab es ein Gespräch«, fing Siggi wieder an. Müller unterbrach. »So, mit wem denn?« »Das möchte ich nicht sagen, vielleicht sage ich besser gar nichts mehr, wenn Sie mich so in die Enge treiben.« »Wir können die Vernehmung gern im Präsidium weiter fortsetzen. Dort steht es Ihnen frei, mit einem Anwalt Ihrer Wahl vorstellig zu werden. Also was hat man Ihnen auf der Flucht geraten?« »Gar nichts hat man mir geraten«, sagte Siggi. »Man hat mir einen Denkanstoß gegeben.« »Seit wann denkst du?«

Uli hörte Siggis letzte Bemerkung mit und klinkte sich ein. »Schon immer, du bist nur nicht in der Lage, meinen Gedanken zu folgen«, konterte Siggi. »Meine Herren, können Sie bitte Ihre Streitereien unterlassen? Also weiter im Text. Welchen Denkanstoß?« »Na, dass ich mal darüber nachdenken sollte, ob nicht ich zugestochen habe. Und später hat mir mein Gehirn einen Streich gespielt, weil ich das Unaussprechliche nicht wahrhaben wollte. Ich hätte es sozusagen von mir abgespalten. Deshalb kann ich den Kellner nicht als Täter wiedererkennen, auch nicht die anderen Verdächtigen.« Müller fiel im wahrsten Sinne des Wortes die Kinnlade herunter. Das bedeutete, dass er die Aussage mit einem vor Erstaunen geöffneten Mund zur Kenntnis nahm.« »Hm«, meinte er. »Klingt nicht schlecht, Ihre Theorie. Klingt wie eine späte Einsicht in die Tat und auch nach einem Geständnis. Eigentlich müsste ich Sie jetzt festsetzen und einen Haftbefehl beantragen. Aber wissen Sie was? Ich gebe Ihnen die Möglichkeit, noch einmal darüber nachzudenken, ob Sie tatsächlich die Tat begangen haben wollen. Wir sprechen morgen weiter.« Siggi nickte. »Ich gehe dann die Kleine ins Bett bringen. Auf Wiedersehen, Herr Müller, bis nachher, Uli.« Siggi griff sich die kleine Sissi und verschwand. Uli war so konsterniert von dem, was er hören musste, dass er nicht reagieren konnte. »Schönen Abend, Herr Reinhold, ich verzichte darauf, Sie zu bitten, Ihren verdächtigen Partner im Auge zu behalten. Das klappt sowieso nicht.«

37

Völlig entnervt betrat Horst Müller den Apfelwein-Walther. Er musste dringend ein Glas trinken, bevor er sich wieder den Dienstgeschäften widmen konnte. Suchend sah er sich um. Sein Blick fiel auf Bernadette in dem enganliegenden Strickkleid. Musste sie es so übertreiben? Das Lokal war noch nicht so brechend voll, sodass der Betrieb es dem Kellner ermöglichte, auf seine Frau einzureden. Was hatte er ihr mitzuteilen? Seine Bernadette durfte sich keinesfalls als Objekt der Begierde dieses Schurken erweisen. Nicht, dass noch seine Ehefrau zum Opfer wurde, wenn sie dem Mann eine Absage erteilen musste. Müller trat zu den beiden, grüßte seine Frau mit einem neutralen Kopfnicken. »Herr Wagner, haben Sie einen Apfelwein und einen Moment Zeit für mich? Sie entschuldigen, meine Gnädigste.« Er stellte sich an die Theke. Sofort steckte die dicke Anna ihren Kopf durch die Schwingtür zur Küche. »Oh, Herr Müller, Sie beehren uns wieder. Wie nett.« »Das wird sich noch zeigen«, murmelte der Beamte. »Ich warte auf einen Apfelwein und ein Gespräch mit Herrn Wagner.« Anna überlegte, ob das wohl auch wieder ein Gratisgetränk sein musste und was er von Ansgar wollte. Langsam nahmen die Gratisbewirtungen und die vielen Aufenthalte der Polizei in ihrem ehemaligen Lokal ungute Züge an. »Machst du dem Herrn Kommissar einen schönen Apfelwein?«, sagte Ansgar zu Anna, der hinzugetreten war. Müller trank das Glas fast in einem Zuge aus.

»So. Sie kennen die Beschuldigungen, die Frau Carla Richter gegen Sie erhebt? Das Opfer sagt, dass Sie sie umbringen wollten, weil sie nicht willens war, Ihnen ein falsches Alibi zu geben. Außerdem vertritt sie die Meinung, dass der Angriff auf sie auch auf die Täterschaft im Fall Mareike Reimers verweist. Ich frage Sie jetzt, ob Sie Frau Carla Richter am gestrigen Abend tätlich angegriffen haben sowie auch Mareike Reimers erstachen? Ich höre.« Ansgar erbleichte um eine weitere Nuance. Der Volksmund sagt, wenn man den Esel nennt, kommt er gerennt. Carla betrat das Lokal. Sogleich gewahrte sie Müller und Ansgar im Gespräch. Spornstreichs gesellte sie sich dazu. »Guten Abend Herr Kommissar. Na, verhaften Sie ihn gerade?«, fragte sie in einem triumphierenden Ton. Carla ignorierte Ansgar völlig, gab aber Müller noch einen Rat, bevor dieser etwas antworten konnte. »Ich würde ihm an Ihrer Stelle sofort Handschellen anlegen. Dient der allgemeinen Sicherheit und auch Ihrer eigenen.« Ansgar wollte aufbrausen, besann sich aber gerade noch rechtzeitig und ließ die Hände wieder sinken. Der Ermittler griff ein und forderte die Zeugin auf, sich bitte zu entfernen, er würde sich an sie wenden, falls eine weitere Aussage benötigt würde. »Woher kennen Sie Frau Reimers?«, fragte Müller, nachdem sich Carla, wie er bemerkte, zu seiner Frau gesetzt hatte. »Frau Richter sagte, dass Sie Ihre Damenbekanntschaften im Internet schließen. War es mit Frau Reimers ebenso?«, fuhr er fort. Ansgar sah ein, dass es zwecklos war, zu leugnen. Er nickte daher bestätigend. »Ein Nicken ist ein bisschen wenig. Erzählen Sie doch etwas über Ihre Beziehung. Wie kommt es, dass Frau Reimers, die in dem Lokal Ihrer Tante arbeitete, auf Sie aufmerksam geworden ist? Wie lief es zwischen Ihnen beiden, harmonierte es? Bestand die Verbindung noch, als Frau Reimers zu Tode kam?«, fragte Müller bestrebt, möglichst neutral zu klingen. »Vielleicht hat ihr meine Tante etwas über meine Absichten in Sachen Partnersuche erzählt.« Ansgar dachte an das Gespräch mit Anna, als sie ihm das Geld für die Eigentumswohnung schenkte, es fand nach dem Termin beim Notar statt. Er fuhr fort. »Erst war alles gut. Doch dann gab es ein Zerwürfnis. Ich wollte noch einmal mit ihr reden und habe im Kleinen Wirtshaus gewartet, dass sie vorbeigeht, um mich dann an ihre Fersen zu heften, also an ihrem Todesabend.« Wagner machte eine unbestimmte Kopfbewegung in Richtung des Kleinen Wirtshauses. Müller atmet tief durch. »Schön und gut, Herr Wagner, aber wieso sollte Ihnen die Zeugin Carla Richter ein Alibi geben, wenn Sie schon einen

Nachweis für die Tatzeit besaßen?« Ansgar funkelte den Kommissar so wütend an, dass diesem wieder die Handschellen einfielen. »Sie, Herr Kommissar, haben mich unter Druck gesetzt, und ich konnte mich in der Aufregung nicht mehr daran erinnern, wann ich was gemacht habe. Ja, ich habe Carla gefragt, ob unser Treffen nicht zur Tatzeit gewesen sein könnte. Sie aber schlug vor, dass sie die Verabredung bestätigt, wenn ich dafür bezahle.« »Wer wem Geld angeboten hat, lassen wir im Moment einmal dahingestellt. Was mich interessiert, ist die Frage, worin das Zerwürfnis mit Frau Reimers bestand.« Horst Müller hob fragend die Augenbrauen, dann schielte er zu Bernadettes Tisch, die sich angeregt mit Carla zu unterhalten schien.

Ansgar konnte nicht mehr. »Sie hielt mich für einen Versager, weil ich keinen Strandurlaub mit ihr verbringen wollte, denn ich habe eine ausgeprägte Sonnenallergie. Sie hat etwas in der Art erklärt, wie, dass sie mit einem Partner das helle Licht der Sonne teilen wolle. So dringend sei sie nicht auf eine Partnerschaft angewiesen, um einen kranken Mann auszuwählen. Das hat mich sehr getroffen, und ja, am liebsten hätte ich sie erwürgt, habe ich aber nicht. Ich wollte doch noch einmal mit ihr reden und ihr klarmachen, dass man auch ein gutes Leben im Schatten führen kann und ich nicht im eigentlichen Sinne krank bin.« »Danke, Herr Wagner, aufgrund Ihres Alibis bleiben Sie vorläufig ein freier Mann und halten sich aber zu unserer Verfügung. Wir werden Ihre Korrespondenz auf diesem Dings, wie hieß es noch gleich, lesen. Versuchen Sie gar nicht erst, irgendwelche Nachrichten zu löschen. Die können wiederhergestellt werden.«

38

Anna Wolff stand in der Nähe und hörte alles. Unfähig, sich zu bewegen, stand sie angewurzelt auf einem Fleck. Als Müller stehenden Fußes mit einem »Grüß Gott« das Lokal verlassen hatte, erwachte sie aus ihrer Lethargie. Kurz legte sie Ansgar den Arm um die Taille, bevor sie sich der ungeduldigen Gästemeute annahm. »Na, immer noch nicht im Gefängnis?«, fragte Carla lautstark, als der Kandidat an den Tisch kam. Bernadette nahm sich vor, ihrem Mann von dieser Provokation zu erzählen. Bisher hatte sie sich mit ihrer Tischnachbarin einigermaßen zivilisiert über Strickkleider im Allgemeinen und über ihr dunkelrotes im Besonderen unterhalten. Etwas aufdringlich und dreist fand sie die Person schon. Keinesfalls passte sie zu dem Kellner, der eher ein sensibles und taktvolles Verhalten sein Eigen nannte.

Anna sah zu, dass sie das Lokal zeitig schließen konnte. Heinrich Walther sah keinen Grund zu protestieren, denn die Umsätze waren nach der furchtbaren Tat an seinem Notausgang durch die Decke geschossen. Aus diesem Grund akzeptierte er auch die Aushilfstätigkeit von Annas Patensohn, obwohl ihm der Mann ein Dorn im Auge war. Annas Getue um den blassen Kerl ging ihm gewaltig auf den Zahn. Auch an der permanenten Polizeipräsenz störte er sich. »Hoffentlich taucht dieser Dreckskommissar morgen nicht schon wieder hier auf«, sagte er, als sich Anna verabschiedete. Heinrich ärgerte sich auch, dass er unter den Augen der Polizei jede Bestellung in die Kasse eintippen musste und über die vielen Gratisapfelweine, die er auszuschenken gezwungen wurde. Ansgar war von seiner Tante schon frühzeitig nach Hause geschickt worden. »Du musst schlafen, Liebling, du brauchst Ruhe. In der Ruhe liegt die Kraft«, ließ sie ihn wissen.

Um 8.30 Uhr am nächsten Morgen stand sie im Polizeipräsidium vor Horst Müllers Büro. »Sie müssen warten, der Kriminalhauptkommissar ist noch nicht im Haus. Falls es Ihnen zu lange dauert, melden Sie sich bitte ab, damit wir Sie nicht umsonst ankündigen.« Anna Wolff saß in sich zusammengesunken auf einem Stuhl. Sie hatte heute auf eine grelle Aufmachung verzichtet. Endlich nach vierzig Minuten tauchte Horst Müller gut gelaunt auf. »Guten Morgen, es tut mir leid, dass Sie warten mussten, aber waren wir verabredet?« Anna Wolff schüttelte den Kopf. »Ich möchte eine weitere Aussage machen«, sagte sie schüchtern. »Na, dann kommen Sie mit herein in die gute Stube. Möchten Sie auch einen Kaffee?«, fragte ein aufgeräumter Ermittler. Anna bedankte sich, denn sie war noch nicht dazu gekommen, in Ruhe Kaffee zu trinken. »Einen Moment bitte, ich bin gleich zurück.«

Anna Wolff nahm den Automatenbecher erfreut entgegen und bedankte sich erneut. Der Ordnungshüter trank einen Schluck, lächelte freundlich und wartete. Während Anna noch weiter an ihrem Kaffee nippte, stand Müller auf, um seinem Gummibaum ein Schlückchen Wasser aus der danebenstehenden Gießkanne zu geben. Dies gehörte zu seinem morgendlichen Ritual. Die Pflanze war ein Geschenk der Kollegen zu seinem letzten Geburtstag gewesen. Zum Glück wurde es in diesem Jahr noch nicht rund, sonst wäre Schlimmes zu befürchten gewesen. Anna umklammerte ihren Pappbecher mit beiden Händen, sie hielt ihn fest und gleichzeitig gab das instabile Gefäß auch ihr Halt. »Also es ist so, dass ich meine Aussage präzisieren muss. Ich war nicht ganz ehrlich, weil ich mich schützen wollte.« Der Strafverfolger wurde aufmerksam. »Was ist passiert?«, fragte er ermunternd. »Am Abend des Todes von Mareike hörte ich Stimmen. Heinrich schlief schon und hat nichts mitbekommen. Das Gestreite unter dem Fenster klang erregt, wobei auch ein schrilles Gelächter ertönte. Ich erkannte beide Stimmen. Als ich aus dem Notausgang trat, sah ich gerade noch, wie Ansgar, mein geliebter Patensohn, mit einem Messer in der Hand vor der Mareike herumfuchtelte. »Aufhören sofort!«, schrie ich, während ich mich auf mein Patenkind warf, um ihm das Messer zu entwenden. Als ich es ihm entreißen konnte, stürzte Mareike nach vorne und lief genau in das gezückte Messer, welches ich auf sie gerichtet in der Hand hielt. Wahrscheinlich wollte sie gerade fliehen. Vor Schreck ließ ich das Messer fallen und rannte wieder ins Haus. »Ansgar lauf weg!«, rief ich noch. Aber Ansgar hat nicht auf mich gehört und beugte sich über die Schwerverletzte. In dem Moment bellte ein Hund und Ansgar flüchtete endlich. Wie Sie sehen, war es mehr oder weniger ein Unfall mit Todesfolge. Deshalb waren mein lieber Ansgar und ich so besorgt, als es um die Alibifrage ging. Wir wollten uns nicht in Schwierigkeiten bringen.« Der Strafverfolger ließ sich seine Fassungslosigkeit nicht anmerken. »Haben Sie schon einmal etwas von unterlassener Hilfeleistung gehört?«, fragte Müller. »Ich wusste nicht, dass sie so schwer verletzt war. Wie konnte ich davon ausgehen, dass dieser Zufallstreffer hätte tödlich sein können. Und Ansgar ist doch entgegen meiner Aufforderung wegzulaufen, geblieben, um sich um Mareike zu kümmern. Als er durch Siggi und sein Hundevieh aufgeschreckt wurde, musste er davon ausgehen, dass dieser nun einen Krankenwagen rufen würde.« Anna seufzte schwermütig und hielt den Kaffeebecher nur noch mit einer Hand fest, während sie sich mit der anderen durch die Haare fuhr. Sie war sichtbar erleichtert, dass ihr Geständnis nun auf dem Tisch lag. Sie hatte sozusagen reinen Tisch gemacht. »Was sagen Sie dazu, dass der Zeuge Siegbert Reinhold die Tat ebenfalls gestanden hat?«, fragte der Ermittler und lehnte sich in seinem Stuhl zurück. »Nun«, meinte Anna, »vielleicht hat er auch noch einmal zugestochen. Wenn es mehrere Einstiche gibt, wäre das wahrscheinlich.« »Das könnte aber genauso gut auf Ihren lieben Neffen zutreffen«, gab Müller zu bedenken. »Aber, Herr Müller, der Siggi hat doch die Tat gestanden. Damit kann es doch nicht der Ansgar gewesen sein. Gibt es denn überhaupt mehrere Einstiche?« »Liebe Frau Wolff, das kann ich Ihnen aus ermittlungstechnischen Gründen nicht verraten. Aber was halten Sie von folgender Idee? Der Siegbert Reinhold wird doch offenbar von seinem Partner immer wieder zur Sau gemacht, um die Kritik, die er an seiner Person ständig einstecken muss, einmal salopp zu formulieren. Dass er

Ihren geliebten Patensohn nicht erkannt hat, hängt mit der Aufregung und der Angst vor der Situation zusammen. Er tat, was Sie Ihrem Ansgar geraten haben, dabei hat er, um es zu sichern, das Messer an sich genommen. So haben doch auch Sie selbst reagiert. Reinhold wollte niemand sehen und hat das so verinnerlicht, dass er schließlich zu der Überzeugung kam, dass er zugestochen hat, weil er ohnehin alles falsch macht nach Meinung Dritter und weil er kein konkretes Bild liefern konnte, sondern nur ein Wunschbild abgespeichert hat. Für sein Verhalten gibt es bestimmt die einschlägigen Fachbegriffe, aber das bringt uns auch nicht weiter. Kommen Sie bitte mit, denn wir müssen noch Ihre Aussage protokollieren. Ich muss Sie allerdings leider hier in Gewahrsam nehmen, denn es besteht Verdunklungsgefahr. Darüber hinaus werde ich einen Haftbefehl beantragen wegen Körperverletzung mit Todesfolge, unterlassener Hilfeleistung und Falschaussage.« Anna Wolff erbleichte, der Kaffeebecher entglitt ihr und der restliche Inhalt ergoss sich über sie und den Büroboden. Müller zog die Mundwinkel nach unten. Die Sauerei passte ihm überhaupt nicht. Er rief im Sekretariat des Dezernats an und bestellte eine Reinigungskraft. Inzwischen liefen lautlose Tränen über Anna Wolffs Gesicht. »Sie müssen mich doch verstehen, Herr Kriminalhauptkommissar und vor allem müssen Sie Ansgar Wagner verstehen. Ich wollte doch nur verhindern, dass er alles noch schlimmer macht. Er hat immer gelitten. Irgendwann musste das Fass überlaufen.« »Ich verstehe Sie, Frau Wolff. Wir gehen jetzt in einen Vernehmungsraum und gehen den Tathergang noch einmal durch. Sie schildern es bitte wieder so wie eben.« Müller stand auf und zeigte auf die Tür. Die Wirtin erhob sich schwerfällig. Sie erreichten den Vernehmungsraum, Anna Wolff wurde an dem Tisch platziert. Müller informierte die Kollegenschaft. Danach ging er noch einmal in sein Büro, um die Polizeipräsidentin zu informieren. Er wollte das weitere Vorgehen mit ihr abstimmen. Müller fasste das Geständnis von Siegbert Reinhold kurz zusammen, bevor er zu der Aussage von Anna Wolff überging. Annalene Waldau ließ ihn reden und unterbrach nur gelegentlich mit Verständnisfragen. Jetzt musste er nur noch mit ihr besprechen, wer die weiterhin nicht ganz unverdächtigen Reinholds informierte und ob überhaupt. Schließlich war es ihm nicht verborgen geblieben, dass die Präsidentin ihre Hand schützend über den einen Reinhold hielt, warum auch immer. Waldau ließ Müller freie Hand.

Für die Aufzeichnung wiederholte die Gastwirtin schlüssig und fast wortgleich ihre Aussage und bat im Anschluss telefonieren zu dürfen. Müller sagte ihr das informierende Telefonat in seiner Anwesenheit zu. Anna Wolff betonte, dass sie ihr Patenkind und auch Heinrich Walther sprechen müsse. Ersterer sollte ihr auch ein paar Sachen vorbeibringen und sich um einen Anwalt bemühen. Heinrich und er sollten daran erinnert werden, sich über die Dienstabläufe im Lokal abzustimmen.

Anna Wolff ließ sich ohne Lamento in den Gewahrsam des Polizeipräsidiums bringen, während sie auf die richterliche Anordnung der Untersuchungshaft warten musste. Ansgar war dort bereits kurze Zeit später eingetroffen, um die für seine Tante zusammengepackten Dinge zu überbringen. Er durfte sie kurz sehen und umarmte sie heftig. »Ich wollte das nicht, dass du …, dass du schuldig wurdest«, flüsterte er mit erstickter Stimme in das Ohr seiner Tante. Man zog Ansgar weg. Er straffte sich. »Ich habe schon mit dem Rechtsanwalt und Notar telefoniert, der die Schenkung und den Kauf der Wohnung beurkundet hat. Er übernimmt den Fall.« Die drei Minuten, die man dem Besucher zugestanden hatte, waren bereits abgelaufen. Er musste gehen. »Ich komme wieder«, versprach er zum Abschied. Anna Wolff weinte.

39

»Herr Müller, schon wieder im Lande, was liegt heute an? Siggi wäre für eine weitere Befragung zu haben«, ließ sich Uli vernehmen, als der Ermittler ein weiteres Mal sein Lokal betrat. »Hat sich die Neuigkeit noch nicht zu Ihnen herumgesprochen?«, fragte Müller im Gegenzug. »Nein, Alina und ich waren in der Metro einkaufen, Siggis Aufgabe war ein Spaziergang mit Sissi und Tim. Welche Neuigkeit?«, wollte Uli interessiert wissen. »Die von Ihnen ›dicke Anna‹ genannte Person hat ein Geständnis abgelegt und sich festnehmen lassen«, führte Müller aus. »Ja, wofür denn?« Uli war irritiert. »Stichwort Messerangriff auf Mareike Reimers mit Todesfolge. Sie werden sich vielleicht an die Sache erinnern.« Der ironische Unterton des Kriminalbeamten war nicht zu überhören. »Wie? Ich dachte, Siggi war es. Oder vielleicht auch ich trotz Alibi.« Der Wirt verstand die Welt nicht mehr. »Sie haben die Sachlage schon richtig verstanden, aber die Aussage von Anna Wolff hat ein neues Bild ergeben, in welchem Sie beide zunächst entlastet sind. Ich rate Ihrem Partner auch dazu, noch einmal genau nachzudenken und sein Geständnis zurückzuziehen. Es würde unsere Arbeit erheblich erleichtern, wenn wir nur eine Person haben, die sich schuldig bekennt.« Ulis sämtliche Gedankengebäude zum Tathergang stürzten ein. »Siggi, komm doch einmal her!«, schrie er die Treppe hinauf, wo Siggi mit Sissi spielte, damit Alina und Uli unbehelligt die Öffnung der Gaststätte und die Essen vorbereiten konnten. »Wollen Sie etwas trinken, Herr Müller? Es geht aufs Haus. Die Feste müssen gefeiert werden, wie sie fallen. Ich habe eine Flasche Prosecco im Anbruch.« Der Kriminale lehnte die freundliche Aufforderung nicht ab. Siggi erschien mit Sissi im Arm, die laut krähend das Weiterspielen einforderte. »Kann die Kleine noch nicht alleine laufen?«, fragte Müller. »Doch schon, aber sie ist die ganze Zeit hinter Tim hergerannt, als wir spazieren waren. Jetzt ist sie müde. Ich übrigens auch, weil ich hinter den beiden herjagen musste.« Siggi ließ sich japsend auf einen Stuhl fallen und saß dem Strafverfolger gegenüber, welchen er argwöhnisch fixierte. »Wollen Sie mich etwa verhaften? Uli, kann ich auch ein Glas Prosecco bekommen?« Siggi, sichtlich froh, dass er einen Moment zum Sitzen gekommen war, atmete tief durch. »Wie heißt das Zauberwort?«, fragte Uli, als er das Glas vor Müller abstellte. Schräge Sonnenstrahlen fielen gebrochen seitlich durch die Butzenscheiben des Lokals. »Bitte.« Siggi stöhnte verzweifelt und legte seine Hand auf die kahle Stelle am Hinterkopf. »Musst du mich immer so vorführen?«, beklagte er sich. »Nein keinesfalls, es war eine Erziehungsmaßnahme für Sissi. Du musst ihr doch mit gutem Beispiel vorausgehen.« Siggi nickte. Das sah er ein. Müller fühlte sich in seiner Erklärung zu Siggis Geständnis bestätigt. Nachdem sie sich zu dritt zuprosteten, kam der Ordnungshüter zur Sache. »Herr Reinhold, Sie müssen Ihr Geständnis noch einmal überdenken, denn ausweislich des detaillierten Berichtes von Anna Wolff handelte es sich um gefährliche Körperverletzung mit Todesfolge oder bestenfalls um einen Unfall bei der Vereitelung einer Straftat. Nach meinem Dafürhalten können Sie die Tat nicht begangen haben. Wahrscheinlich hat Sie der Schreckensmoment, die unterlassene Hilfeleistung, das Messer, das Sie blindlings aufgriffen, das Fehlen einer genauen Erinnerung zur der Erkenntnis gebracht, dass es keine andere Möglichkeit gab, als selbst die Tat begangen zu haben. Sie hatten wahrscheinlich einen mentalen Aussetzer, was zu Ihrer Version des Todes der Kellnerin führte. Jetzt liegt aber eine schlüssige Beschreibung des Geschehnisses durch Anna Wolff vor. Jedenfalls bezeichnet sie sich als für die Tat verantwortlich.« Siggi starrte sein Gegenüber begriffsstutzig an. »Aber ich bezeichne mich doch auch als für die Tat verantwortlich«, begehrte er auf. Horst Müller wurde es zu dumm. »Lassen Sie es gut sein, Herr Reinhold. Sie waren es nicht. Zu Ihrer Beruhigung kann ich Ihnen aber versichern, dass Sie sich wegen unterlassener Hilfeleistung zu verantworten haben. Guten Abend, die Herren.«

Müller stand sichtlich genervt auf und verließ schnellen Schritts die Gaststätte in der Hoffnung, diese nicht so schnell wieder betreten zu müssen. Sein Mitgefühl galt Uli Reinhold. Wahrscheinlich hatte diese Mareike Reimers recht gehabt mit ihrer Bemerkung, dass der Wirt Uli doch einen anderen attraktiveren Partner verdient gehabt hätte. Nun gut, schlecht sah der Siggi nicht aus, aber diese Naivität gepaart mit Schlitzohrigkeit überwog das Äußere.

»Der war aber unfreundlich. Dabei wollte ich nur helfen und verhindern, dass eine Unschuldige für die Tat büßt. Die dicke Anna bringt doch keinen um, noch nicht einmal eine Fliege. Was machen die denn da drüben, falls sie ins Gefängnis muss?« Siggi war fassungslos und hielt Uli mit einem Hundeblick sein Glas hin. »Man kann es auch mit seiner Hilfsbereitschaft übertreiben. Und was die Geschäfte schräg gegenüber angehen, soll das nicht deine Sorge sein. Oder willst du jetzt die dicke Anna vertreten? Du scheinst ganz wild darauf zu sein, dort zu arbeiten. Was liegt da an? Abgesehen davon solltest du nicht zu viel trinken. Bedenke, dass du für Sissi verantwortlich bist.« Ulis neu ausgebrochene Affenliebe für das kleine Mädchen mündete in ein besorgtes Delegieren der Kinderbetreuung. »Das ist es doch gerade«, maulte Siggi. Immerzu muss ich mich um das Kind kümmern, während die Mutter und du das wilde Leben genießen könnt. Ich sitze einsam in einer fast leeren Wohnung und muss mir blöde Kinderspiele ausdenken, wohingegen ihr euch prächtig amüsiert. Ich will auch mal wieder raus und mit Leuten reden, die nicht nur Kindersprache draufhaben. Deshalb.« Uli lief rot an und stemmte die Arme in die Seiten. »So siehst du das also. Du meinst, das Dasein eines Gastwirtes ist das pure Vergnügen und dieser amüsiert sich ohne Pause. Du bist doch so hinter der kleinen Sissi her gewesen, es war schon fast bedenklich. Jetzt hast du alle Zeit der Welt für sie und beschwerst dich. Da stimmt doch etwas nicht. Du wirst von mir finanziert. Schon vergessen? Du tauchst einfach ab und machst sonst was, während ich hier vor Sorge vergehe. Aber bitte, wenn du möchtest, dann tauschen wir. Du hältst hier den Laden am Laufen, aber wehe dir, wenn der Umsatz einbricht. Ich übernehme dafür die Kleine. Vaterfreuden sind mir leider bisher nicht vergönnt gewesen.« Uli bereute seine Worte im selben Moment. Wenn Siggi ernst machen würde, was dann? Sein Partner regte sich jedoch am meisten darüber auf, dass Uli ihm unterstellte, ihm Vaterfreuden zu verweigern. »Du hast sie doch nicht mehr alle, mir vorzuwerfen, dir Vaterfreuden zu verweigern.« Ein peinliches Schweigen stellte sich ein. Siggi lenkte schließlich ein. »Vielleicht sollten Sissi und ich abends hier sein. Sissi könnte hier oben schlafen. Ich sehe nach ihr und kann auch unten bei dir sein. Vielleicht könnte auch Alina hier schlafen.« Tief gekränkt aufgrund der Beleidigung stimmte Uli jedoch zu. Auch ihm lag eine Eskalation des Streites fern, denn er wollte keine Veränderung der Verhältnisse. »Damit stünde auch wieder das Thema Umbau des Dachgeschosses auf der Tagesordnung. In jedem Fall könnten wir Alinas Wohnung wieder entmieten. Das spart uns eine Menge Geld. Wir kommen auch zu dritt in meiner Wohnung klar, wenn wir uns ein bisschen organisieren.« Siggi unterbrach die Überlegungen seines Partners. »Zu viert, Uli.« »Was sag ich«, stellte dieser lakonisch fest. »Viert, viert«, brabbelte Sissi. »Sissi will ein Pferd«, brüllte sie schließlich. »Ich will ein Pferd, musst du sagen, Sissi.« Uli sah Siggi über Sissis Kopf hinweg an, um zu sehen, wie seine Spracherziehung von diesem aufgenommen wurde. »Sissi muss sagen, ich will ein Pferd. Sissi muss viert, viert, viert«, wiederholte das blondlockige Kind zu Siggis Freude.

40

Erfreut ging Annalene zur Tür. Sie setzte auf legeren Chic. Die Bluse, die sie unlängst in der Goethestraße erworben hatte, war ein Traum. Wie Milch floss das fast transparente leichte Gewebe an ihrem Oberkörper herunter. Man sah nichts, aber das Gewirk war besser als Nacktheit. Dieser wahrgewordene Traum von einer Bluse versprach alles und vollendete seine edle Trägerin noch um einiges. Dazu trug sie eine sandfarbige Jogginghose und schwarze High Heels. Sie wusste, dass sie damit größer war als Adam, den sie in wenigen Minuten erwartete, aber sie war auch fünfzehn Jahre älter als er. Warum also sollte sie nicht auch größer sein. Nach dem Abend in der Westendpension, als sie spontan dort hinging und er sie fragte, ob sie sich von ihrem Mann trennen würde, fühlte sich die Beziehung zu Adam anders an. Es war mehr geworden als ein sexuelles Abenteuer oder ein sich Beweisen. Der gemeinsame Heimweg in der Bockenheimer Landstraße verwandelte ihre dunkle Seite in eine helle Mitte. Es hatte sich so gut angefühlt, neben ihm herzulaufen, ab und zu gingen sie für einen Moment Hand in Hand.

Das Essen des heutigen Abends verlangte Annalene einiges Nachdenken ab. Frankfurter grüne Sauce stand an erster Stelle ihrer Überlegungen, um ihn mit der Frankfurter Kultur vertraut zu machen. Allerdings könnte sie sich auch anpassen und irgendetwas produzieren, was wie Hähnchen mit Couscous schmeckte. Schließlich entschied sie sich für Chili con Carne. Das war international. Obwohl er ihre Wohnung schon kannte, war Adam sehr schüchtern, als er fünf Minuten zu spät erschien. »Ich habe Angst«, erklärte er wahrheitsgemäß. »Vielleicht bin ich nicht gut genug und du bemerkst es jetzt. Beim ersten Mal hier war es eine Hilfe. Jetzt nicht.« Annalene stimmte ihm zu. »Jetzt sollten wir uns auf Augenhöhe begegnen, sonst können wir es lassen.« Ein Lächeln begleitete ihre Worte. »Schauen wir, ob wir gleich groß sind, wegen der Augenhöhe.« Sie zog ihn an sich. Es passte, als sie die High Heels auszog. An den Wänden der Waldau'schen Wohnung hingen die üblichen modernen Kunstdrucke. Sie zeigten große farbige Rechtecke. »Mark Rothko«, erläuterte Annalene, als sie bemerkte, wohin seine Augen wanderten. Adam zuckte bedauernd die Schultern. Der Name sagte ihm nichts. »Wir gehen zusammen ins Museum, ins Städel auf der anderen Mainseite, ist nicht weit von hier«, schlug sie vor. »Ich kann versuchen, etwas zu erklären.« »Nein«, antwortete Adam scharf. »Ist nicht Augenhöhe. Ich muss alleine hingehen und etwas lernen.« Annalene schluckte, gab ihm aber innerlich recht. Sie ging in die Küche und rührte gedankenverloren in dem Chili. Eigentlich würde sie gern als seine Mentorin fungieren, aber er durfte nicht zu ihrem Geschöpf mutieren. Er musste ihr etwas aus eigener Kraft zu bieten haben und dabei sollte es sich nicht um seinen Körper handeln. Eigentlich war es keine schlechte Idee von ihm, sich mit Kunst auseinanderzusetzen. Namen, Bilder und Stilrichtungen zu erkennen. Mit einer Suppenkelle füllte sie das Chili in eine vorgewärmte Schüssel. Oliven und Baguette standen schon auf dem Tisch. Sie fragte Adam, ob er als Muslim ein Glas Wein trinken wollte. »Ein Glas geht«, sagte er. »Ich bin nicht streng gläubig, und ich passe mich an andere Kulturen an.« Der Flüchtling überlegte kurz, bevor er weiterredete. »Hättest du dich an mich anpassen wollen, würde Tee auf dem Tisch stehen.« Annalene staunte, denn der Beginn ihrer Beziehung, falls es ein solcher war, gestaltete sich anders als erwartet.

Jetzt zeigte Adam Youssef energisch mit seiner Gabel auf die Grünpflanze in der Ecke. »Warum nicht echt?«, fragte er. »Ich vergesse immer, sie zu gießen.« Annalene lächelte bedauernd. »Ich kann das machen«, sagte Adam. Zufrieden stellte Annalene fest, dass sie sich nun in dem Fahrwasser befanden, was sie sich vorstellte, auch wenn in dieser Situation das Niveau der Augenhöhe nicht eingehalten wurde. Es kam aber auch darauf an, wie es sich anfühlte und dass es keine Verbiegung war. Vielleicht fühlte sich

Wolfgang wohl mit Maria, wenn sie in einer ähnlichen Situation etwas für ihn tat. Während Annalene diesen Gedanken fasste, drehte sich der Schlüssel im Schloss. Die Tür ging auf und Wolfgang Waldau stand gleich darauf mitten im Raum. »Du hast Besuch?«, fragte er statt einer Begrüßung, der ungehaltene Unterton war nicht zu überhören. »Ja, wir haben ein Gespräch bezüglich der Situation des jungen Mannes. Das ist übrigens Adam Youssef«, erklärte Annalene, nachdem sie sich von dem anfänglichen Schreck erholt hatte. »Er ist sozusagen mein Flüchtlingsprojekt.« Der Iraker runzelte die Stirn. Es missfiel ihm, als Flüchtlingsprojekt bezeichnet zu werden. »Wir haben auch etwas wegen unserer Zukunft zu besprechen, Annalene. Vielleicht kannst du dein Projekt ein anderes Mal fortsetzen?«, hakte der mit hängenden Armen mitten im Raum stehende Ehemann ein. »Junger Mann, wohnen Sie in der Nähe oder soll ich Sie fahren?« Waldau wandte sich nun an den Gast seiner Frau. »Ich wohne in einer Pension in der Nähe.« Der Iraker konnte seinen Zorn kaum beherrschen. So kannte ihn Annalene nicht. Wolfgang Waldau tat so, als ginge es dem Flüchtling um die entgangene Mahlzeit. »Vielleicht kann Ihnen meine Frau das Essen einpacken. Und wo genau wäre Ihre Unterkunft?«, erkundigt sich Wolfgang Waldau. Youssef murmelte die Adresse. »Schön, das ist wirklich in der Nähe. Die Zimmernummer haben Sie mir aber nicht gesagt. Vielleicht will ich einmal bei Ihnen vorbeischauen, um meine Frau in flagranti zu erwischen. Wer bezahlt denn diesen Luxus? Etwa meine Frau?« »Wolfgang, jetzt reicht es. Hör sofort auf.« Annalenes Fäuste schlugen auf ihren Mann ein. Dieser hielt sich schützend die Hände über den Kopf. Während dieser Tätlichkeiten verließ Adam unbemerkt die Wohnung.

Binnen Kurzem gelang es Wolfgang Waldau, die Hände seiner Frau festzuhalten. Wütend schleifte er sie ins Schlafzimmer. Sie konnte sich nicht befreien und musste den ehelichen Verkehr über sich ergehen lassen. Wolfgang Waldaus Besuche im Fitnessstudio zahlten sich aus. Schließlich ließ er von ihr ab. »Wir sprechen uns noch«, murmelte er und öffnete die Wohnungstür, entschied sich aber noch für einen Abstecher die Küche. Er nahm das erstbeste größere Messer an sich. Die Waffe gab ihm Sicherheit. Immer wieder sah er die Gesichter der Verurteilten, die sich ihm näherten, heute umzingelten ihn nicht die Antlitze, die er kannte, sondern die Fratzen ehemaliger Strafgefangener, die sich für eine möglicherweise unschuldige Verhaftung rächen wollten.

Annalene war wie betäubt. Ein Gefühl der Schande drang zu ihr vor und war stärker als ein körperlicher Schmerz. Das Opfer ehelicher Gewalt betrachtete traurig den Traum von einer weißen Bluse, der ausgeträumt war. Dann griff sie immer noch wie im Trance nach ihrem cremefarbigen Bademantel. Sie drehte das Wasser der Dusche auf, entledigte sich ihrer restlichen Kleidungsstücke und ließ Minute um Minute das heiße Wasser über ihren Körper rinnen. Sie bemühte sich, an nichts zu denken, nur das heiße Wasser zu spüren und der Frage nachzugehen, wie lange sie schon duschte. Nachdem sie sich ein Handtuch um die Haare geschlungen hatte, schleppte sie sich in die Küche. In der Mikrowelle erhitzte sie Milch. Sie suchte nach Schokolade, fand sie. So ausgestattet ging sie zurück ins Wohnzimmer. Dort stand noch immer das Chili. Es konnte auch noch bis morgen dort stehen. Sorgsam breitete Annalene ein Laken auf der Sitzfläche der Couch aus und deckte sich mit einer Wolldecke zu. Ihre Haut sollte nicht mit den Polstern, auf welchen Wolfgang gesessen hatte, in Berührung kommen.

Waldau wollte zuerst zurück zu Maria fahren, doch dann entschied er sich für einen Gegenbesuch in der Pension. So aufgewühlt, wie er war, konnte er der sanften Maria nicht entgegentreten. Die Rezeption der Unterkunft war nicht besetzt, doch der Iraker hatte ihm die Zimmernummer nach seiner Aufforderung noch entgegengeschleudert. Waldau hätte auch kein Problem damit gehabt, alle Zimmertüren aufzureißen.

Der Flüchtling lag mit einem Kissen im Rücken auf dem Bett und starrte in den laufenden Fernseher. Waldau zögerte nicht einen Moment und zog das Messer, das er im Hosenbund unter dem Jackett trug, hervor. Den Anblick des gemütlich auf dem Bett liegenden jungen Mannes konnte er nicht eine Sekunde länger ertragen. Waldau stach zu. Aus den Akten über die Messerattacke auf Mareike

Reimers wusste er, wohin er den Stich platzieren musste, damit er seine Wirkung nicht verfehlte.

Adam Youssef schien nicht zu fassen, was geschah. Er versuchte sich mit einem erstickten Schmerzenslaut aufzurichten, sank jedoch zugleich zurück in das Kissen, das sich weiß von dem sich rot färbenden Laken abhob. Seine grünen Augen waren starr auf Wolfgang Waldau gerichtet, der dem Flüchtling beim Sterben zusah. Schließlich schien ihn der tiefgrüne Blick nicht mehr festzuhalten. Das Schauen des Opfers schien ins Leere zu gehen und sich schließlich nach innen zu richten, indem die Pupillen nach oben fielen. So musste es aussehen, wenn Augen brachen. Noch immer war der Richter über Leben und Tod nicht in der Lage, sich abzuwenden. Regungslos wartete er auf ein Lebenszeichen des Irakers. Das Einzige, was passierte, war die immer tiefere Rötung des Betttuches. Schließlich konnte sich Waldau losreißen. Niemand hatte ihn kommen sehen, niemand würde sein Gehen bemerken. Langsam ging er zu seinem Wagen. Die Schneide des Messers hatte er auf der Treppe abgewischt, es steckte wieder in seinem Hosenbund. Der Attentäter setzte sich hinter das Steuer, ja, er war zum Attentäter geworden. Es fühlte sich gut an. Seine Tat sorgte dafür, dass es einen illegalen Flüchtling weniger gab. Sie sollte ein abschreckendes Beispiel sein. Eine Abschiebung durfte nicht ignoriert werden und wenn der Staat versagte, musste der couragierte Bürger zur Selbsthilfe greifen. Außerdem rettete er seine Ehe, sie sollte rein und deutsch bleiben. Wolfgang Waldau begriff, dass es eine Weile dauern könnte, bis er sich seiner Frau wieder nähern konnte. Jedoch wusste sie jetzt, dass er sie um keinen Preis gehen lassen würde und er nun seine Vorherrschaft ausübte. Mit Staunen stellte der Richter fest, wie sich von jetzt auf gleich rechtes Gedankengut seiner bemächtigte, sein Handeln bestimmte und ihn von jeder Schuld freisprach.

41

Am nächsten Abend ging Annalene zu Adam in die Pension. Am Morgen fehlte ihr noch die Kraft dafür. Sie wunderte sich, dass es ihr überhaupt gelungen war, zur Tagesordnung überzugehen und dem Geschehen keine weitere Bedeutung beizumessen. Morgens war sie als Erstes in der Küche gewesen, um das gestrige Abendessen zu entsorgen, welches die ganze Nacht auf dem Tisch im Wohnzimmer gestanden hatte. Sie breitete eine alte Zeitung auf dem Tisch aus, kratzte das Chili darauf und steckte den Zeitungsballen in den Mülleimer. Jetzt musste sie nur noch lüften und sich einen Moment den Nachrichten zuwenden, dann war sie startklar.

Abends auf dem Weg ins Westend erblickte Annalene auf dem Opernplatz und in der Bockenheimer Landstraße eine Vielzahl von Krähen. Der Herbst hielt Einzug in der Stadt. Sie fröstelte. Als sie die Pensionstreppe hinauflief, stieg ihr ein leicht metallischer Geruch in die Nase. Auf ihr Klopfen reagierte niemand. Annalene wartete einen Moment, bevor sie die Klinke hinunterdrückte. Ihr Schreckenslaut zerriss die Stille, die sofort bleischwer zurückkehrte. Adam lag wachsweiß mit verdrehten Augen auf einem braunroten Laken, auch seine eine Körperhälfte war blutverkrustet. Annalene sah die Einstichstelle und wich einen Schritt zurück, schloss die Tür und wischte die Klinke ab. Sie rannte ins Freie und setzte sich auf das Mäuerchen, das den Vorgarten begrenzte. Bevor sie sich die Tränen gestattete, die darauf warteten, geweint zu werden, rief sie den Betreiber der Pension an. Sie erklärte den Sachverhalt und forderte ihn auf, umgehend die Polizei zu verständigen. Sie selbst musste aus dem Geschehen zwangsläufig herausgehalten werden. Annalene erinnerte den Pensionsinhaber an seine Schweigepflicht, was die Nutzung seiner Räume betraf. Bevor der Rettungswagen eintraf, war sie bereits weit von dem Tatort entfernt. Die Tränen mussten noch immer warten, bis sie den Weg nach Hause gefunden hatte. Die Schlagzeile »Polizeipräsidentin weint auf dem Opernplatz« konnte sie sich schenken. Zu Hause angekommen stand sie in der Küche an der Spüle und wollte ein Glas Wasser trinken. Ihr Blick fiel auf den Messerblock. Ein Messer fehlte. In Sekundenschnelle setzten sich die Mosaiksteine zu einem Bildteppich zusammen. Wenn sie es wollte, wusste sie, wo sie suchen musste. Es war kein Selbstmord, denn das Messer lag nicht neben dem Toten. Zu dieser raschen Wahrnehmung reichte ihr geschulter und routinierter Sachverstand. Noch immer konnte sie nicht weinen. Im Gegenteil funktionierte sie ruhig und gelassen. Sie spülte das Glas ab, hielt es gegen das letzte Licht des Tages, das durch das Küchenfenster fiel, sie trocknete es ab. Etwas zu essen sollte sie sich machen und sich damit ins Wohnzimmer setzen, um das weitere Vorgehen zu planen, befahl ihr die eigene Vernunft, während sie am ganzen Körper zitterte. Annalene belegte sich viele Sandwichscheiben, sie nahm alles aus dem Kühlschrank, was irgendwie dafür geeignet war. Das Essen sollte ihr das Leben wiedergeben, das sie gerade verloren hatte. Schließlich saß sie am Esstisch, im Hintergrund lief leise das Fernsehen. Sie holte ihr Notebook und auch eine Flasche Wein. Als sie den ersten Schluck kostete, langsam und bewusst, fiel ihr Blick auf den Rothko-Druck. Still begannen ihre Augen überzulaufen. Adam würde sich nicht mehr im Städel die Namen und Motive von Bildern aneignen können. Sie schob den Teller mit den Weißbrotscheiben weg und trank ein weiteres Glas. Wie sie vorgehen würde, stand ihr glasklar vor Augen. In einem dringenden Termin beim Landespolizeipräsidenten Armin Hirte musste sie morgen alles auf den Tisch legen, angefangen von den Räumlichkeiten für die diskrete Unterbringung von Zeugen und anderen Personen über ihre Eheschwierigkeiten, das Zusammentreffen mit Adam Youssef bis zur Tat ihres Mannes, Richter beim OLG, der vermutlich die Tat an der Mareike Reimers nachgeahmt hatte. Nach dieser Erklärung würde sie mindestens vorläufig vom Dienst suspendiert werden. Diesmal würde es nicht auf Archivarbeiten im Ministerium hinauslaufen. Sie wäre vollumfänglich kaltgestellt.

Annalene trug die Weinflasche in die Küche und begann jetzt doch zu essen. Während sie gedankenverloren in die Brotscheiben biss, ging sie die Möglichkeit durch, nichts zu tun. Das bedeutete, dass wahrscheinlich ihre Fingerabdrücke in Adams Zimmer sichergestellt wurden. Wenn man den Pensionswirt unter Druck setzte mit der Frage, wer bei Adam zu Besuch war, würde er sie höchst wahrscheinlich benennen, schon allein aus der Angst heraus, dass auch seine Fingerabdrücke in dem Zimmer vorhanden waren. Bevor er in Tatverdacht geriet, würde er reden. Das lag klar auf der Hand. Es gab also keine Möglichkeit, sich wegzuducken. Sie konnte nur ihre Anwesenheit bei Adam mit der Hilfestellung für den untergetauchten Flüchtling begründen und Wolfgang aus dem Spiel lassen. Auch dieses Verhalten würde den Verdacht deutlich auf den Hotelier lenken. Möglicherweise hatte dieser mitbekommen, dass sie ein Verhältnis mit Adam hatte und würde den Sachverhalt auf den Tisch legen. Auch hier sah sie deutlich die Schlagzeile »Polizeipräsidentin war Geliebte des erstochenen Flüchtlings« vor sich. Der Untertitel lautete voraussichtlich »War sie seine Mörderin?« Wie man es auch drehte oder wendete, es führte kein Weg daran vorbei, dass sie Wolfgang, der zum Messer gegriffen hatte, ans Messer liefern würde. Was das für ihre Ehe und die Zukunft bedeutete, war ihr noch unklar. Möglicherweise wäre eine schnelle Scheidung der Ausweg aus der äußeren Krise. Obwohl sie wusste, dass sie nicht schlafen können würde, ging sie ins Bett. Als sie die Zähne putzte, sagte sie sich, dass so die Frau eines Mörders aussah und bald würde sie noch etwas gezeichneter aussehen und das Bild einer zerrütteten geschiedenen Frau im Spiegel sehen. Lange konnte sie tatsächlich kein Auge zu tun. Abwechselnd klopfte ihr Herz wie wild, wenn sie an das Gespräch mit dem Landespolizeipräsidenten dachte, was aller Voraussicht nach schnell stattfinden würde. Dann wieder glitten die Bilder ihrer Ehe an ihr vorbei. Und sie wartete, dass es klingelte und man ihr bereits heute Nacht den Mord in der Pension antragen würde. Es blieb alles ruhig. Bereits vor fünf Uhr morgens stand sie auf, um nur nicht mehr zu Hause zu sein. Sie fragte sich, ob die gemeinsame Wohnung der letzten Jahre überhaupt noch ihr

Zuhause war. Zu viel Zeit mit einem Mörder lag in der Luft. Schließlich schlich sich auch der Gedanke, dass Wolfgang aus Liebe zu ihr gehandelte hatte, in ihr Bewusstsein.

Im Stehen trank sie zwei Tassen Kaffee. Sie nahm das Jackett ihres schwarzen Hosenanzuges, wählte hochhackige schwarze Schuhe und überprüfte im Spiegel den dunkelroten Lippenstift und den Sitz ihrer weißen Hemdbluse. Es war noch nicht halb acht, als sie ihr Büro betrat. Nur im dritten Revier herrschte schon Leben. Sie ließ den Empfang wissen, dass man Horst Müller sofort zu ihr schicken sollte, sobald er eingetroffen war. Sie musste ihn als Ersten informieren, auch das hatte sie sich überlegt. Khalil Saleh wäre ihr als Informationsträger lieber gewesen, weil er ihr einfach vertrauter war, aber seine Rückkehr in den Dienst war noch nicht erfolgt. Als Nächstes schrieb sie eine direkte Mail an Armin Hirte mit der Nachricht, dass sie ihn äußerst dringend, am besten bereits in den nächsten Stunden sprechen musste. So hatte sie ihre Absicht, sich erklären zu wollen, schriftlich dokumentiert, falls die Ereignisse sie spontan überrollten. Daneben beschäftigte sie die Frage, wo Wolfgang sich aufhielt und in welcher Verfassung er sich befand.

Es klopfte und Müller streckte den Kopf in die Tür. »Sie wollten mich sprechen, Frau Präsidentin.« Müller zuckte regelrecht zusammen, als er von dem Mord und dem Tatverdächtigen hörte. Annalene erläuterte kurz ihr weiteres Vorgehen. Sie hoffte, dass sie demnächst nach Wiesbaden aufbrechen konnte. Wie es organisatorisch in Frankfurt weiterging, würde man nach dem Gespräch sehen. Offenbar hatte der Pensionsinhaber die Polizei noch nicht informiert. Sie schickte Müller zum Tatort, der das übliche Geschäft betreiben sollte. Schließlich entschuldigte sie sich kurz, dass sie gestern Abend den Vorfall nicht gemeldet hatte, sie war zu geschockt gewesen und hatte sich auf das Handeln des Mannes vor Ort verlassen.

42

Armin Hirte lehnte sich in seinem Schreibtischstuhl zurück. »Das sind sehr unschöne Nachrichten, die Sie mir überbringen, liebe Frau Waldau. Sobald die Beurteilung des Tatorts vorliegt, werde ich Ihren Mann als dringend tatverdächtig festnehmen lassen. Das werde ich persönlich anordnen. Wo ist er anzutreffen?« Annalene seufzte schwer. »Mir wäre es auch lieber, wenn ich aus einem anderen Grund bei Ihnen wäre.« Die angeschlagene Frankfurter Dienststellenleiterin bemühte sich um einen charmanten Ton. »Mein Mann wird sich bei seiner neuen Partnerin Maria Kofler in Frankfurt-Sachsenhausen aufhalten, wenn er nicht sogar bei Gericht ist. Dass er sich abgesetzt hat, vermute ich nicht, denn er muss davon ausgehen, dass ich ihn nicht verdächtige.« »Sie wissen, dass Sie jetzt zunächst vom Dienst beurlaubt sind. Sie sagen, dass Sie den Kollegen Müller bereits über alles informiert haben. Ich werde mich um eine Interimsvertretung für Sie bemühen. Wie ich sehe, ist es schon das zweite Mal, dass Sie den Dienst aufgrund privater Angelegenheiten quittieren müssen. Damals ging es doch um Ihren ermordeten Neffen. In der Causa Sascha verhielten Sie sich höchst unprofessionell. Damals wie heute ist auch Befangenheit das Stichwort. Finden Sie nicht, dass Sie ein bisschen viel in diverse Fälle involviert sind? Sie scheinen das Verbrechen anzuziehen.« Die Worte ihres Vorgesetzten versetzten Annalene jetzt doch in Wut. »Unprofessionalität lasse ich im ersten Fall gelten, damals hätte ich die Ermittlungen von mir fernhalten sollen. Stattdessen ging es mir um Vorabinformationen und Geheimhaltung. Das lasse ich gelten. Aber jetzt bin ich sofort auf Sie zugekommen im Wissen um die Konsequenzen. Für das Verhalten meines Mannes bin ich nicht verantwortlich. Er hat mich wegen einer anderen Frau verlassen.« Die

Beamtin war nahe daran aufzuspringen und den Raum zu verlassen. »Bitte regen Sie sich nicht auf, liebe Frau Waldau. Ich habe den Sachverhalt ein wenig auf die Spitze getrieben. Es wird ein internes Ermittlungsverfahren geben, aus welchem Sie möglicherweise unbescholten hervorgehen. Aller Voraussicht nach stünde Ihnen danach der Rückweg an die Spitze der Frankfurter Kollegen offen, falls Sie dies wünschen. Selbstverständlich gibt es auch in meiner Nähe die Möglichkeit eines passenden Betätigungsfeldes.« Armin Hirte legte die Hand auf Annalenes Arm. »Die Sache mit Ihrem Mann tut mir leid. Sie werden informiert, sobald der Tatverdächtige verhaftet wurde.« Annalene verstand, dass sie entlassen war. Sie legte den Dienstausweis nebst ihrer Waffe auf den Tisch. Grußlos verließ sie den Raum in eine ungewisse Zukunft.

Sie fuhr auf direktem Weg nach Hause, da sie in ihrem Privatwagen in Wiesbaden vorstellig geworden war. Nachdem sie Brötchen besorgt und Kaffee gemacht hatte, frühstückte sie ausgiebig. Die Aussicht auf eine Rückkehr oder einen Wechsel nach Wiesbaden versetzten sie eigentlich in eine gute Laune. Die Scheidung von Wolfgang galt auch bei Tageslicht als alternativlos. Schon auf der Rückfahrt war der Entschluss in ihr gereift, auf kurz oder lang in Spanien bei ihren Eltern einen längeren Urlaub zu verbringen. Zuvor sollte sie auch noch ein klärendes Gespräch mit Siggi führen.

Kaum hatte die freigestellte Präsidentin ihr genüssliches Frühstück beendet, klingelte ihr Telefon. Es war Müller. »Sie haben ihn eben verhaftet. Er hielt sich in Sachsenhausen in der Wohnung seiner neuen Partnerin auf und leistete keine Gegenwehr. Ich schicke Ihnen gleich ein Foto und melde mich wieder, wenn die Untersuchungshaft angeordnet ist.« Müller beendete das Gespräch. Der Signalton zeigte das eingehende Bild an. Annalene sah, wie eine Person von Mitgliedern des SEKs in eine schwarze Limousine gedrückt wurde. Obwohl die Aufnahme nur seinen Rücken zeigte, war es unzweifelhaft Wolfgang. Annalene stellte erschüttert fest, wie sehr sie die Nachricht traf. Sie schaltete das Radio ein, um die Meldung über die Verhaftung Waldaus nicht zu verpassen. Nach einigem Nachdenken über weitere Aktivitäten entschied sie sich, ins

Städel zu gehen. Sie tat, was Adam nicht mehr konnte. Die Bilder würden sie zudem beruhigen.

Als sie nach Stunden nach Hause kam, ihr Telefon war ruhig geblieben, bemerkte sie eine Frau, die vor ihrem Haus auf und ab ging. Unschwer identifizierte die betrogene Ehefrau ihre Kontrahentin. Sie ging auf sie zu. »Guten Abend, Sie wollen zu mir, Frau Kofler?« Ein schwaches Ja bestätigte die Vermutung. »Kommen Sie bitte mit nach oben. Hoffentlich haben Sie nicht zu lange gewartet.« Annalene platzierte Maria Kofler ins Wohnzimmer. »Darf ich Ihnen etwas zu trinken anbieten?«, fragte sie. »Ich will Sie nicht lange aufhalten. Eigentlich wollte ich Sie um Verzeihung dafür bitten, dass ich in Ihre Ehe eingebrochen bin. Damit habe ich die Ereignisse verursacht, die sich nun Bahn gebrochen haben.« Maria Kofler machte eine Pause. »Wollen Sie wenigstens ablegen?«, fragte die Hausherrin nun. Auch in diesem Fall entschied sich Maria Kofler dagegen. »Ich höre Ihnen zu, Frau Kofler.« Auch Annalene behielt ihren leichten Trenchcoat an, den sie über dem schwarzen Hosenanzug getragen hatte. »Erst war es für mich toll, dass sich so ein attraktiver prominenter Mann für mich interessierte. Ich dachte mir, dass ich das bisschen Glück verdiente. Außerdem wusste ich, dass er eines nicht allzu fernen Tages zu Ihnen zurückkehren würde. Ich war nur eine Interimslösung in einer angespannten Lebenslage. Deshalb wollte ich für ihn und für mich das Beste aus der Situation machen. Das hat offenbar dazu geführt, dass sich die Beziehung zwischen uns verfestigt hat. Wolfgang blieb länger als erwartet, ging nie ganz weg und kam dann vor Kurzem wieder. In den letzten Stunden habe ich mich immer wieder gefragt, wie alles verlaufen wäre, wenn ich mich nicht in sein Leben gedrängt hätte.« Maria Kofler weinte. Annalene bot ihr ein Taschentuch an. Nachdem sich ihr Gegenüber beruhigte, erklärte ihr die verletzte Ehefrau, dass sie sich so bald wie möglich für einige Wochen nach Spanien zurückziehen würde. Maria müsse sich daher um alles kümmern, denn sie wolle auch sofort die Scheidung einreichen. Maria solle sich mit dem Anwalt Konstantin Kronstetten in Verbindung setzen und auch den Kontakt mit dem Inhaftierten halten. »Machen Sie sich keine Sorgen wegen einer Mitschuld an der Geschichte. Außerdem habe ich auch das Meine zu der Angelegenheit dazu getan. Wir sind also quitt. Ich bin Ihnen im Übrigen dankbar, dass Sie gekommen sind. Es ist jetzt etwas leichter für mich. Ich wäre wohl auch in der Anwaltsfrage und hinsichtlich eventueller Besuche bei dem Beschuldigten auf Sie zugekommen, aber ich hätte etwas mehr Anlauf dafür benötigt. Ich frage mich nur, wie so eine hübsche und patente Frau bisher nicht von Männern umworben wurde.« Annalene betrachtete die vor ihr sitzende Maria mit ihrem Polizistinnenblick. Sie sah eine braunhaarige Frau, die wohl Ende vierzig oder Anfang fünfzig war. »Verzeihung, verraten Sie mir Ihr Alter? Sie sind schwer zu schätzen.« »Ja, irgendwie bin ich alters- und gesichtslos«, gestand Maria Kofler. »Ich werde demnächst fünfundfünfzig.« Sie war also älter, als Annalene angenommen hatte. Die Beschreibung der Eindruckslosigkeit traf insofern zu, als die Frau in keinster Weise auffällig war. Ihre Gesichtszüge entsprachen der Norm. Ein Mienenspiel gab es nicht, wenn man einmal von den gerade geweinten Tränen absah. Das braune Haar, das von einigen grauen Fäden durchzogen war, trug sie leicht gewellt und etwa kinnlang. Um ihren Hals hing eine Kette, an der eine Lesebrille baumelte. Diese Unsitte, die Brille an die Kette zu hängen, war für Annalene der Gipfel der Geschmacklosigkeit und die Biederkeit schlechthin. Maria trug eine braune Stoffhose und dazu eine ockerfarbige Bluse. Selbstverständlich war der dünne Sommermantel braunbeige kariert. Der einzige modische Hingucker bestand in den Schuhen. Sie waren aus pinkfarbenem Wildleder. Beide Frauen tauschten noch die Telefonnummern. Danach stand Maria auf. Annalene erhob sich ebenfalls. Sie überwand sich und umarmte Maria zum Abschied. Eine sehr angenehme und nicht billige Duftnote stieg ihr in die Nase. Die Dame besaß offenbar doch eine gewisse Klasse für sich.

Kurz nach dem Abgang von Frau Kofler klingelte Annalenes Handy erneut. Ihr war noch nicht einmal die Zeit geblieben, die Toilette aufzusuchen. Wieder meldete sich Müller. »Die Blutprobe ergab einen deutlichen Hinweis auf einen vorausgegangenen Drogenkonsum. Hat Ihr Mann Drogen genommen?«, sagte er übergangslos. Annalene musste sich an der Tischkante festhalten, denn diese Information drohte sie umzuhauen. »Nein, aus unserer gemeinsamen Zeit ist mir nichts bekannt. Haben Sie mit ihm über das Ergebnis des Drogenscreenings gesprochen?«, fragte sie, während sie überlegte, dass sein Verhalten durch den Einfluss härter Drogen erklärlich war. Auch sein rüdes Vorgehen ihr gegenüber erschloss sich ihr nun und wurde verzeihlich. »Ja, er hat den Drogenkonsum zugegeben«, unterbrach Müller die Gedanken seiner sehr erleichterten Chefin. »Auch wo er sie sich besorgt hat, gab er an. Er stand in einer Nische zwischen der Bahnhofswand und der Baustellenverkleidung. Dort sah er, wie Drogen konsumiert wurden und ist einfach stehen geblieben. Schließlich wurde er angesprochen.« Horst Müller seufzte. »Es bleibt unerklärlich, warum er Drogen nehmen wollte. Sein Leben war doch in Ordnung.« Annalene gefiel die letzte Einlassung nicht. »Es steht Ihnen nicht zu, das Leben meines Mannes zu beurteilen. Ich gestatte es mir auch nicht, über ihre Ehe und beruflichen Fähigkeiten zu spekulieren.« »Entschuldigung, Frau Waldau, so habe ich das nicht gemeint.« Müller war peinlich berührt.

43

»Du wolltest, dass ich auch weiterhin Adam kontaktiere und nichts zu meinem Mann sage. Du hast mir diesen Floh, dass er in Gedanken auch bei mir ist, wenn er Maria besucht, ins Ohr gesetzt. Du musstest mir sagen, dass ich Adam besser kennenlernen sollte und dass er verhinderte, dass ich auf Wolfgang warte. Du wolltest als Zeitvertreib, den mein Mann nie infrage gestellt hätte, nicht herhalten. Dazu warst du dir zu fein.« Siggi traute seinen Ohren nicht, als Annalene ihn im Kleinen Wirtshaus am Handgelenk festhielt, als er gerade mit Sissi in Alinas Wohnung gehen wollte, die sie erst zum 30. Oktober aufgaben. Er hoffte inständig, dass Uli die Bemerkung über seine Verfügbarkeit nicht gehört hatte. »Dass es dazu kommen würde, dachte ich keinen Moment lang«, brachte er etwas lahm hervor. »Ich habe dich bei der Pressekonferenz gar nicht gesehen«, ergänzte er seine Beobachtungen. »Ich war nicht anwesend. Der Landespolizeipräsident hat mich vom Dienst suspendiert. Alles, nur weil ich auf dich gehört habe. Vielleicht hätte ich Adam nach dem peinlichen Zusammentreffen mit dir aufgegeben, aber du musstest mir unbedingt einflüstern, dass ich mit Adam weitermachen soll. Jetzt ist er tot. Deinetwegen.« Uli klatschte ein Glas Weißwein vor Annalenes Nase auf den Tresen. »Siggi, na, wird es bald, wolltest du nicht schon vor zehn Minuten gegangen sein?« Der Wirt war sehr ungehalten, denn er bemerkte sehr wohl die Vertraulichkeit, die sich zwischen der Polizeipräsidentin und seinem Partner herausgebildet hatte. Seit wann und wodurch war Siggi, der selbst unter seiner Fuchtel stand, dazu in der Lage, auf eine hochrangige Person des öffentlichen Lebens, die Gesetz und Ordnung im Staat repräsentierte, in privater Hinsicht Einfluss zu nehmen? Uli spitzte während des Gespräches wie ein Luchs die Ohren, tat aber abgelenkt. »Ja, ja, ich gehe schon«, sagte Siggi genervt. Immer wenn es interessant wurde, mischte sich Uli ein. Dieser postierte sich wieder hinter dem Zapfhahn. »Dass wir uns beide nackt gemustert haben, macht doch etwas mit uns, verändert das Niveau unserer Freundschaft. Wir bewegen uns im Rahmen der Intimität«, gab sie bedrohlich leise Siggi mit auf den Weg. »Also pass auf, was du zu mir sagst«, rief sie ihm nach. »Hat er Sie beleidigt?«, mischte sich Uli neugierig ein. »Ich habe mir übrigens anfangs die Pressekonferenz auch angesehen. Dann musste ich abschalten, weil Siggi ständig über das gute Aussehen des Landespolizeipräsidenten lamentierte. Wie heißt er noch gleich? Dabei weiß ich gar nicht, was an einem blonden Bürstenhaarschnitt, die mag ich sowieso nicht, gut aussehend sein soll. Vielleicht die verkniffenen Gesichtszüge? Wahrscheinlich wird es die dunkelblaue Uniform gewesen sein. Möglicherweise steht Siggi auf Uniformen. Damit will ich ihm aber nicht dienen. Wirklich nicht.« Uli spülte seine Hände unter dem Wasserhahn und trocknete sie sorgfältig ab. Er sah Annalene Waldau in die Augen. »Bestimmt hat Ihr Mann die Drogen genommen, damit er den Mut findet, alle Hindernisse wegzuräumen, die zwischen ihm und Ihnen stehen.« Solch ein Gedanke stand auch Annalene hinter der Stirn. Vielleicht war sie etwas zu voreilig gewesen, dieser Maria Kofler den eigenen Mann zu überlassen. Sie musste ihn unbedingt besuchen, um mit ihm zu sprechen und dann auch den Anwalt Kronstetten kontaktieren. Gleich morgen würde sie auch mit dem Staatsanwalt reden.

»Wie läuft es denn gegenüber so, nachdem Frau Wolff weg vom Fenster ist?«, ließ sich Annalene Waldau vernehmen, als sie einen Hocker an der Theke erklommen hatte. »Was hört man denn so?« In diesem Moment wurde die Tür aufgerissen und Heinrich Walther betrat in einer Schürze und mit einem Geschirrtuch in der Hand das Lokal. »Der Siggi muss kommen, bei mir ist Land unter. Dieser empfindliche Patensohn hat sich krankgemeldet.« »Der ist nicht da. Da müssen Sie sich halt ein bisschen anstrengen«, sagte Uli ungerührt. »Ich kann mich nicht zerreißen«, ließ sich der Gastronom von gegenüber vorwurfsvoll vernehmen. »Rufen Sie ihn bitte an, er muss unbedingt kommen, es ist Not am Mann.« »Kleine Kinder haben Vorrang und mein Betrieb auch.« Uli reagierte noch immer mit völliger Gleichgültigkeit. Das Gerangel um den anderen Laden und die damit verbundenen persönlichen Konsequenzen wie die guten Geschäfte, die der Mordfall vor der anderen Tür nach sich zog, ließen ihn völlig kaltblütig werden. »Was zahlen Sie?«, fragte Annalene Waldau zur Überraschung aller. Sämtliche anwesenden Gäste vergaßen zu trinken und zu essen, nur um nichts von den aktuellen Gesprächen zu versäumen. Walther geriet ins Stottern. »Was Sie wollen, Ihr Bild kam doch heute in den Nachrichten wegen der Sache mit Ihrem Mann«, brachte der in Bedrängnis geratene Wirt mühsam heraus. »Gut, gehen wir. Ich habe sowieso nichts zu tun.« Annalene schob Uli eine Fünfeuronote hin. »Für den nicht bestellten Wein dürfte das ausreichen.« Sie griff nach ihrer Tasche und folgte Heinrich Walther. Uli registrierte, dass mehrere seiner Gäste unzeitig früh bezahlen wollten. Ihm schwante, dass die Herrschaften anderenorts weitertrinken würden, um die prominente Aushilfe vor Ort zu erleben, ihre Neugierde zu befriedigen. Ihm blieb aber auch nichts erspart.

Annalene lieh sich eine von Anna Wolffs Schürzen, die sie zweimal um sich herumwickeln musste. »Erklären Sie mir kurz die Kasse, wie das mit dem Eintippen funktioniert«, sagte sie zu Walther, während ein lautes »Hallo« und »Wen haben wir denn da« durch das Lokal erklang. »Schon wieder eine neue Aushilfe im Apfelwein-Walther und dazu noch so eine schöne und elegante Frau. Es wird immer besser.« Diese und ähnliche Kommentare wurden der ehemaligen Polizeipräsidentin, die jetzt kellnerte, zuteil. »Hier passiert wenigstens immer etwas«, war noch eine der neutralsten Bemerkungen, die sie zu hören bekam, als sie von Tisch zu Tisch ging und Bestellungen aufnahm. Sie schlug jegliche Bestellung in der Karte nach, die unter ihrem Arm klemmte. Außerdem notierte sie alles auf einen kleinen Rechnungsblock, denn sie wollte nichts falsch machen. Niemand wurde ungeduldig. Sobald sie eine Bestellung aufnahm, ging sie zur Kasse und tippte die Wünsche des Gastes ein, wobei sie diese lautstark in die Küche rief. Die erste Bestellung musste sie unterbrechen, um den Wirt nach den

Tischnummern zu fragen. Die Polizeipräsidentin wurde immer schneller. Es machte ihr großen Spaß, auf diese Weise zu arbeiten. Es ging nichts über eine handwerkliche Tätigkeit im Rahmen einer Gemeinschaft. Als solche erschien ihr die Gästeschar und sie war ein Teil davon. Annalene war froh, dass sie sich noch nicht für einen längeren Spanienaufenthalt bei ihren Eltern angemeldet hatte. Jetzt konnte sie auch in Frankfurt bleiben, ihre Situation war verändert. Eine sinnvolle Beschäftigung war ihr zugeflogen, und Wolfgang erschien nicht mehr in dem schlechtesten Licht.

Zur Sperrstunde war sie erschöpft, aber glücklich. Heinrich Walther strahlte ebenfalls über das neuerliche Umsatzplus. »Wissen Sie was? Ich mache hier weiter, für ein oder zwei Wochen. Es ist eine neue Arbeitserfahrung für mich. Ich möchte nicht mehr auf dem hohen Ross sitzen. Selbst wenn das Patenkind wieder fit ist, bleibe ich noch ein paar Tage.« Heinrich Walther war hocherfreut. »Da war ich doch einmal zur richtigen Zeit am richtigen Ort. Morgen kommen bestimmt noch mehr Gäste. Hier in Sachsenhausen spricht sich doch alles furchtbar schnell rum. Und die Presse wird auch wieder vorstellig werden und berichten, wenn sie erfährt, dass die suspendierte Polizeipräsidentin bei mir ein paar Tage einer alternativen Beschäftigung nachgeht.« Heinrich Walther konnte sein Glück kaum fassen. Er dachte auch an den Fachkräftemangel und die Schwierigkeit, Quereinsteiger für die Gastronomie zu begeistern. Seine blauen Augen leuchteten in dem leicht geröteten Gesicht und der volle graue Haarschopf stand noch etwas mehr zu Berge. Annalene gönnte sich den Luxus eines Taxis nach Hause, denn Trinkgeld war ihr reichlich zuteilgeworden. Noch vor dem Einschlafen schickte sie eine Kurzmitteilung an Maria Kofler. »Habe für ein paar Tage eine Aushilfstätigkeit in Alt-Sachs angenommen, im Apfelwein-Walther. Fahre also jetzt nicht nach Spanien. Kommen Sie doch dort vorbei. Dann lernen wir uns besser kennen und können uns austauschen. VG A. Waldau.«

44

Konstantin Kronstetten besuchte seinen Mandanten im Gefängnis. »Ich werde darauf plädieren, dass du zum Tatzeitpunkt absolut schuldunfähig gewesen bist. Da du ein unbescholtener Bürger unseres Landes bist, kann es auf einen Freispruch hinauslaufen. Das hängt aber auch von dem psychiatrischen Gutachten ab.« Kronstetten seufzte. »Hätte ich dir nur nichts vom Flirt deiner Frau mit dem jungen Mann erzählt. Wie bist du denn auf die Idee mit den Drogen gekommen?« »Es war eine Verkettung unglücklicher Umstände. Jetzt, nachdem Cannabis teillegalisiert wurde, wollte ich einfach wissen, wie sich Drogen auswirken und wie man sich unter ihnen verhält. Dieses Wissen hätte mir bei der Verurteilung von Angeklagten geholfen. Und dann dachte ich mir, wenn ich schon von Drogen stimuliert bin, würden sie mir über die Hemmschwelle, die ich Annalene gegenüber aufgebaut habe, hinweghelfen, um endlich eine Aussprache, die klare Verhältnisse schafft, zu führen. Entweder hätten wir uns dann dauerhaft getrennt oder es wäre zu einer Versöhnung gekommen. Dass der Flüchtling anwesend war, konnte ich nicht ahnen. Jedenfalls wusste ich nicht wohin mit meiner überschüssigen Energie. Zuerst habe ich mich bei Annalene ausgetobt und dabei bemerkt, dass ich sie wiederhaben will. Also ging ich dann zu dem Flüchtlingsjungen in die Pension, um ihm deutlich zu sagen, dass es zwischen ihm und meiner Frau keine Fortsetzung geben wird. Als ich ihn da so gemütlich im Bett liegen sah, hat mich die Wut gepackt. Ich wollte schon länger ein Messer zur Selbstverteidigung mitführen, falls ein verurteilter Straftäter sich im Unrecht fühlt und mich für seine Strafe büßen lassen will. Als ich mich am Hauptbahnhof herumtrieb, wurde ich in meinem Vorhaben nur bestätigt, dass es besser ist, bewaffnet zu sein. So, jetzt weißt du alles.«

Beide Männer saßen sich noch einen Moment in dem grauen Besucherraum der Justizvollzugsanstalt schweigend gegenüber. Kronstetten erhob sich. »Ich werde dich jetzt verlassen. Wenn du mich sprechen willst, sorge dafür, dass man mich anruft. Das gilt auch, wenn du etwas brauchst oder die Haftbedingungen unzumutbar sind. Eine Weile wirst du schon noch hier aushalten müssen, Wolfgang. Das Höchststrafmaß wird fünf Jahre Haft sein, das weißt du doch selbst.« »Und mein Amt bin ich so oder so los. Denn bei einer Freiheitsstrafe von über einem Jahr endet nach § 24 Nr. 1 Deutsches Richtergesetz zwangsläufig das Richterverhältnis. Damit würden auch meine Pensionsansprüche entfallen. Zwar erhielte ich über die Nachversicherung noch Rente der Rentenversicherung, diese fiele aber geringer aus als die Richterpension. Doch damit kann ich leben. Eine Sache ist noch: Du musst zu Annalene gehen und ihr sagen, dass es mir leidtut, dass ich sie so brutal angefasst habe.« Kronstetten versprach, so zu handeln, wie es sein Mandant von ihm forderte. Im Gehen fragte der Anwalt noch nach, ob er auch bei Maria Kofler etwas ausrichten sollte. »Bei Maria habe ich mir nichts vorzuwerfen. Sie kann warten. Ihre Stunde kommt noch, wenn sie sich zum Besuch anmeldet.« Waldau sank zusammen und blieb erschöpft am Besuchertisch sitzen, während Kronstetten hinausgelassen wurde.

Wolfgang Waldau schlief mit dem Kopf auf der Tischplatte ein. Erschreckt fuhr er hoch, als das Geräusch ertönte, mit dem die Tür zuerst aufgeschlossen und dann geöffnet wurde. Der nächste Besprechungstermin stand an. »Hat man Sie hier eingeschlossen?«, fragte der Justizvollzugsbeamte. Er trat näher. »Moment, ich kenne Sie. Lassen Sie mich überlegen.« Der Inhaftierte unterbrach ihn. »Mein Name ist Wolfgang Waldau.« Ein Strahlen breitete sich auf dem Gesicht des Gefängniswärters aus. »Sie sind der Richter, der meinen Sohn freigesprochen hat.« Er schüttelte Waldau die Hand, der noch keine Anstaltskleidung trug. Sein Amt übte einen gewissen Einfluss auf die Behandlung durch die Mitarbeiter der JVA aus. Außerdem befand er sich noch in der Phase des Gewahrsams. »Entschuldigen Sie bitte, Herr Richter, dass Sie hier eingeschlossen wurden. Ich werde Sie sofort hinauslassen. Der Wärter hielt ihm die Tür auf. Waldau konnte die Haftanstalt ungehindert verlassen, zumal er sich mit seinem Dienstausweis erkenntlich machen konnte, der noch in seiner Hosentasche steckte. Waldau kannte den Weg zur U-Bahn und fuhr mit der U5 zur Konstabler Wache. Der Kater nach dem Drogenkonsum setzte ihm schwer zu. An der frischen Luft fühlte er sich etwas wohler. Er wollte zu Maria. Auch seine Schlüssel besaß er noch. Bei seiner Abholung gestattet man ihm, sein Jackett überzuziehen. Die Jackeninnentasche enthielt seine Brieftasche. Es war ein schmales Modell, das die Jacke nicht so ausbeulen sollte. Es handelte sich um ein Geschenk von Annalene. Die Frage, ob Maria ihn einfach wieder mit Freuden aufnehmen würde, beschäftigte ihn während der Fahrt. Schließlich wusste sie, dass er einen Menschen getötet hatte. Womöglich verspürte sie Angst, was ihn betraf. Seine Frau, Annalene war angstfrei, das wusste er. Wahrscheinlich ergaben sich durch sein Verhalten auch Auswirkungen auf ihre Karriere. Schlimmstenfalls würden sie beide gemeinsam nach Spanien auswandern. Ihren Flüchtling würde sie verschmerzen. Sie musste ihn nur wieder wollen. Bei der ehelichen Vergewaltigung im Drogenrausch stellte sich bei ihm schon das Gefühl ein, dass die schlimme Situation von ihr als nicht so dramatisch erlebt worden war, sondern sich sogar mit einem gewissen Genuss verband. Nun gut, er konnte sich auch täuschen. Als er sich dem Haus, in dem Maria in der Metzlerstraße wohnte, näherte, wurden seine Schritte langsamer. Unterwegs fragte er sich, ob vor dem Haus ein Streifenwagen auf ihn wartete, damit man ihn aufgreifen konnte, falls er bei Maria wieder andocken wollte. Die ruhige Nebenstraße strahlte die ihr eigene Friedlichkeit aus. Waldau klingelte. Nach einer Weile ertönte ein schwaches »Ja, bitte« in der Gegensprechanlage. »Maria, mach auf. Ich bin zurück«, sagte Waldau. Maria ließ ihn herein. »Hat man dich frei gelassen?«, fragte sie, ohne ihn zu umarmen. Waldau setzte sich in die Küche. Maria kochte Kaffee und hatte wie immer in solchen Fällen Kuchen vorrätig, den sie ihm anbot. »Maria, du hast von den Drogen gehört, das war nicht ich. Ein Dämon griff nach meiner Seele und entfernte sie für einen Moment.« Maria erklärte sich bereit, ihn wieder bei sich aufzunehmen. »Ich habe mit deiner Frau gesprochen. Sie wollte sich scheiden lassen. Sie kellnert jetzt in Altsachsenhausen. Das hat sich durch Zufall vor Ort so ergeben.« »Annalene lässt sich scheiden? Was, wieso denn, wir haben uns doch wieder angenähert.« Waldaus Stimme wurde etwas lauter. Maria legte warnend den Finger auf die Lippen. Dann umarmte sie ihren Wolfgang. »Leg dich hin. Ich mache das Abendessen, du bist bestimmt müde.« Als sie aßen, besprachen sie das weitere Vorgehen. Maria würde sich mitschuldig machen, indem sie gegebenenfalls aussagte, dass er nicht bei ihr sei. »Du weißt, Wolfgang, dass ich dich liebe. Nachdem ich deine Frau kennenlernte, sehe ich, dass sie sehr viel attraktiver ist als ich. Das wusste ich eigentlich schon immer, nur ist es eine andere Qualität, wenn man die Aura der Konkurrentin persönlich erlebt. Was ich sagen will, ist dies. Ich möchte alles für dich tun, sozusagen zum Ausgleich.« Maria lächelte verlegen. Eine Liebeserklärung für den Mann, den sie immer wieder aufnahm und umsorgte, war ihr bisher noch nicht über die Lippen gekommen. Auch war ihr das Eingeständnis eigener Defizite peinlich. Wolfgang Waldau war zu erschöpft, um sich wirklich geschmeichelt zu fühlen. »Du weißt, oder ich sage es dir jetzt, dass ich mich Annalene gegenüber immer unterlegen gefühlt habe. Nur mit diesen verdammten Drogen war mir der Weg zu ihr möglich, um mit ihr über die Scheidung zu reden. Sie bestimmt immer alles und hätte mir sofort gesagt, dass eine Scheidung nicht infrage kommt. Normalerweise hätte ich mich diesem Diktum unterworfen. Aber dann war dort dieser vermaledeite Flüchtling, und ich konnte nicht mit ihr reden. Eins kam zum anderen. Sie durfte kein Verhältnis haben. Mit der Beziehung zu dir, Maria, fühle ich mich ihr überlegen, denn ich besitze etwas, was ihr abgeht, nämlich eine allmählich gewachsene Liebesbeziehung auf Augenhöhe. Natürlich gefiel es mir, dass sie mich aufforderte, zu ihr zurückzukommen. Ich weiß, dass es dir wehtut, wenn du hörst, dass ich meine Schwierigkeiten mit Annalene mit dir kompensiere. Aber ist es nicht in jeder außerehelichen Beziehung so, dass Schwierigkeiten und Defizite ausgeglichen werden sollen? Natürlich gibt es auch die große Liebe, die sich plötzlich zu einer anderen Person einstellt. Aber die hat dann vorher auch gefehlt. Maria, wie genau es weitergeht, kann ich nicht sagen.« Maria und Wolfgang redeten in der Vergangenheit nie über das Thema, wie sie zueinander standen, seine Worte nahmen ihrer Verbindung die naive Selbstverständlichkeit. Es war viel, was Wolfgang jetzt auf den Tisch legte. Über Gefühle zu reden, war unvertraut und machte ihren Umgang komplizierter, denn sie konnte nicht mehr so tun, als sei es die normalste Sache der Welt, dass Wolfgang hier bei ihr übernachtete. Die Freundschaft mit sexueller Komponente war soeben zerstört worden. Maria seufzte tief. »Eigentlich wollte ich dir nur sagen, dass es mir nichts ausmacht, der Polizei zu erklären, dass du nicht hier bist. Ich habe es wahrscheinlich ein bisschen ungeschickt aufgezogen. Dein Tee ist schon ganz kalt, ich werde einen neuen Aufguss bringen.« Wolfgang wurde sehr nachdenklich. Er fröstelte. Obwohl er wohl nie mehr als Richter tätig sein würde, war er froh über diese Erfahrung des extensiven Drogenmissbrauchs. Dass er Adam umgebracht hatte, als er vom Teufel besessen war, tat ihm nicht leid. Schließlich hatte der junge Mann bereits seinen eigenen Tod schon billigend in Kauf genommen, als er über das Meer hierhergekommen war. Er hätte einfach seine Abschiebung akzeptieren müssen. »Wir machen es am besten so. Die haben mich aus der JVA einfach hinausbegleitet, also wäre ich doch dumm, wenn ich geblieben wäre«, entschied Wolfgang. »Ich werde diese Nacht oder eine weitere hier mit dir teilen. Tagsüber bin ich unterwegs. Wenn sie hier nach mir suchen, bin ich entweder anwesend oder unterwegs. Ich werde mich einer neuerlichen Festnahme nicht widersetzen. Und du sollst nicht lügen.« Wolfgang gähnte und ließ den Blick durch den Ikea-geprägten Raum schweifen. »Komm, lass uns ins Bett gehen.« Vor dem Einschlafen flüstere Maria noch, dass Annalene sie gefragt habe, ob sie in den Apfelwein-Walther kommen würde. »Das können wir morgen besprechen«, antwortete er. Ihre Hand strich vorsichtig über Wolfgangs Bauch.

45

Kronstetten war darüber informiert worden, dass sein Mandant versehentlich die Freiheit wiedererlangt hatte. Der Justizvollzugsbeamte war am Boden zerstört, dass ihm dieses Missgeschick passiert war. »Mangelnde Kommunikation«, stellte Kronstetten während des diesbezüglichen Telefonats mit Armin Hirte fest. »Wir geben die Sache nicht an die Presse, diese Peinlichkeit muss nicht unbedingt bekannt werden. Aber wir tun alles, um ihn wiederzufinden. Wenn er sich bei Ihnen meldet, halten Sie ihn bitte fest und informieren die Einsatzkräfte.« Kronstetten sagte es halbherzig zu, war sich aber nicht sicher, ob es nicht besser wäre, wenn Wolfgang freiwillig und aus eigenem Antrieb zurückging. Schließlich gab es immer noch die Möglichkeit, eine Haftstrafe abzuwenden, wenn er gut kooperierte. Wollte sein Freund eigentlich weiterhin das Richteramt ausüben? Wäre ein Neuanfang in Spanien mit Annalene zusammen nicht die erstrebenswertere Option? Er könnte dort ein bisschen Weinbau betreiben und er, Kronstetten, käme gelegentlich zu Besuch. Selbstverständlich würde er sich auch um Maria Kofler kümmern. Er hoffte, dass Waldau den Weg zum ihm fand.

Annalene riss die Tür zum Kleinen Wirtshaus auf. Sie war früh dran, die Nachricht über Wolfgangs Verschwinden ließ auch ihr keine Ruhe. Trotzdem strahlte sie. Sie freute sich ebenso auf den Dienst, wie es vor einiger Zeit Siggi getan hatte. Dieser war noch anwesend, ließ aber den Kopf hängen. Uli überzog ihn wieder einmal mit Vorwürfen, so als ob er sowohl an dem Tod von Mareike Reimers als auch an demjenigen von Adam Youssef indirekt eine Mitschuld trage und insbesondere auch an dem Rückgang der Geschäfte. »Wenn du dich nicht abgesetzt hättest, wäre Alina noch in Kiew und du könntest wie früher hier mitarbeiten.« Siggi verstand nicht ganz, was Uli ihm sagen wollte, dieser wusste vermutlich auch nicht genau, was er seinem Partner konkret vorwerfen konnte. Es war mehr die Äußerung von einem allgemeinen Unmut, den Uli an Siggi adressierte.

Annalene hielt kurz inne, aber dann stürzte sie auf Siggi zu. »Ich möchte mich bei dir entschuldigen. Selbstverständlich ist es nicht deine Schuld, dass ich die Affäre mit Adam fortgesetzt habe.« Gut gelaunt war die beurlaubte Beamtin einem Scherz nicht abgeneigt. »Ich hätte wirklich auf dich umschwenken können. Warum warst du nur nicht ein bisschen zugänglicher mir gegenüber?« Das ließ sich Siggi nicht zum zweiten Mal vorhalten. Er umfasste die ehemalige Polizeipräsidentin, zog sie an sich und küsste sie leidenschaftlich. Es lag Jahrzehnte zurück, dass er eine weibliche Person intensiv küsste. Zu seiner Überraschung gelang es ihm mühelos und er fühlte sich wohl dabei. Sollte es Uli doch die Sprache verschlagen. Er verdiente es. Siggi zog die Dame noch ein wenig näher an sich heran. Spürte ihren kleinen Busen an seinem Herz, nahm ihren Duft und das seidenweiche Haar wahr, während sich sein Mund an ihrem festhielt. Er erkundete mit den Lippen die ihren und wurde zurückgeküsst. In diesem Moment fühlte sich Siggi bisexuell. »Jetzt reicht es aber.« Uli trennte die beiden Küssenden, indem er sie auseinanderriss. »Mein Lokal ist kein Puff«, sagte er rüde und an Siggi adressierte er eine Warnung. »Das hat ein Nachspiel für dich.« Er ging zur Tür, riss sie auf. »Am besten lassen Sie sich hier nicht mehr blicken«, gab er Annalene Waldau mit auf den Weg in der Hoffnung, dass sie nicht mehr den Rückweg an die Spitze der Frankfurter Polizei antrat. »Komm, Sissi, wir gehen spazieren«, sagte er und hatte Mühe, die Tränen zu unterdrücken. »Tim auch mit«, krähte das Kind fröhlich.

Annalene fühlte direkt einen Schmetterling aufsteigen, während sie den kleinen Umweg zum Vordereingang ihres Interimsjobs antrat. Vielleicht flog er auch nur vor ihren Augen vorbei. Die Dämmerung lag schon in der Luft, bald würde es richtig Herbst werden. Auto an Auto reihte sich in der Elisabethenstraße wie Perle an Perle auf einer Schnur und der Bus an der gleichnamigen Haltestelle ergoss einen Schwall Fahrgäste. »Kommt nur alle zum Apfelwein«, hätte sie am liebsten laut in die Menge gerufen. So war es ein Flüstern auf ihren frischabgeschleckten Lippen. Heinrich Walther begrüßte sie erfreut. »Ich war voller Zweifel, ob Sie tatsächlich weitermachen würden.« Er schüttelte ihr vehement die Hand. Annalene griff sich ihre Kellnerschürze. Sie trug dazu passend eine schwarze schmale Hose und eine schwarze Bluse sowie Turnschuhe, damit ihr die Füße nicht weh taten. »Kommt das Patenkind von Frau Wolff heute?«, fragte sie vorsichtshalber. »Nein, er wollte sich noch ein wenig auskurieren, um im Dienst keine Fehler zu begehen«, erklärte der Wirt. Das Lokal zeigte sich im Laufe des Abends völlig überbucht. Einige Gäste wollten sogar stehen und stellten ihre Gläser auf Tischen anderer Besucher ab. Hoffentlich gibt es keine Verwechselungen, überlegte Annalene und dachte an Corona. Ihr sollte es recht sein. Sie behielt die Tür im Auge, weil sie hoffte, dass Maria ihrer Kurznachricht Folge leistete. Als sie schon die Hoffnung aufgeben hatte, öffnete sich, während die Feiernden schon in Scharen abwanderten, noch einmal die Tür. Annalene vermutete beim Anblick des Mannes, dass es sich um einen Obdachlosen handelte, der sich hier ein wenig aufwärmen wollte, denn er trug nur ein kurzärmeliges T-Shirt zu einer mit Farbflecken übersäten ausgeleierten Jeans. Seine Füße steckten in Flipflops. Sie musste Heinrich Walther fragen, wie mit solchen Gästen umzugehen war. Der Wirt trat auf die unerwünschte Person zu. »Hier besteht eine Verzehrpflicht, ich darf niemandem gestatten, sich einfach nur so hier aufzuhalten, um sich aufzuwärmen. Wenn ich eine Ausnahme mache, würden mir Ihre Kollegen gleich die ganze Bude einrennen, aber Sie können einen Apfelwein mit nach draußen nehmen, der geht aufs Haus«, sagte er freundlich, aber bestimmt, denn der vor ihm stehende Mann präsentierte sich nicht als ein allzu verwahrloster Penner. »Meine Kollegen würden den Apfelwein-Walther sicher nicht in Scharen besuchen, die haben anderes zu tun.« Annalene hatte die letzten Worte gehört und erkannte die Stimme. »Herr Walther, ich kenne den Herrn, es handelt sich um meinen Nochehemann.« Heinrich Walther klappte die Kinnlade nach unten, seine Aushilfe wischte sich die Hände an der Schürze ab und trat zu den beiden Männern. Die restlichen Gäste waren zu diesem Zeitpunkt versorgt oder konnten einen Moment warten. Walther sah immer noch irritiert von einem zum anderen. »Ich denke, dass er verhaftet wurde, wieso ist er hier? War es nicht wegen Mord?« Der Wirt trat vorsichtshalber einen Schritt zurück. »Sie müssen keine Angst haben, Heinrich.« Annalene Waldau nannte den Inhaber des Lokals beim Vornamen. »Man hat ihn gehen gelassen.« Sie sagte die Wahrheit. Dann wandte sie sich ihrem Mann zu. »Was willst du, Wolfgang? Bist du zu Maria gegangen?« Waldau gab ein vages Zeichen der Zustimmung. »Du hättest auch zu mir kommen können. Bei mir hätte dich niemand gesucht.« Der entlaufene Gefängnisinsasse sah an die gegenüberliegende Wand des Lokals, als er antwortete. »Ich war mir nicht sicher, ob du mich aufnehmen würdest. Bei Maria war ich mir sicher. Es hat mich im Übrigen auch niemand bei ihr gesucht.« Annalene wusste, dass man die Causa Wolfgang Waldau sehr sensibel behandelte. Deshalb kam es auch am Tag nach seinem Abgang nicht zu einer groß angelegten Fahndung. »Ich finde, dass du dich stellen solltest«, sagte sie. »Ich weiß, das werde ich auch. Ich habe es auch zu Maria gesagt. Diese geschenkte Zeit wollte ich einfach nutzen, um mit dir zu reden.« Heinrich Walther hörte nicht weiter zu und ging zurück an seine Theke. Sollten die beiden ihre Probleme allein lösen, er jedenfalls lehnte die Rolle des Schlichters ab. Einen kurzen Moment überlegte er, ob er hingegen die Polizei rufen sollte. Jedoch wollte er sich in die Angelegenheit lieber nicht einmischen. Außerdem sollte seine prominente Mitarbeiterin noch eine Weile weiter für ihn tätig sein.

»Ich will die Scheidung nicht«, erklärte Waldau seiner Frau mit knappen Worten. Sie saßen sich mittlerweile an einem der Tische gegenüber. »Maria hat mir heute Morgen beim Frühstück berichtet, dass du die endgültige Trennung willst. Ich jedoch möchte zu dir zurück. Falls du mir verzeihen kannst, könnten wir gemeinsam in Spanien ein neues Leben beginnen. Ich kann nicht mit einem Freispruch rechnen. Die Drogeneinnahme beruht auf zwei Faktoren. Einerseits wollte ich in meiner Eigenschaft als Richter nachvollziehen können, wie sich ein Drogenrausch anfühlt und was durch ihn freigesetzt wird. Andererseits erhoffte ich mir den Mut, mit dir zu reden, mein Gefühl der Unterlegenheit zu überwinden und auch einzugestehen.« Annalene schwieg und wartete, ob er noch etwas sagen würde. »Wir könnten eine kleine Gastwirtschaft aufmachen oder Weinbau betreiben. Ich liebe dich und habe dich immer geliebt. Irgendwann musste ich mein Selbstwertgefühl aufpolieren, das war Maria. Leider ist die Kiste mit ihr zum Selbstläufer geworden.« »Ja, leider«, antwortete Annalene. Danach schwieg sie wieder. »Die Sache mit dem Flüchtling brachte mich um Sinn und Verstand. Er war dir doch noch viel mehr unterlegen als ich.« »Er war jünger und sehr schön, das wog einiges. Und er war verfügbar, im Gegensatz zu dir.« Jetzt war es an Wolfgang Waldau, mit »Ja leider« zu antworten. »Ich dachte, dass Maria Kofler heute hier erscheint, ich hätte gern eine Aussprache gehabt.« »Sie wollte kommen. Als sie heute Abend nach Hause gekommen ist, habe ich es ihr ausgeredet und ihr gesagt, dass ich die Gelegenheit für ein Gespräch mit dir nutzen müsste. Sie wird sich schon denken können, worüber. Sie hat von Anfang an gewusst, dass ich im Grunde meines Herzens immer nach dir suchte. Seltsamerweise fiel es mir heute sehr leicht, zu dir zu kommen.« Waldau starrte auf seine Hände, mit denen er sich vergangen hatte. »Du musst dich stellen, sonst geht gar nichts.« Annalene beharrte auf diesem Akt, der vor dem Wiedereintritt in ihre Ehe und neuen Lebensplänen stand. »Müller soll mich morgen früh abholen, ich werde da sein. Ich gehe jetzt zu Maria. Hast du vielleicht einen Pullover für mich? Wenn das Urteil gefallen ist, gehen wir nach Spanien, ja, Annalene? Vielleicht musst du auch dort fünf Jahre auf mich warten.« Kommentarlos stand die Angesprochene auf und suchte in ihrer Tasche, die hinter der Theke stand, nach dem Pulli, den sie auf dem Rückweg unter ihr Jackett ziehen wollte, falls sie zu Fuß nach Hause lief. »Den möchte ich wiederhaben«, sagte sie und hielt Wolfgang das Kleidungsstück hin. »Und mich auch«, murmelte er im Gehen. Annalene beschloss kurz darauf, ihren Dienst für diesen Abend zu beenden und verabschiedete sich von Heinrich Walther. Dabei entschuldigte sie sich für das lange Privatgespräch. »Ihren Mann hätte ich mir ganz anders vorgestellt«, sagte er. Annalene nickte. »Ich mir auch. Bis morgen, Heinrich.« Kaum war die Tür hinter ihr zugefallen, rief sie den Kriminalhauptkommissar an, ungeachtet der Tatsache, dass es bereits auf 23 Uhr zuging. »Sie müssen morgen in aller Früh, sagen wir um sieben Uhr, bei der Maria Kofler vorstellig werden und ihn einkassieren. Er wird da sein. Ich habe sein Wort.« Horst Müller war nicht erbaut über den Einsatz im Morgengrauen. Frühes Aufstehen gefiel ihm überhaupt nicht.

46

Alina hielt sich in der Küche auf, um vorzukochen. Sissi saß spielend auf dem Boden und brabbelte etwas vor sich hin, während Uli hinter dem Tresen stehend seinem Partner vorwarf, dass es seine Schuld war, dass er Alina und die Kleine am Hals hatte. Anfangs war er froh gewesen, dass er die Köchin, Augenweide und Lebensfreude aus alten Tagen, wieder in seinen Betrieb, seinen Alltag und damit in sein Leben integrieren konnte. Auch seine Rolle als Ersatzpapa schmeichelte ihm. Doch dann fand er Siggi wieder, und es kam zu diesem anstrengenden Interessenkonflikt. Immer musste jemand auf das Kind aufpassen, dafür fiel Alina aus, denn sie war meistens in der Küche tätig. Es war praktisch unmöglich geworden, dass er und Siggi Tage und Abende gemeinsam verbrachten. Wann immer sie sich unterhielten, krähte das Kind dazwischen. So wie gerade eben konnte Uli seine Gefühle nur noch in negativer Form zeigen. Irgendwie geriet er immer wieder in dieses untiefe Fahrwasser, was ihn Anstoß nehmen ließ. Er polierte die Gläser bereits zum zweiten Mal. Ihm war nach Urlaub zumute, doch davon durfte er nicht einmal träumen. Die dicke Anna, die ihm in solchen Situationen half, saß im Gefängnis. Alina, der er den Betrieb anvertraut hätte, war wegen des Kindes nicht dazu in der Lage, den Laden komplett allein zu schmeißen. Außerdem gingen die Geschäfte schlecht, nachdem alle Welt aus Sensationsgier den Apfelwein-Walther überrannte. Und Alina musste bezahlt werden.

In dem Moment kam die Köchin aus der Küche gestürmt. »Er kommt«, rief sie völlig außer sich. »Wer kommt?«, fragte Uli konsterniert zurück. »Vladimir. Er macht gerade in Deutschland eine Einweisung für die Leopard-2-Panzer. Weil er so tapfer in vorderster Reihe für unser Vaterland kämpft, haben sie ihn ausgewählt.

Alle jungen Männer wollen diese Ausbildung machen, um unser Land besser verteidigen zu können und um den Krieg zu gewinnen. Natürlich sind sie auch erleichtert, einmal nicht in Lebensgefahr zu schweben. Sie genießen den Luxus, in Deutschland zu sein.«

»Aber ihr habt doch noch viel mehr Luxus bei euch, wenn ich an die ganzen Oligarchen denke.« Alina sah Uli scharf an nach dieser Bemerkung. »Jedenfalls besucht er uns bald, sein Lehrgang ist fast beendet. Er hat mir nichts davon gesagt, um mich zu überraschen. Deshalb war mein Mann auch einverstanden, dass ich wieder für dich arbeite, Uli, weil er wusste, dass er sowieso nach Deutschland kommen würde.«

Einen Tag später stand Vladimir in der Tür. Es war noch vor der Lokalöffnung. Er trug seine Uniform mit einem hellblaugelben Abzeichen. Den Helm hielt er unter den Arm geklemmt. Seine Füße steckten in schweren Stiefeln. Uli wurde von der Angst erfasst, dass er ihm den ganzen Boden verdreckte. »Setzen Sie sich doch, Herr Stankovic. Wie schön, dass Sie da sind.« Uli zeigte auf einen Tisch direkt neben dem Eingang. Die Nettigkeit war ihm gerade noch eingefallen. »Alina, komm er ist da!«, brüllte er in die Küche. Siggi, Sissi und Tim waren noch unterwegs, damit die Kleine genügend frische Luft bekam und mussten jeden Moment eintreffen. Alina stürzte hinter dem Tresen hervor, ein Küchenhandtuch in der Hand haltend. Es ging achtlos zu Boden, als sie sich dem aufgestandenen Vladimir an den Hals warf und sich von ihm herumwirbeln ließ. Dann setzten sie sich beide an den Tisch neben dem Eingang. Vladimir sah wirklich gut aus. Seine Haare waren kurz abrasiert. Der dunkelgraue Bürstenschnitt gab ihm ein sehr markantes Aussehen. Er war gebräunt, die Haut war vom Wetter gegerbt. Sein Körper wirkte massig, aber auch drahtig. Wahrscheinlich war die Verpflegung der Soldaten gut, überlegte Uli. »Wollt ihr was trinken?«, fragte er generös. »Einen Kaffee bitte«, sagte Vladimir. »Ich muss heute Abend wieder zurück nach Niedersachsen. Mir wurde eine Mitfahrgelegenheit für heute angeboten.«. Vladimir griff nach der Hand seiner Frau. »Ich möchte auch Sissi sehen. Wo ist sie? Ich komme in einer Woche wieder, bevor wir zurückreisen. Dann nehme ich euch mit nach Hause. In Kiew ist die Lage einigermaßen stabil.« Alina wusste nicht, ob sie weinen oder lachen sollte. Bei Uli und Siggi fühlte sie sich wohl, der Kleinen ging es gut. Es schien ihr ratsam zu sein, das Ende des Krieges in Deutschland abzuwarten. Dort war Sissi am sichersten aufgehoben.

Siggi, Sissi und Tim betraten die Gaststätte, ohne das Sissi die geringste Notiz von ihrem Vater genommen hätte. Begeistert erzählte sie vor sich hin, während sie ihr Mäntelchen auszog. »Sissi und Tim Hunger!«, rief sie laut. Alina stand auf und ging zu ihr. »Schau mal, wer da ist«, sagte sie und zeigte auf Vladimir. Sissi kniff die Augen zusammen und krallte sich an das Bein ihrer Mutter. Sie schwieg. »Ich denke, dass sie dich nicht erkannt hat. Sie hat dich so lange nicht gesehen«, meinte Alina. »Vielleicht macht ihr auch die Uniform Angst. Möglicherweise hat sie mehr von dem Krieg verstanden, als wir es uns vorstellen können«, fügte sie hinzu. Das Bein ihrer Mutter loslassend rannte Sissi auf Siggi zu, der im Hintergrund stehen geblieben war. »Sissi Angst, Papa auf Sissi aufpassen.« Jetzt umklammerte sie Siggis Bein. Vladimir stand auf und ging auf sein Töchterchen zu. »Ich bin dein Papa. Du musst keine Angst haben«, sagte er auf Ukrainisch. Er hob das Federgewicht hoch und drückte es vorsichtig an seine Brust. Tränen liefen über sein Gesicht. Er versuchte die Kleine zu küssen, doch sein Kind drehte den Kopf weg, so weit sie nur konnte. »Das wird schon wieder«, sagte Uli, der eine Ahnung davon bekam, wie sehr das Verhalten des Kindes den Vater schmerzte. Vladimir stellte seine Tochter auf den Boden. »Ich muss jetzt weg. Wie ich sehe, war es ein großer Fehler, euch beide gehen zu lassen. Du hättest mir meine Tochter nicht entfremden dürfen«, sagte er drohend zu Alina, die sehr betreten aussah. »Wenn ich wiederkomme, gehen wir zusammen zurück. Mein Sold ist gut. Es wird euch an nichts fehlen.« Alina nickte nur stumm und versuchte Vladimir noch einmal zu umarmen, bevor er ging. Er schüttelte sie ab und murmelte etwas Unfreundliches. Alina zuckte zurück. Die Tür fiel hinter dem Ehemann ins Schloss. »Er hat gesagt, dass ich wieder zur Hure geworden bin.« Jetzt weinte auch sie. »Ich will nicht mit ihm zurückgehen. Ich will nicht in die Ukraine zurück, solange dort Krieg herrscht. Außerdem muss Vladimir sich erst entschuldigen. Ich muss wissen, ob unser Zuhause intakt ist.« Uli, Siggi und Alina standen sich gegenüber und sahen sich bestürzt an. Auch Sissi stellte sich ganz erwachsen zu ihnen und versuchte nachdenklich auszusehen. »Wir trinken alle ein Mispelchen und überlegen, was wir machen. Sissi bekommt ein Mispelchen mit Apfelsaft«, entschied Uli.

»Hast du Vladimir erzählt, dass du über eine eigene Wohnung verfügst?«, fragte Uli schließlich. Alina verneinte die Frage. »Ich hatte Angst, wenn er das hört, dass er dann an andere Männer denkt. Aber das hat er auch so schon getan.« Sie seufzte kummervoll. »Wir verstecken dich dort und sagen ihm, dass du wegelaufen bist, weil du nicht zurückwolltest«, schlug Uli vor, denn er dachte dabei an Siggis Aufenthalt in der Westendpension. »Dass wir uns verstecken, ist eine gute Idee.« Alina zog nachdenklich die hübsche Stirn in Falten. »Wir können aber nicht sagen, dass ich weggelaufen bin, das glaubt er sowieso nicht. Wo soll ich denn mit einem Kleinkind hingehen?« »Du seist schon vorausgefahren, um ihm eine Freude zu machen«, warf nun Siggi in die Waagschale. »Er findet es sehr schnell heraus, dass es nicht stimmt. Ein paar Anrufe genügen.« Alina schüttelte den Kopf. Das war auch kein guter Grund, um ihr Verschwinden zu erklären. »Wir sagen einfach die Wahrheit, dass ich mich mit der Kleinen versteckt habe, weil ich das Kriegsende in Deutschland abwarten will. Ihr wüsstet nicht, wo ich mich aufhalte, damit er es nicht aus euch herausholen kann.« Das Quartett war sich einig, dass es so funktionieren würde. »Die Wahrheit währt am längsten«, sagte Uli während er die Gläser abräumte. Die ersten Gäste trafen ein. Siggi und Sissi erhielten etwas zu essen. Vorsichtshalber sollten sie heute nicht in Alinas Wohnung gehen, falls Vladimir das Lokal beobachtete oder beobachten ließ. Für letzteren Fall musste auch für die nächsten Tage eine provisorische Bleibe in Ulis und Siggis Wohnung eingerichtet werden. »Ich werde mit meinem Transporter zu deiner Wohnung fahren, um das eine oder andere, was ihr dringend braucht, einzuladen. Dann müssen wir nur noch festlegen, ab wann du abtauchst.« Uli klang sehr entschieden. Alle sahen sich traurig an, denn sie wussten, dass ihre guten Tage erst einmal zu Ende waren, die Uli kurz zuvor noch angeprangert hatte. »Wie finden wir heraus, dass Vladimir wieder weg ist, nachdem er hier nach Alina und Sissi gesucht hat? Wann können sie wieder ihr Exil verlassen?«, fragte Siggi. »Das wird sich finden«, schloss Uli die Debatte ab.

47

Beim Frühstück einigten sie sich darauf, dass Alina und Sissi noch drei Tage so tun sollten, als wäre nichts passiert. Siggi sollte weiterhin mit Tim und Sissi spazieren gehen. Alina würde weiterarbeiten, nur blieben sie nachts hier. Am Nachmittag des dritten Tages sollten Mutter und Tochter mit dem Taxi in die Wohnung fahren, wobei es so aussehen sollte, als würde Alina die Kleine ins Krankenhaus bringen. Diese Geschichte würde Uli auch seinen Gästen erzählen. Sie impften Sissi ein, dass sie beim Einsteigen in das Taxi laut jammern sollte, ohne dazu zu sagen, dass Sissi jammern soll. Es klappte. »Aua, aua, Sissi hat ganz schlimm Aua.« Sissi verplapperte sich also nicht. Uli und Siggi wohnten dem Abgang mit traurigen Mienen und hängenden Armen bei. Beide wussten nicht, wann sie wieder zu viert sein würden. Die letzten Stunden ließen sie zu einer verschworenen Gemeinschaft werden. »Sie hätten gleich bei uns wohnen sollen«, wiederholte Siggi. Uli war ausnahmsweise seiner Meinung, sagte aber nichts.

Auch Alinas Gespür, was das Verhalten ihres Mannes anging, trog sie nicht. Am vierten Tag nach seinem ersten Auftritt in ihrer Arbeitsstätte postierte er sich wieder vor der Lokaltür. Dieses Mal hing ein Gewehr über der Schulter und hinter ihm nahmen zwei Kameraden Haltung ein. »Ich bin gekommen, um meine Frau und meine Tochter abzuholen«, sagte er barsch mit finsterer Miene. Uli schlotterten die Knie bei dem Auftritt der militärischen Abordnung. »Alina lässt Ihnen sagen, dass sie nicht mitkommen möchte. Sie fürchtet um ihr Leben und das des Kindes und wartet das Kriegsende in Deutschland ab«, sagte er tapfer. Siggi trat hinter seinen Partner und betrachtete die Männer interessiert. »Das kann noch ewig dauern. Sie muss jetzt mitkommen. Wo ist sie?« »Das wissen wir nicht. Alina wollte es uns nicht sagen, damit wir sie nicht verraten können.« Siggi übernahm die Gesprächsführung. Die Männer drängten in das Lokal, in die Küche, in die Toiletten. Wegen ihrer Ausrüstung konnten sie sich kaum an dem Tresen vorbeizwängen. In dem schmalen Gang zur Toilette war es notwendig, dass sie seitlich liefen. Im Rahmen der Renovierung hätte man hier Abhilfe schaffen können. Schwer lastete das Versäumnis verbreiterter Zugänge auf Siggis Schultern. »Wir gehen nach oben in die Wohnung. Du kommst mit«, sagte Vladimir und meinte Siggi. Alina hatte fast alles zurückgelassen. »Sie kommt wieder«, stellte der Soldat fest. »Wir warten hier solange. Wir wollen etwas essen. Wir müssen bei Kräften bleiben.« Vladimir zeigte auf einen freien Tisch und bedeutete seinen Kumpanen, dass sie sich setzen sollten. Offenbar sprachen die Männer kein Deutsch. Vladimir hatte den Heimvorteil, denn er war seinerzeit mit Alina nach Frankfurt gegangen. Hier zerstritt und versöhnte sich das Paar, bevor Vladimir sie nach Hause in die Ukraine holen durfte. Es war fast wieder wie damals, nur war er jetzt viel martialischer. Als die Männer gegessen hatten, stand Vladimir auf und zog Siggi von seinem Barhocker. Er hob ihn leicht an. »Du sagst mir jetzt sofort, wo meine Frau ist oder es passiert ein Unglück.« »Alina wollte nicht ständig in die U-Bahn-Stationen flüchten müssen und Sissi sollte die Zerstörung nicht sehen.« Vladimir gefiel die Antwort nicht. Er verdrehte Siggis Arm nach hinten, sodass dieser vor Schmerzen aufheulte. »Das schmeckt dir nicht, mein Junge. Es geht noch schlimmer. Wir gehen jetzt in unser Hotel und morgen sind Frau und Kind wieder hier.« Die militärische Abordnung kümmerte sich nicht im Mindesten um die Bezahlung der Rechnung. Uli verspürte dieses Mal keine Lust, darüber zu diskutieren. Rasch verließen die Männer das Lokal. Siggi schlug seinem Partner vor, dass sie morgen nicht öffneten. »Das geht nicht. Die schlagen uns die Fenster ein oder brechen die Tür auf.« Uli lehnte den Vorschlag vehement ab. »Alina muss kommen«, forderte Siggi daraufhin. »Du bist feige, mein Lieber«, kommentierte Uli. »Es war nicht dein Arm, der nach hinten gedreht wurde. Ich sah die Sterne vor meinen Augen glitzern und wähnte mich im Himmel.« Siggi rieb seinen malträtierten Arm. »Ist doch schön, den vor Augen zu haben.« Uli streichelte jedoch die Wange seines Partners und musste sogleich eine Gruppe von Personen in Empfang nehmen, die er nicht kannte. »Wir haben hier ukrainische Soldaten gesehen, wie sie das Lokal verlassen haben«, sagte einer von ihnen. »Das ist richtig«, bestätigte Uli. »Wir sind der ukrainischen Armee empfohlen worden«, fügte Siggi hinzu. »Was sagen die tapferen Helden zum Verlauf des Krieges?«, wollte ein anderer der Neuankömmlinge wissen. »Siggi, kannst du bitte die Kriegsberichterstattung übernehmen?« Uli musste in der Küche tätig werden. Alina fehlte. Nach Lokalschluss redeten beide Partner noch eine Weile darüber, was man tun konnte und was nicht. Sie würden sich so normal verhalten wie möglich und auf die Öffentlichkeit hoffen. Siggi schlug vor, Horst Müller um Polizeischutz zu bitten. Uli gestattete ihm, das entsprechende Gespräch am nächsten Morgen zu führen. Noch vor dem Frühstück, das sie wieder zu zweit wie in alten Zeiten einnahmen, ließ sich Siggi mit Horst Müller verbinden. »Wissen Sie was, lieber Herr Reinhold, Sie haben eine ganz schön kriminelle Fantasie«, sagte er und lachte laut. »Erst melden Sie mir einen Mord an einer Kellnerin, den Sie vielleicht selbst begangen haben. Nur wenige Wochen später berichten Sie mir über die geplante Entführung Ihrer Kellnerin durch deren Ehemann.« »Köchin«, unterbrach ihn Siggi. »Alina ist unsere Köchin.« »Wie auch immer. Die Polizei hat jedenfalls keine Zeit, sich ständig mit dem gefährdeten Gastronomiepersonal in Ihrem Umfeld zu befassen. Lassen Sie es gut sein, lieber Herr Reinhold. Sollte tatsächlich etwas passiert sein, werden wir uns selbstverständlich der Sache annehmen.« Siggi war sehr beleidigt. »Dass mir fast der Arm ausgekugelt wurde, interessiert offenbar niemand«, murmelte er noch, bevor er auflegte. Kurz vor Annalenes Dienstbeginn beabsichtigte er einen Besuch im Apfelwein-Walther. Er würde sich über Müller beschweren. Sie war zwar nicht mehr im Polizeipräsidium tätig, verfügte aber bestimmt noch über die entsprechenden Kontakte.

»Du kannst mir helfen vorzukochen, beispielsweise wären die Kartoffeln zu schälen und Salatteller anzurichten. Aber bitte noch keine Sauce dazugeben«, schlug Uli vor, der sich aus der qualvollen Warterei befreien wollte. »Zuerst musst du mit Tim Gassi gehen, der Hund ist schon ganz nervös. Komm aber bloß nicht auf den Gedanken, in der Nähe von Alinas Wohnung herumzulaufen. Und vergiss nicht, dass wir in einem Rechtsstaat leben, in dem für Recht und Ordnung gesorgt wird.« Uli glaubte fast selbst, was er sagte. Siggi zog einen Flunsch, griff seine dunkelblaue Allwetterjacke mit Cordkragen und kariertem Futter. Als er den Arm nach der Leine ausstreckte, stand Tim auf, der das Vorgehen interessiert beobachtete, und stellte sich schwanzwedelnd an die Tür. »Tschüss, mein Lieber, denk daran, dass die ukrainischen Kerle rechtschaffene Burschen sind.« Uli verstieg sich sogar dazu, Herr und Hund die Tür zu öffnen. Die Panik, die ihn vor einigen Tagen erfasst hatte, legte sich zugunsten der Freude über ruhigere Zeiten. Außerdem hielt er das Erscheinen der Soldaten für geschäftsfördernd. Sollten sie ruhig noch einmal kommen.

Siggi stapfte los, den Blick stur auf den Boden gerichtet. Wenn er niemand sah, konnte er auch nicht gesehen werden. Seiner Meinung nach pochte Uli ein wenig zu viel darauf, dass Recht und Ordnung herrschten. Dessen Arm tat schließlich nicht weh. Siggi betrachtete seine Beine. In grauen Flanellhosen würde er sich besser fühlen als in Jeans. Er würde sich später umziehen. Ein Auto hupte laut. Siggi versäumte den Blick auf die Ampel, so sehr bemühte er sich, den Blick auf das Pflaster zu heften. Schließlich kam ihm der rettende Gedanke. Würde sich eine Gefahrensituation ergeben, konnte er sich auf Tim verlassen. »Fass, Tim«, brauchte er nur zu sagen. Erleichtert beschleunigte Siggi seine Schritte und ging in Richtung Mainufer.

48

Der Abend verlief ruhig, Uli war direkt ein bisschen enttäuscht über das Fernbleiben des Militärs. Einigen seiner Gäste schien es ebenso zu gehen. Mehrfach wurde er gefragt, wann die ukrainischen Kämpfer auftauchen würden. »Sie kommen noch, erst spät. Vorher haben sie noch einen Einsatz in Niedersachsen.« Uli bezeichnete den Lehrgang dort als eine Art Überfallkommando. Unzufriedenes Gemurmel unter den Anwesenden machte sich breit, denn man fühlte sich getäuscht. Uli verzog sich in die Küche und überließ Siggi den Service. Dieser beruhigte die Gemüter, indem er erklärte, dass am Ende des Abends doch noch eine militärische Operation im Kleinen Wirtshaus stattfinden würde. Er dachte, dass er auf diese Weise die Gäste bei der Stange halten und die Umsätze steigern konnte. Gegen zweiundzwanzig Uhr brachen die meisten Gäste übellaunig auf, denn sie fühlten sich um eine Sensation betrogen. »Alles falsche Versprechungen!«, schrie ein krummbeiniger Mann, den Uli noch nie gesehen hatte und der es wagte, nichts zu essen zu bestellen.

Siggi war glücklich, dass nichts passiert war. Uli zählte mit einem zufriedenen Brummen die Tageseinnahmen, die den Vortag noch übertrafen. »Wir müssen etwas tun, um unsere Gäste für die entgangene Sensation zu entschädigen.« Uli kratzte sich nachdenklich am Kopf. »Welche entgangene Sensation?«, wollte Siggi wissen. »Na, die militärische Operation. Jetzt genehmigen wir uns erst einmal einen doppelten Whisky.« Uli war gut gelaunt, weil die Kasse stimmte. »Es ist doch schön, dass wir wieder zu zweit alleine sind.« Die Partner saßen an einem Tisch im Eingangsbereich und legten ausnahmsweise die Füße hoch. Die Tür zum Lokal stand einen Spaltbreit offen. Mehrmals erklangen Schritte und das Paar hielt synchron die Luft an. »Die Aufsteller müssen noch reingeholt werden«, sagte Uli. »Halt nein, heute können sie draußen bleiben. Schreib du an, dass es morgen von siebzehn bis neunzehn Uhr Freibier für alle gibt. Du hast die bessere Handschrift.« Uli kalkulierte, dass die angetrunkenen Besucher weiterhin blieben und sich sodann kostenpflichtig betranken. Schließlich gingen sie zu zweit nach oben, um ins Bett zu gehen. Siggi putzte seine Zähne, Uli verzichtete heute darauf. Alles war wie immer. Ihre Hände fanden sich vor dem Einschlafen. Sie waren nicht müde. Siggi umarmte Uli, denn er fühlte, dass er einiges wiedergutmachen musste. Außerdem würde Uli ihn sowieso nicht in den Arm nehmen. So war es eben.

Am nächsten Morgen wachten zwei Männer, für die die Welt in Ordnung war, glücklich und zufrieden auf. »Ich gehe mit Tim und bringe frische Brötchen mit«, sagte Siggi. »Möchtest du auch ein Croissant?«, fragte er noch, während er in seine Jeans stieg. Er würde nach dem Frühstück duschen und sich dem Tag stellen. Uli deckte den Tisch und sah auf die Uhr. Wo blieb Siggi? Leicht beunruhigt kochte er Kaffee und Eier. Dann hörte er, wie sich unten die Gaststättentür öffnete und wieder schloss. Schnelle Schritte erklangen auf der Treppe. Dann hörte Uli ein lautes Bellen. Ein Stein fiel vom Herzen des Wirtes. Siggi war zurück. Doch ein ukrainischer Soldat stand plötzlich in seinem Wohnzimmer. Er sagte nichts und hielt Uli einen Zettel unter die Augen und setzte Tim auf den Fußboden. »Er fährt mit in die Ukraine und wird unser Land im Kampf unterstützen. Wenn Alina nach Kriegsende zurückkehrt, kommt er wieder zu dir zurück.« Der Jüngling in Uniform, der Mann war fast noch ein Kind, lief die Treppe ebenso schnellen Schrittes, wie er gekommen war, wieder hinunter, bevor Uli die Botschaft erfasste. Er stürzte hinter ihm her. Der Knabe verstand ihn nicht und schüttelte bedauernd den Kopf. Vor dem Lokal hielt ein Jeep mit ukrainischem Kennzeichen und laufendem Motor. Der junge Soldat sprang hinein. Das Fahrzeug brauste davon.

Uli war völlig fassungslos. Nachdem sein Herz nicht mehr zum Zerspringen klopfte, wählte er die Nummer Horst Müllers. Er berichtete von dem jüngsten Ereignis und verlangte, Annalene

Waldaus Telefonnummer zu erhalten. Müller durfte ihm die Nummer nicht geben. Wütend legte Uli auf. Dann räumte er den Frühstückstisch ab, machte sich fertig, leinte Tim an und ging zu Alinas Wohnung. Sie öffnete nicht. Uli rief durch die Tür, er war mit einem Mitmieter in den Hausflur gelangt, dass er es sei und etwas passiert war. Vorsichtig öffnete die Köchin die Tür einen Spalt. Sie ließ Uli und Tim hinein. Sissi umklammerte kurz Ulis Bein, bevor sie sich Tim widmete. »Er soll an die Front?«, fragte sie fassungslos. »Und nach Kriegsende, wenn ich zurück bin, darf er heimreisen?« Uli zeigte der erschütterten Alina den Zettel. »Was kann ich machen?«, fragte Uli. »Nichts, wenn er erst an der Front ist, kann er sich nicht einfach absetzen. Ich rufe Vladimir an und frage, ob er mich schon jetzt gegen Siggi austauscht.« Alina suchte mit kummervoller Miene nach ihrem Handy. Uli konnte sie nicht davon abhalten, denn er wollte Siggi mit jeder Faser seines Ichs zurückhaben. Vladimir nahm nicht ab. Alina schrieb ihrem Mann, dass sie an Siggis Stelle mitkommen wolle. Sie tranken Kaffee und warteten, doch es kam keine Antwort. »Kommst du heute Abend und hilfst mir?«, fragte Uli. »Ich würde dich auch mit dem Auto abholen, nicht dass er dich auch noch entführt.« Alina schmiss den Laden. Uli saß am Tresen, nahm Sissi auf den Schoß und fuhr ihr geistesabwesend über die blonden Locken, während er überlegte, was wohl passiert war.

Siggi fühlte sich bedrängt, als plötzlich zwei Männer sehr dicht neben ihm gingen. Er hielt den Blick weiterhin stur auf den Boden gerichtet. Die beiden Personen trugen graue Trainingsanzüge, so viel konnte Siggi aus den Augenwinkeln sehen. Sie hakten ihn unter und führten ihn mit sanfter Gewalt von der Mainuferpromenade weg zu einem wartenden Jeep. Einer der Männer drückte Siggi in den Wagen. Der andere nahm Tim und ging zu einem weiteren Fahrzeug. Siggi erkannte Vladimir. »Was soll das?«, fragte er. Vladimir erklärte seinem Opfer, dass er ihn jetzt sofort mit in die Ukraine nähme und er dort ein wenig für das Land kämpfen müsse, damit Alina bald nach Hause zurückkehren konnte. »Jeder Mann ist wichtig für uns. Für dich ist es gut, wenn du mit der Härte des Lebens vertraut wirst. Der Krieg wird einen Mann aus dir machen. Uli wird sich freuen, wenn er einen richtigen Kerl zurückbekommt.« »Kann ich Uli eine Nachricht schreiben?«, fragte er. Vladimir streckte einen Arm nach hinten. »Gib mir dein Handy.« Siggi fürchtete um sein Leben. Zum ersten Mal in seinem Dasein betete er mit Inbrunst zu Gott. Nur seine Lippen bewegten sich. Nach außen drang kein Laut. An Autobahnraststätten wurde er jedes Mal untergehakt und auf die Toilette geführt oder auch in die Raststätte. Seine Schulter tat ihm weh, seine Schmerztabletten fehlten ihm. Er dachte an den Nachuntersuchungstermin, den er verpassen würde. Siggi fühlte die Waffe und schrie nicht. Sie fuhren Richtung Frankfurt Oder. »Wie geht es dann weiter, wenn wir da sind?«, wagte das Entführungsopfer schließlich zu fragen. »Wir übernachten einmal in meiner Wohnung, dann fahren wir weiter zur Front. Dort wird dich unser Kommandant ausstatten. Du wirst sehen, der Kampf für das Vaterland wird dir Spaß machen.« Siggi schluckte. »Ich kann keine Waffe bedienen«, wandte er ein. »Das lernst du schnell«, erklärte Vladimir. »Und wenn Alina vor Kriegsende nach Hause kommt, kann ich dann gehen?«, fragte Siggi, der einen winzigen Hoffnungsschimmer in seinem Angstchaos empfand. »Nein, umso wichtiger ist es, dass du der Ukraine hilfst, den Krieg zu gewinnen. Meine Frau und mein Kind sollen in Sicherheit sein.« Siggi zweifelte daran, dass er seinen Kriegseinsatz überleben und Uli je wiedersehen würde. Er bereute alle seine Eskapaden und wünschte sich nur noch, von seinem Partner geknechtet zu werden. Die Tränen strömten über sein Gesicht. »Hör auf zu flennen«, sagte Vladimir, der ihn im Rückspiegel beobachtete. »Du wirst den Krieg noch lieben lernen. Außerdem bin ich bei dir und die anderen Kameraden sind auch alles tapfere Krieger.« Es wurde dunkel. Sie fuhren durch die Nacht. Irgendwann schlief Siggi ein.

49

Uli bewegte sich den ganzen Abend nicht von seinem Platz am Tresen weg. Er saß dort, wo Siggi immer gesessen hatte. Alina bewältigte den Betrieb mühelos alleine. Ab und zu blickte sie verstohlen zu ihm. In einem ruhigen Moment nahm sie das schlafende Kind aus seinen Armen. »Achte bitte auf den Betrieb.« Sie trug Sissi nach oben und legte sie ins Bett auf Siggis Platz. Wer auch immer Uli in diesen zehn Minuten ansprach und etwas forderte, erhielt keine Reaktion. Schließlich begriff die Belegschaft der Gaststätte, dass Uli nicht ansprechbar war. Alina kam zurück, erfüllte schnell die anstehenden Wünsche, um schließlich eine Flasche Grauburgunder sowie das kleine Glas, aus dem er gewohnheitsmäßig trank, vor ihm zu platzieren. Tatsächlich griff Uli zu dem Glas. Wenig später trat Alina erneut zu ihm. »Ich habe Sissi in Siggis Betthälfte gelegt. Ich selbst schlafe auf der Couch«, ordnete sie an. »Nein, das geht nicht. Sissi muss in meiner Hälfte schlafen. Ich will mich wie Siggi fühlen. Vielleicht riecht auch das Kissen nach seinem Parfüm. Vielleicht bin ich jetzt Siggi.« Alina kräuselte ihre Nase ob dieser Worte. Später konnte sie lange nicht einschlafen. Am nächsten Morgen stand ihre Entscheidung fest. Sie ging zum Bäcker. Dann frühstückten sie zu dritt. »Wie hast du in Siggis Hälfte geschlafen?«, fragte die besorgte Köchin, um ein Gespräch in Gang zu bringen. »Ich weiß nicht«, antwortete Uli. Doch dann kam Leben in seinen zusammengesunkenen Körper. »Du musst mit Tim spazieren gehen. Ich schaffe das nicht. Du kannst ihn unterwegs irgendwo anbinden, damit er ein neues Herrchen findet, also ihn quasi aussetzen. Oder du fragst einen anderen Hundebesitzer, ob er einen Zweithund möchte.« Sissi verfolgte das Gespräch zwischen ihrer Mutter und ihrem Ersatzvater mit angestrengtem Gesichtsausdruck. »Tim muss bleiben«, stellte sie schließlich fest. »Ja, Schätzchen, Tim bleibt, aber wir nicht.« Alina erklärte Uli, dass sie ihre persönlichen Dinge packen würde, auch viele von Sissis Spielsachen mussten mitgeschleppt werden, dafür würde ein Teil ihrer Kleidung hierbleiben. »Ich kann jetzt hier nichts mehr abwickeln, wir müssen sofort aufbrechen, damit Siggi nicht schon irgendwo anders hingebracht wurde. Ich gehe zurück, und Siggi kommt wieder. Manchmal ist Vladimir eben so. Ich habe diesen Weg gewählt. Ich werde ihn zu Ende gehen. Du hast in den nächsten Tagen viel zu tun. Du musst alles alleine schaffen, aber es wird dich ablenken. In ein paar Tagen ist Siggi wieder hier.« Uli sah Alina mit aufgerissenen Augen an. »Ich halte es nicht für richtig, wenn du in das vom Krieg erschütterte Land zurückgehst. Siggi wird nicht wiederkommen. Dein Opfer wäre sinnlos.« Ulis Augenlider gingen wieder in die Halbmaststellung zurück, es gelang ihm gut, sich in einen angenehmen Dämmerzustand zu versetzen, in dem er nichts fühlte und auch fast nicht dachte. »Nein, Uli, ich muss gehen. Ich kann nicht mehr mit gutem Gewissen hierbleiben. Es ist unsere einzige Chance, dass er Siggi jetzt wieder gehen lässt, bevor er an der Front eingekesselt ist. Vladimir kommt sowieso wieder hierher, wenn Siggi unter der Aufsicht der Truppe steht. Wir dürfen keine Zeit verlieren. Du musst jetzt noch einmal aufwachen und mir ein bisschen helfen.« Schwerfällig erhob sich Uli vom Tisch. Sein Restverstand sagte ihm, dass Alinas Analyse der Lage zutraf. »Wo sind eure Koffer?«, fragte er. »Du kannst auch meinen Koffer nehmen. Was ist mit der Fahrkarte? Ich gebe dir jedenfalls das Geld für die nächsten drei Monate. Ich werde es dir in bar aushändigen.« Der Wirt begann das Frühstücksgeschirr abzuräumen. »Deinen Mietvertrag habe ich oder liegt er in deiner Wohnung? Deine restlichen Sachen kann ich dir schicken.« Uli funktionierte wieder. Er drehte eine kurze Runde mit Tim, dabei suchte er auch Alinas Wohnung auf. Eine Liste enthielt die Sachen, die er dort an sich nehmen sollte. Mit einer schweren Tasche beladen, ging er anschließend zu seiner Bank und hob eine größere Summe ab. Als er schnaufend die Treppe zu seiner und Siggis Wohnung hinaufstieg, bemerkte er dort eine größere Menge Gepäckstücke. »Wie willst du das schaffen, Alina?«, fragte er. »Mir wird schon jemand helfen. Du wolltest mich doch zum Zug bringen, er geht in zwei Stunden, wir sollten rechtzeitig auf dem Gleis sein.« Alina wollte es kurz und schmerzlos machen, dachte sie. Als sie Ulis Gesichtsausdruck bemerkte, dem sich das Herz erneut zusammenkrampfte, umarmte sie ihn. »Vergiss nicht, in ein paar Tagen ist Siggi wieder bei dir.« »Und wenn nicht?« Diese Rückfrage stellte sich Uli tonlos. Er händigte seiner Köchin zwei zusätzliche Monatsgehälter aus und einen größeren Betrag für Siggis Rückreise. »Ich habe schon mit meiner Mutter telefoniert«, erklärte Alina und bedankte sich für die Gelder. Sie tranken noch einen Kaffee zusammen und versicherten sich, dass es eine schöne Zeit gewesen sei trotz allem und dass sie in Kontakt bleiben wollten.

Uli fuhr seinen Transporter vor. Er lud alle Koffer und Taschen ein, die er später auf den Bahnsteig schleppte. Sie waren froh, dass Sissi so viele Fragen zu dem Geschehen auf dem Hauptbahnhof stellte. Schließlich fuhr der Zug ein. Nachdem Alina einen geeigneten Platz in einem Mutter-Kind-Abteil fand und Uli das Gepäck verstaut hatte, stand das endgültige Abschiednehmen an. Uli hielt ein letztes Mal Sissi auf dem Arm. Er drückte sein Gesicht in ihre Locken, damit niemand seine Tränen sah. »Wir sehen uns wieder«, sagte Alina, als Uli ausstieg. Er wusste, dass es nicht der Fall sein würde. »Du meldest dich, wenn du Siggi getroffen hast«, sagte er noch. Irgendwie gelangte er unfallfrei nach Sachsenhausen. Er begann das Essen vorzubereiten, nachdem er zuerst überlegt hatte, nicht zu öffnen. Er wusste, dass er diesem Impuls nicht nachgeben durfte, denn sonst würde er nie wieder öffnen. Heute Abend war er auf die Unterstützung seiner Gäste angewiesen. Jemand musste sich hinter den Tresen stellen, während er in der Küche hantierte. Anschließend packte er die restlichen Habseligkeiten von Alina und Sissi in große blaue Müllsäcke, wie er es auch einmal lange vor ihrer Heirat mit Siggis Utensilien getan hatte. Die Säcke wanderten auf den Dachboden. Danach wusch er seine Hände, kämmte die Haare und machte sich auf den Weg zum Apfelwein-Walther. Er hoffte, dort Annalene anzutreffen, damit er ihr von Siggis Entführung erzählen konnte. Zuerst aber musste er sich bei ihr entschuldigen.

Er stellte fest, dass der Patensohn von Anna Wolff wieder seinen Dienst schob. »Wie geht es?«, fragte Uli um einen freundlichen Tonfall bemüht. »Kommt Frau Waldau auch noch?«, wollte er dann wissen. »Ja, für Heinrich Walther ist es wichtig, dass sie noch bleibt. Die Gäste mögen sie. Sie muss jeden Moment eintreffen.« Ansgar zog ein wenig die Mundwinkel herunter. Er schien Annalene vielleicht als Konkurrenz zu empfinden, überlegte Uli, nachdem er einen Apfelwein bestellt hatte, den er normalerweise nicht trank. Wein zu bestellen, schien ihm nicht angezeigt und war auch zu teuer, nach den hohen Ausgaben, die er heute zu tätigen gezwungen war. Wie auf das Stichwort trat Annalene zerzaust und in Joggingkleidung ein. »Oh, Uli. Was führt dich hierher? Was gibt es Neues? Ich muss mich nur umziehen, dann musst du mir erzählen, was dich dazu gebracht hat, deinen Stolz zu überwinden.« Die freundliche Begrüßung war Balsam für Ulis wunde Seele. Es entging ihm, dass sich Ansgars Mundwinkel noch etwas tiefer nach unten zogen. Annalene war zwei Minuten später wieder bei Uli. »Was gibt es Neues?«, fragte Annalene noch einmal. Sie bemerkte den traurigen Ausdruck in dem Gesicht ihres Gegenübers und legte ihm die Hand auf den Arm. »Siggi ist weg. Wahrscheinlich für länger. Ich möchte mich auch entschuldigen, weil ich so ruppig war. Betrachte es einfach als Eifersucht.« »Wie weg?«, fragte die ehemalige Polizeipräsidentin, ohne auf Ulis Entschuldigung einzugehen. »Der Mann von Alina hat ihn aus Rache in die Ukraine verschleppt, weil sie nicht mitkommen wollte. Jetzt ist sie ihm nachgefahren. Ich glaube aber trotzdem nicht, dass sie ihn dann zurückkehren lassen. Er soll wohl im Krieg mithelfen«, erzählte Uli. Annalene sah sehr betreten aus. Der Abgang Siggis schien sie ebenfalls hart zu treffen. »Wir können nichts tun außer zu hoffen«, sagte sie. »Eine Anzeige wegen Geiselnahme käme wohl erst infrage, wenn er nicht nach Alinas Eintreffen zurückkehrt. Ich wage auch zu bezweifeln, dass in diesem Einzelfall diplomatische Bemühungen in Gang gesetzt werden. Ein singuläres Ereignis ist zu unbedeutend, um an dem großen Ganzen zu kratzen. Man kann in der Ukraine an der Front nicht nach ihm suchen. Im Zweifel stünde außerdem Aussage gegen Aussage. Es bleibt zu hoffen, dass der Ehemann seine Zusage hält. Wie kommst du in den nächsten Tagen über die Runden?« Die ehemalige Polizeichefin rieb ihre Hände an der Schürze ab. Sie wirkte ebenso hilflos, wie ihre Analyse es vermuten ließ. Auch war sie zum Du übergegangen, der Anredeform, der sich auch Ansgar Wagner bediente, als er sich jetzt einmischte. »Wenn du Hilfe brauchst, ich darf doch du sagen, kann ich einspringen. Frau Waldau hat den Laden hier fest im Griff.« Annalene warf dem Neffen der inhaftierten Anna Wolff einen überraschten Blick zu, bevor sie nach kurzem Nachdenken meinte, dass dies eine gute Idee sei, falls Uli einverstanden wäre. Ansgar war froh, der sportlich gebräunten dominanten Blondine zu entkommen. Sie strafte ihn überdies die meiste Zeit mit Missachtung.

50

Uli erklärte Ansgar kurz, was zu tun war. Der Neuling fragte schließlich nach einer Schürze. Über ein weiteres Exemplar dieser Textilie verfügte Uli jedoch nicht. Er besaß seine eigene Ausfertigung, die er nicht weiterreichen wollte. Suchend sah er sich in der Küche um und gewahrte Alinas Schürze. Er hielt sie seiner Aushilfe hin, doch Ansgar lehnte dankend ab. Ein Küchenhandtuch, was er sich in den Hosenbund stopfen konnte, sei ihm lieber. Uli bedauerte bereits, den Patensohn der dicken Anna abgeworben zu haben. Seine Stammgäste hätten ihn bestimmt unterstützt. Der Abend verlief schleppend. Uli war von den vielen Rückfragen seines neuen Kellners genervt, der sich auch erdreistete, vorzuschlagen, einen weiteren Weißwein in das Sortiment aufzunehmen. Uli fand, dass sein Grauburgunder ausreichte. Er nahm die Gelegenheit wahr, sich selbst ein Glas einzuschenken, dann verschwand er mit dem Glas in die Küche, um das bestellte Essen zuzubereiten. Der Gast hatte auf Leiterchen bestanden und Ulis Vorschlag, doch ein Schnitzel zu nehmen, rundweg abgelehnt. Plötzlich drang aus dem Schankraum ein lauter Wortwechsel an sein Ohr. Besonders die Stimme einer Frau schmerzte sein Gehör. Er ging nachsehen. Wen gewahrte er? Es war diese Carla Richter, die behauptete, von dem Patensohn der dicken Anna gewürgt worden zu sein. Jetzt lachte sie schrill. »Du kannst dich hier verbergen, jedoch entkommst du der Gerechtigkeit nicht. Gilt es auch für dieses Lokal, dass ich nichts bezahlen muss, weil ich in deiner Gegenwart ausgeraubt wurde?« Sämtliche anwesenden Gäste schwiegen und verfolgten interessiert den Wortwechsel. Carla erklomm einen Barhocker am Tresen. »Für dieses Lokal gilt die Regelung der Wiedergutmachung nicht, liebe Dame.« Uli war um Höflichkeit und Deeskalation bemüht. »Ich finde schon, dass ich ein Anrecht auf Entschädigung habe, wo immer sich diese Missgeburt aufhält.« Carla zeigte auf Ansgar. »Wie wäre es, wenn Sie in gewohnter Manier den Apfelwein-Walther aufsuchen?«, schlug Uli vor. »Dort gibt es keine Missgeburten.« Uli deutete mit seinem Kopf in Richtung Tür. Carla glitt vom Hocker. Sie sah sich um. »Zum Glück sind keine Frauen anwesend. Wenn ich dir das nächste Mal meine Aufwartung mache, um dich an deine Verantwortung zu erinnern, werde ich eventuelle weibliche Gäste vor dir warnen.« Ansgar ballte die Fäuste und war bereit, sich auf die impertinente Person zu stürzen. Carla war schneller und ließ laut lachend die Tür ins Schloss fallen. Uli sagte erst einmal nichts. Als der letzte Gast das Lokal verließ, griff er in die Kasse und händigte Ansgar seinen Lohn für den Einsatz aus. »Wir können nicht weiter zusammenarbeiten, wenn es hier zu solchen Auseinandersetzungen kommt. Das vertreibt mir die Kundschaft. Ich denke, dass ich alleine klarkomme. Außerdem überlege ich, ob ich in die Ukraine reise.« Ansgar war wie vom Donner gerührt. Jetzt wurde er sogar von Männern abserviert. Schweigend griff er nach seiner Jacke. Das würde ein Nachspiel haben, jedoch eher für Carla als für den Wirt.

Ansgar dachte an seine letzte Aktivität im Onlinedating. Vielleicht gab es ein Schreiben von der Unbekannten. Der Dame, welcher er eine Kontaktanfrage zukommen ließ, ohne sich deren Profil oder Bild angesehen zu haben. Entweder entpuppte sie sich als seine Herzdame. Wenn nicht, musste sie für alles büßen, was ihm je angetan worden war. Carla als Opfer führte zu eindeutig zu ihm. Jeder würde sofort mit dem Finger auf ihn zeigen. Bevor Ansgar nach Hause ging, schaute er im Telecafé nach neuen Nachrichten bei Zweizeit. Tatsächlich fand die Unbekannte Gefallen an seinem Spiel. Sie schlug einen Treffpunkt vor. Ihr Foto stand nicht mehr zur Verfügung. »Ich werde morgen um 16.30 Uhr im Zoo bei den Brillenbären auf dich warten. Es gibt kein Erkennungszeichen. Entweder wir finden uns auf diese Weise oder nicht. Ich gehe sowieso gern in den Zoo«, schrieb sie. »Einverstanden. Ich werde da sein«, antwortete Ansgar. Das konnte heiter werden. Entweder warf er sie gegebenenfalls den Raubtieren zum Fraß vor oder er hob einen

Stein auf, um sie zu erschlagen. Seitlich an der Brillenbärenanlage, die sich dem Zooeingang am nächsten befand, stand eine Frau in einem leichten schwarzen Trenchcoat. Ihr Gesicht wurde fast gänzlich von einer dunklen Brille bedeckt. »Das muss sie sein«, dachte Ansgar. Die Aufmachung fand er lächerlich. Er trat auf sie zu. »Wir sind hier verabredet«, verkündete er selbstbewusst. Die Dame zuckte leicht zusammen und musste nießen. Ansgar sah, dass sie bereits ein Taschentuch in der Hand hielt. »Gut, dann erzähle ich es eben sofort. Ja, wir sind verabredet. Und ich leide an allen nur vorstellbaren Allergien, insbesondere aber an einer Tierhaarallergie.« Ansgar streckte der Unbekannten, die spontan zu einer Vertrauten geworden war, die Hand hin. »Ansgar«, stellte er sich vor. Ein sehr angenehmes Parfüm erreichte durch die Handbewegung und das Nähertreten seine Nase. Sein Date schenkte ihm ein Lächeln. »Das trifft sich gut. Ich bin nämlich auch Allergiker.« »Ach, davon steht nichts in Ihrem Profil, eine weitere nette Überraschung, dann können Sie mich verstehen. Worunter leiden Sie? Sieglinde.« Wieder musste seine Verabredung lächeln. »Unter der Sonne«, seufzte er und sah in den wolkenverhangenen Himmel. »Das ist aber schade«, stellte Sieglinde fest. »Im heißen Sommer am Strand und am Meer fühle ich mich noch am besten.« Ansgar antwortete nicht. Ihm versagte die Sprache. Reflexhaft sah er nach unten und hielt Ausschau nach einem geeigneten Stein. Der Zoo war an einem Wochentag spätnachmittags nicht gut besucht.

Nun gab es keine Tante Anna mehr, die sich schützend zwischen ihn und sein Feindbild stellte. Warum nur bestrafte ihn das Leben so sehr?

Ansgar war nicht nur um die Wertschätzung seiner Mutter betrogen worden. Bei seiner Suche nach der idealen Partnerin wollte er zugleich auch die bei der Mutter vermisste Liebe finden. Dass er als Krankheitsträger weiteren Demütigungen ausgesetzt war, konnte er nur schwer hinnehmen. Seiner Meinung nach hätte es Frauen geben müssen, die mit seiner eher geringfügigen Beeinträchtigung umgehen konnten. Sie mussten die Strafe erhalten, die sie verdienten.

Über kurz oder lang entwickelten alle diese Frauen ein ähnliches Verhalten wie seine Mutter. Sie hatte er nicht bestrafen können. Ihm schoss das Blut in das Gesicht, wenn er nur daran dachte, wie sie gelegentlich seinen Vater geohrfeigt hatte. Schon in seiner Kindheit musste er auch immer wieder erleben, wie der Vater verbal erniedrigt wurde. »Du Versager« war noch eine milde Form davon. Als sie schließlich anfing, tätlich zu werden, war der Vater eines Tages nicht mehr nach Hause gekommen. Er, der langweilige Finanzbeamte, hatte den Mut aufgebracht, einfach wegzubleiben und ihr die Alleinherrschaft über den Sohn zu überlassen. Da es den Vater nicht mehr gab, musste er als Blitzableiter für ihre unstillbare Wut dienen. Er wäre gerne auf ein Gymnasium gegangen, was sie jedoch ablehnte. Es war an der Zeit, dass stellvertretend für seine Mutter nun andere Frauen büßten. Abgesehen von seiner Funktion des Sündenbocks für die Mutter war es auch ihre Schuld, dass ihm diese missliche Sonnenallergie anhaftete, die sie zudem übel kommentierte. »Ausgerechnet ich muss so einen Verrecker zum Sohn haben!« Wie oft brüllte sie ihm diesen Satz ins Ohr, immer dann, wenn seine Allergie besonders schlimm, schmerzhaft und nässend war.

Ansgar fühlte, wie er am Ärmel gezupft wurde. »Du musst nicht betreten zu Boden schauen. Ich muss nicht am Meer Urlaub machen. Um die Situation aufzulockern, wollte ich dich einfach ein wenig necken.« Sieglinde ergriff seine Hand. Hand in Hand gingen sie noch ein Stück im Zoo spazieren, bevor die Durchsage zur Schließung der Anlage ertönte. Es fühlte sich gut an, Sieglindes Hand zu halten. Ansgar ließ sie nur in der Drehtür am Ausgang los. In diesen Momenten spürte er den Ballast all der Jahre nicht mehr. Er rutschte mit einem Ruck von seinen Schultern. Es fühlte sich an, als würde die Erde unter ihm schwanken. Er hielt sich an Sieglindes Hand fest, die den Druck sanft erwiderte. Und er wusste, dass er sich einer Therapie unterziehen musste, damit das Glück dieses Abends anhielt und damit er nie wieder nach einem Stein suchen musste.

Uli war froh, dass er diese kurze Zusammenarbeit sofort beendet hatte. Tatsächlich reifte in ihm der Entschluss, selbst in der Ukraine nach Siggi zu suchen. Er würde Annalene bitten, unterdessen auf Tim aufzupassen. Alina musste ihm telefonisch nur erklären, wo Vladimirs Einsatzort an der Front war und wie er dort hinkam. Mehr musste sie nicht für ihn tun, er wollte sie nicht in die Sache hineinziehen. Er schloss seine Wirtschaft ab, nachdem er die verderblichen Lebensmittel entsorgt hatte. In seiner Wohnung klappte Uli Siggis großen Koffer auf, der noch übrig geblieben war. Doch zuerst bereitete er einen Aushang für die Eingangstür vor. »Betriebsferien.« Auch einen seiner Aufsteller würde er schweren Herzens draußen postieren mit ebendiesem Text. Da Uli die Dauer seiner Abwesenheit nicht vorhersehen konnte, musste er auf ein Datum verzichten.

DIE AUTORIN

Angela Neumann studierte Germanistik und Romanistik. Nach den Jahren der Berufstätigkeit kann sie sich ein Leben ohne ihre Schwester und ihre beiden Töchter sowie das Schreiben von Kriminalromanen nicht mehr vorstellen. Die Autorin lebt und schreibt in Frankfurt am Main.

Weitere Bücher aus dieser Reihe

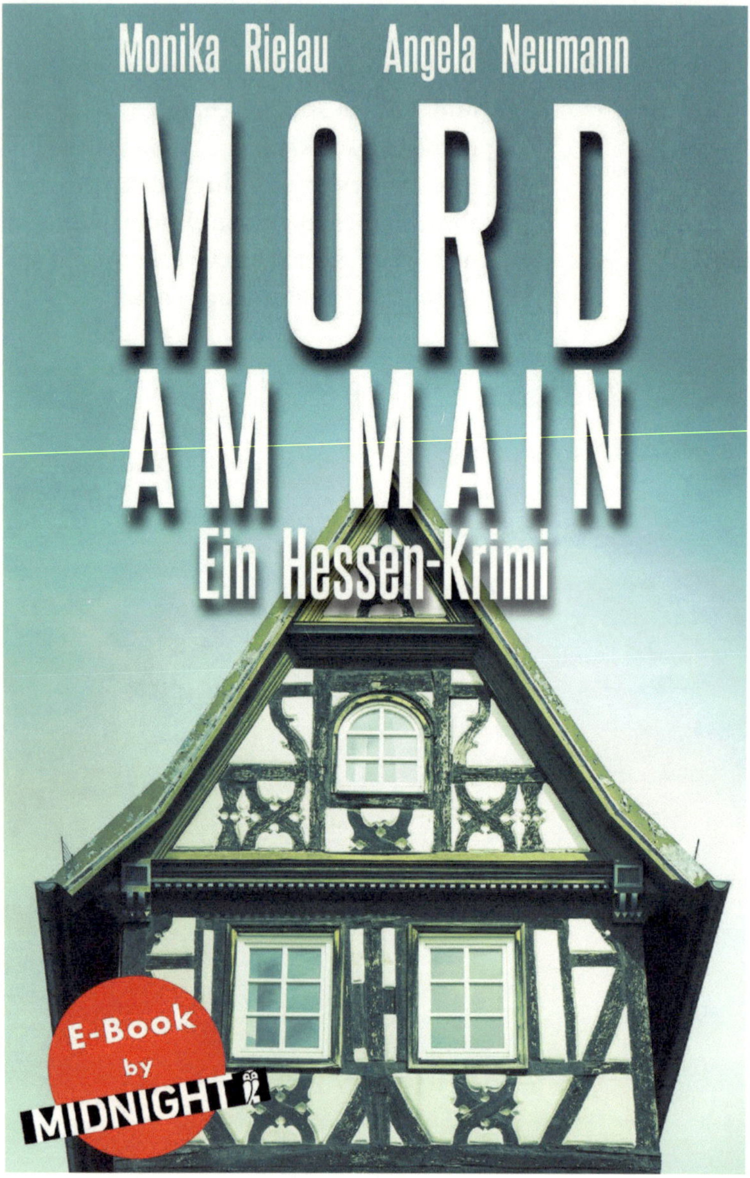

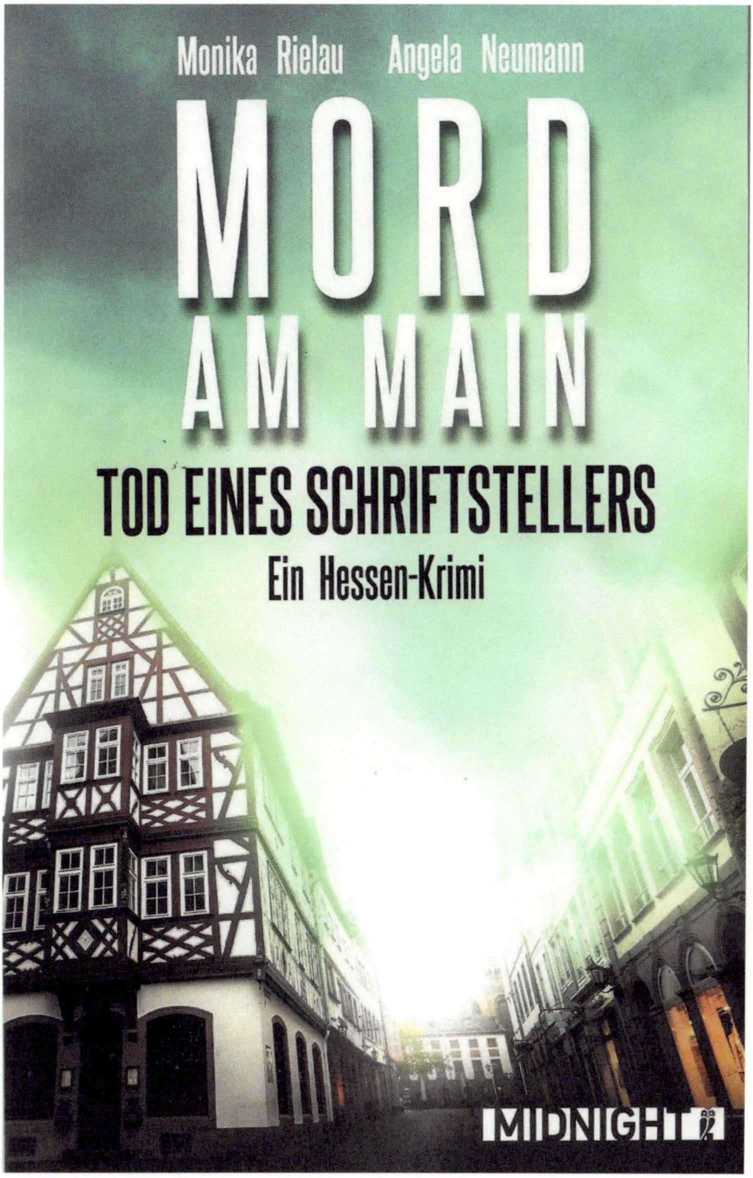
Monika Rielau Angela Neumann
MORD
AM MAIN
TOD EINES SCHRIFTSTELLERS
Ein Hessen-Krimi
MIDNIGHT

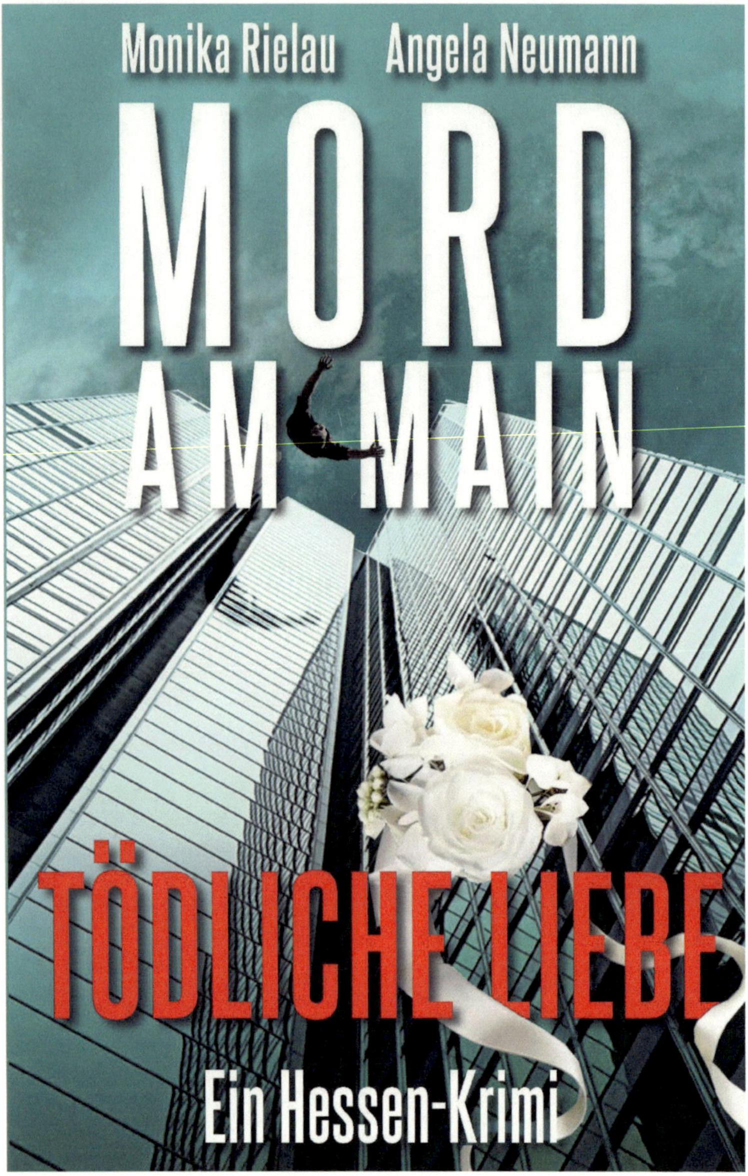
Monika Rielau Angela Neumann
MORD
AM MAIN
TÖDLICHE LIEBE
Ein Hessen-Krimi

Monika Rielau
MORD
AM MAIN
DU GEHÖRST MIR
Ein Hessen-Krimi